盛慧 / 著

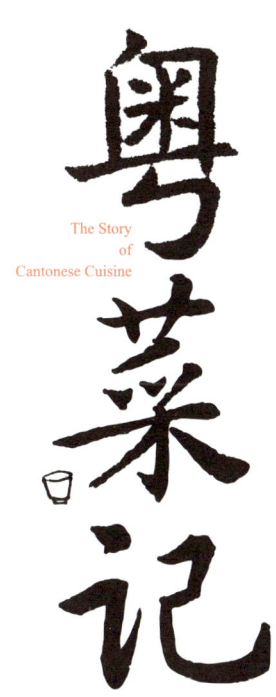

粤菜记

The Story
of
Cantonese Cuisine

人民文学出版社
花城出版社

图书在版编目（CIP）数据

粤菜记/盛慧著．—北京：人民文学出版社；广州：花城出版社，2023（2024.6重印）
ISBN 978-7-02-018110-0

Ⅰ．①粤… Ⅱ．①盛… Ⅲ．①报告文学—中国—当代 Ⅳ．①I25

中国国家版本馆CIP数据核字（2023）第124344号

责任编辑	付如初　马林霄萝
装帧设计	李思安
责任印制	苏文强

出版发行	人民文学出版社
社　　址	北京市朝内大街166号
邮政编码	100705
印　　刷	三河市鑫金马印装有限公司
经　　销	全国新华书店等
字　　数	205千字
开　　本	880毫米×1230毫米　1/32
印　　张	9.75　插页8
印　　数	11001—14000
版　　次	2023年7月北京第1版
印　　次	2024年6月第3次印刷
书　　号	978-7-02-018110-0
定　　价	56.00元

如有印装质量问题，请与本社图书销售中心调换。电话：010-65233595

·叉烧

・大盆菜

·黑金流沙包

· 黄鳝煲仔饭

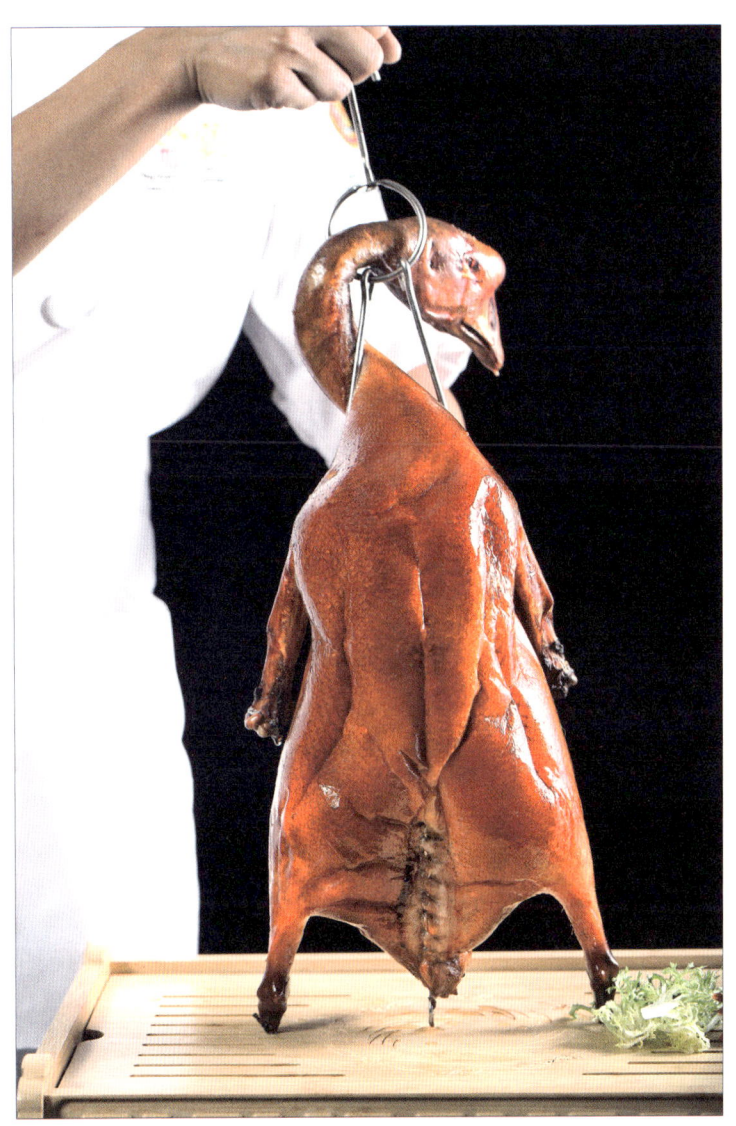

・烧鹅

·梅菜扣肉

·笼仔西江虾

·顺德鱼生

·甜虾蒸水蛋

·粽 子

幸福只给予懂得幸福的人。

——〔俄国〕伊凡·亚历克塞维奇·蒲宁

目 录

第一章 饮和食德余味长 001

烧味与腊味 002

满城尽带鹅肉香 015

鸡有百味 白切为王 021

咸鲜合一客家鸡 030

且说一鸽胜九鸡 034

秋风起 鸭子肥 037

饮和食德余味长 041

清鲜传千年 044

味出潮州说卤水 055

卤鹅自带明星范 060

第二章 恰似雨后入空林 065

等待时光鲜美 066

菌笋本是清虚物 071

恰似雨后入空林 077

花果入馔　秀色可餐　082

做鱼要服顺德人　086

水甜自然鱼虾美　091

与大海最亲近的方式　099

珍馐每自海洋来　115

打冷曼妙如仙境　124

持螯何须待秋风　130

第三章　暖心最是家常味　137

暖心最是家常味　138

米饭也能馋死人　149

爱情如菜　婚姻如汤　157

潮汕牛肉的秘密　161

甜食约等于宠爱　166

素菜可不是吃素的　171

清风明月一窝粥　178

才子配佳人 喝粥配杂咸　183

酱碟虽小味无穷　191

第四章　美食深处是故乡　196

早茶小札　197

糕饼岂是寻常物　225

美食深处是故乡　233

过节就要吃吃吃　239

小吃一味似故人　250

茶配之味　271

月下淡云　281

一杯糖水　一封情书　287

后记　297

第一章 饮和食德余味长

"熟物之法,火候尤重。"刚到广东不久,我对镬气一说就略有耳闻,以为一道菜热气腾腾地端上来,就算镬气十足了,每次上酒楼吃饭,总会选择靠近厨房的位置,后来才发现自己太肤浅了,这不过是其中的要义之一。

一道炒菜,除了"热"之外,还讲求"快",粤菜中有一个说法,叫"嫩而不生,仅熟即可",这要求厨师对每一种食材的品性了如指掌,炒制的过程要眼疾手快,一气呵成,绝不能拖泥带水,只有这样,才能最大限度地留住食材的鲜味。

另一点是"干",干不是没有汁,而是有汁而不见汁,有芡而不见芡,引而不发,含而不露,如少女回眸一笑,盈盈眼波,脉脉含情,娇羞无比,令人心醉。

最后一点是"香",香味是食物无声的吆喝,美好的食物应该像树上刚刚成熟的水果那样,散发出迷人的馨香。厨师们像指挥家一样,娴熟地指挥着火焰,让食客们闻香垂涎,食欲大涨。

烧味与腊味

一个人的口味看似平常，其实是颇有些神秘的，既与生活的地域有关，又与成长的经历有关，珍藏着我们对爱的记忆，饱含着我们对往日的深情。

记得上小学那会儿，一放暑假，我就迫不及待收拾衣服，逃难似的跑到县城的外婆家去了，目的其实只有一个——改善伙食，补充油水。外公和蔼可亲，一天到晚笑眯眯的，弥勒佛一般。他悉心招待着我，生怕怠慢我这个小客人。最值得期待的是每天的午餐，外公下班回来，手上总提着一只袋子，里面装着喷香的卤菜，有时是盐水鸭，有时是酱牛肉，有时是烧鸡，有时是卤猪耳，有时是卤猪蹄，有时是卤鹅翅……因为能吃到这些平时连想都不敢想的美食，我觉得自己简直比神仙还要快活。我很享受这种当客人的感觉，希望暑假永远不要结束……从那时候开始，鲜香四溢的卤菜店，便成了县城中最神秘、最令我向往的地方。

在我如今居住的城市里，卤菜店并不多见，与之相仿的烧腊店倒是随处可见。每次经过，我的脚步总会不由自主地放慢——隔着透明的玻璃，可以看到油光闪亮的枣红色烧鹅、焦糖色的叉烧、芝麻皮的烧肉、淡黄色的白切鸡，它们在暖黄色灯光下闪闪发光，格外娇艳动人，尤其是肥瘦相间的叉烧，浓稠的蜜汁滴落下来，凝结成珠，悬而不落，如一颗颗小小的琥珀，让我直吞口水。

暮晚时分，天光渐暗，街坊们蜂拥而至，空闲了一下午的老板忙碌起来，他挥刀斩料，动作娴熟，快如闪电，酥脆的声响不绝如缕，油润的甜香在灰扑扑的光线中肆意弥散，好像在提醒我，再平淡的生活也蕴藏着小小的温柔、甜美与幸福。

"烧腊"是岭南人对烧味与腊味的简称，它们最初的发源地其实都不在广东。据专家考证，烧味起源于我的故乡江苏，最杰出的代表是金陵烧鸭，它也是北京烤鸭的前身；腊味则起源于浙江，以金华火腿最负盛名。烧味和腊味，伴随着宋代南下迁徙的脚步传到了广东，到了清代，灵活变通的广东人摒弃门户之见，将两者融合，发扬光大，最终演变成粤菜的经典之作。

猪是烧腊家族当之无愧的主角。在中国人的餐桌上，猪肉是最常见的食材，广东自然也不例外，不过，这里制作猪肉的花式繁多，远非他处可以比肩。

烤乳猪是粤菜中的"当家菜"，也是"满汉全席"中的主打菜肴之一。此菜历史久远，早在西周，就已列入"八珍"，称为"炮豚"。南北朝时期的贾思勰在《齐民要术》中曾有一段令人垂涎的描述："色同琥珀，又类真金，入口则消，壮若凌雪，含浆膏润，特异凡常也。"据说，广东人吃烤乳猪，已有两千多年历史了，南越王赵眜墓中出土烤乳猪的长铁叉及乳猪骨骸，是目前所知最早的中国烤乳猪的一组实物饮食史证。

在其他地方，烤乳猪早已难得一见，但在广东，尤其是珠三角地区，它仍是婚席中不可或缺的头菜，本地有"没有金猪不嫁女"之说。初到广东时，我还不太明白其中的奥妙。有一次，和当地的老人闲聊，他挤了挤眼睛告诉我，婚席上烤乳猪最初的寓意是自己的女儿是初婚的黄花闺女。

第一次在广东吃同事的喜酒，印象极为深刻。首先是不收礼金，我们准备的红包，主人接过去，对折一下，立马又塞了回来，说已经收下了我们的祝福。婚礼的仪式感很强，一间装修豪华的大厅里，摆了足足一百二十围酒席。吉时一到，全场的水晶吊灯同时熄灭，徐缓庄重的《婚礼进行曲》骤然响起，闹哄哄的大厅顿时安静下来，宴会厅的大门缓缓打开，身着旗袍的礼仪小姐打着宫灯款款而入，后面跟着几十个服务员，手里都托着一只硕大的盘子，盘子里有红色的小灯闪闪烁烁，那便是酒席的第一道菜——烤乳猪。上得桌来，我才发现，那调皮的小灯竟是乳猪的"眼睛"。

烤乳猪，最好吃的是那一层酥脆爽口的猪皮，粤菜理论家潘英俊在《粤厨宝典》中写道，粤菜的厨师最初沿用的是北方用奶酥油致酥脆的方法，直到二十世纪二十年代，广州银龙酒家一个姓梁的师傅，改用麦芽糖来取色增酥，形成了广东烧猪鲜明的风格。

在相当长的一段时间里，广东烧猪都是光皮的，俗称"琉璃皮"，烤制时轻火轻油，烧成后皮色大红，光亮如镜，皮脆肉酥香浓。光皮烧猪虽然好看，但要趁热吃，时间久了，猪皮就会发韧，口感大打折扣。

如今，最为流行的是麻皮烧猪，因烧成之后猪皮上有密密麻麻的芝麻状小泡而得名。光皮乳猪的特点是脆，麻皮乳猪的特点是酥，冷却之后，仍像薄饼一样酥脆，一刀切下，咔嚓有声，感觉不像切猪肉，倒像是在切米花糖，别说是吃，光是听这声音，都能让人浑身酥麻，口水直飙。

身披"黄金甲"的烧猪，金光灿灿，喜气洋洋，气势非凡，又被事事求吉的广东人称为"金猪"，它是粤菜中无可争议的天王级"巨星"，总会出现在各种重要的场合，开工、开业及新房落成均必不可少，因为它是红运的象征。烤乳猪也是岭南人清明拜山祭祖的必备之物。拜祭之后，会平分给族人。当地人则会用荠菜炒烧肉，因为荠菜最初叫"蕌菜"，而"蕌"与"轿"同音，意思让先人坐着轿子舒舒服服回去。

整猪除了烤，还可以蒸。顺德均安的蒸猪，因为纪录片《舌尖上的中国》为国人所熟知。制作时，先用曲酒涂抹全身，再用五香粉、沙姜粉、罗汉果、精盐腌制六个小时。蒸猪需要猛火，待蒸笼内喷出白烟，用布满钢针的刷子扎破猪皮，让猪油流出，再以冰水淋之，冷热交融可以让猪皮快速收紧，口感变得爽脆，这时的蒸猪还不能马上食用，需回炉再蒸十五至二十分钟，才算大功告成。

烧肉，是粤菜中的另一道经典。袁枚在《随园食单》中写道："凡烧猪肉，须耐性。先炙里面肉，使油膏走入皮内，则皮松脆而味不走。若先炙皮，则肉中之油尽落火上，皮既焦硬，味亦不佳。"又说，"食时酥为上，脆次之，硬则下矣。"佛山有一家小店，店里的冰皮烧肉，谨遵古法，烧足两小时，切成马赛克般大小，皮薄而酥，咬上一口，如同金黄的锅巴一样，在口中发出清脆的爆响，肉质肥而不腻，旋即化开，妙不可言。

烧肉在香港叫"烧腩仔"，港人爱以黄芥末佐之，香港陈六记饭店的"炭烧五层楼"，层次分明，满口酥香，名满香江。澳门烧肉又称白切烧肉，和传统的粤式烧肉略有不同，它不用糖浆，改用粗盐，猛火烧烤，色泽可分为"纸皮黄""殷红色"两种，其皮松脆，其肉甘香，富有层次感，选料和做法都比普通烧肉讲究，肉要选行内人所称的"挑骨花肉"。佛山南海的九江烧肉、顺德的东头烧肉、肇庆四会的地豆炭烧肉、鹤山的上南烧肉、肇庆广宁的古水烧肉、广州番禺的黄阁烧肉也各有风味，深受食家喜爱。最传统的烧肉，需用炭火，炭的香味，纯正、饱满，老友一般温暖、亲切，是我特别迷恋的味道。

叉烧，也是粤菜中当红的明星，深受孩子们的欢迎，我的两个宝贝女儿尤爱此物，一口气就能干掉大半盘，吃得满嘴油花，活像两只花面老虎。

叉烧最早称为"插烧"，以叉子插着猪肉烧制，用梅肉烧成的称为"梅叉"，用五花肉烧成的称为"花叉"。腌制入味后，先在烤炉上烤制，再用玫瑰露酒和海盐添香增色，一直要"烧至焦香，尤见火鸡"，这里的"火鸡"，可不是西方感恩节吃的火鸡，而是指叉烧边缘烧得似焦非焦的部分，香甜至极，最为惹味。

烧制完成后，将调好的糖浆均匀淋在叉烧的表面，就可以开始斩件了。叉烧的厚度也有讲究，经验丰富的厨师会选择厚切，因为只有这样，才有肥美的肉汁和浓郁的肉香。刚烧出来的叉烧是最好吃的，纤维未收，蜜汁未凝，口感最嫩，香味至浓，吃入口中，恍如某种汁水丰盈的浆果，伴随着油脂渗出的，还有浓郁的焦香和蜜汁的芳甜，以及隐约的玫瑰香味。

香港再兴烧腊传承久远，是香港最古老的烧腊店之一，出品一流。此外，香港食神戴龙先生还专门为我推荐了新桂香烧腊的叉烧，这家店至今仍用传统的炭火烤制，蜜香丰腴，既不甜腻也不粘牙，深受街坊们的喜爱。

叉烧的口味，并非一成不变，而是随着时代的变迁而不断改良的。二十世纪五六十年代，香港曾流行过一种"拖地叉烧"，用的是新界元朗的大白肥猪，此猪甚肥，行走时肚皮几乎拖到了地上，取其五花部位烧制，肥美无比，是当时最受港人推崇的极品。如今，大家生活富足，油水过剩，对这种油腻之物，早已敬而远之，肥瘦相间的叉烧最受欢迎，瘦的部位脆爽有嚼劲，肥的部位软润而又甘香。

为了保证叉烧的口感，大多数酒楼在腌制时会加入松肉粉，而佛山烽味小馆则用六十多度的白酒，镇足四小时，并不停地按摩。这样做成的叉烧，松软如云，汁涌如泉，入口即化，毫无油腻之感，堪称极品。此外，广州炳胜酒家有一道秘制黑叉烧，颜色如成熟的桑葚，也颇具特色。

除了叉烧，烧排骨也深受食客们的青睐。珠海斗门的大赤坎明火烧排骨尤其值得称道，浓郁的酱香中带着荔枝柴香，火鸡诱人，入口焦脆，内里柔嫩，肉汁丰盈，清香绕喉，让每一个食客吃得如痴如醉，乐而忘返。

有一份统计报告说，香港人平均每四天就要吃一次烧味，我似乎比香港人更中意此物，每个星期，至少光顾两三次烧腊店。一日傍晚，进店斩料，遇见一位老者，他看到小孙子可怜巴巴的眼神，立刻用牙签挑起一块叉烧塞入他的口中，这平常得不能再平常的景象，却让我顿生感动，仿佛又回到了童年，看到外公正眯着眼睛对着我笑。我愣在那里，眼前竟然有些模糊。人间的时光过得真快啊！转眼之间，外公已经离开我十五年了。

时序更迭，四季轮回，人间的菜单也随之变换。冬至前后，气温陡降，是岭南人制作腊味的最佳时节，院子里、阳台边、窗台上，凡是见得了太阳、挂得了绳子的地方，都能邂逅它们靓丽的身影，一阵风拂过，鲜甜的香味四处飘散，令人心醉，让人神迷。

作为一种古老的风味，腊味登上中国人的餐桌已经有几千年了，古人原本只是想通过腊制延长食物的保质期，没想到，竟收获了超乎想象的佳妙风味。

对于腊味，我总是一往情深，因为小时候家里很穷，平时吃不到腊味，只有过年会买几条广式腊肠。在我的记忆中，腊肠的味道，就是过年的味道，幸福的味道。

我的堂弟和我一样爱吃腊肠。他是个挺逗的家伙，经常会做一些让人哭笑不得的事情。我记得，那一年他大概六七岁，春节已经过完了，年货还没吃完，家里还剩下几根香肠，趁叔叔婶婶不在家，他在场院上摆开桌椅，取出半碟香肠、半瓶吃剩的封缸酒，学着我叔叔的样子,一边吃,一边小口小口地喝酒。阳光柔软如纱,刚开始是很舒服的,时间一久,人就会被晒得晕晕乎乎,连眼睛都睁不开了,他从屋里取了一把黑色的大伞,扛在肩上,继续喝,那样子,好像港片中的古惑仔一般。我经过的时候,他的眼睛已经有几分迷离,小脸红扑扑的,舌头好像打了结,说话一点也不利索。他邀请我喝上一杯,我摆了摆手拒绝了,对酒,我半点兴趣都没有,拈了两片腊肠,便往镇上走去。没走多远,突然听到后面传来轰的一声巨响,刚才还不可一世的"古惑仔",已经人仰马翻,醉倒在地了。

吃腊肠最多的,应该是我在贵阳工作的日子。腊月一到,寓所楼下总是烟雾弥漫,起初,我还以为是谁家着火了呢,匆匆忙忙往楼下跑,到了楼底下,才发现只不过是熏腊肉香肠而已。熏腊肉香肠是贵阳人过年前必不可少的一件大事,为了获得最佳的风味,有几样东西是不可或缺的,一是柏枝,二是干橘皮,三是花生壳,需连续熏上几个晚上,然后在北风中慢慢吹干。腊肉和腊肠最好的吃法是切成薄片在饭锅上蒸,连米饭都会变得香气四溢。移居广东后,我对这道美味一直念念不忘,贵阳的朋友知道我好这一口,每次来看我,都会捎上几串,我笑逐颜开,开心得像个孩子。

"醉绯酱紫,凝香绕梁。"在岭南地区,几乎什么肉类都可以腊制,据当地的老人讲,以前还有人腊孔雀肉和田鼠肉。在林林总总的腊味之中,我最喜欢的还是衣脆肉香的腊肠。广式腊肠讲究的是酱香、腊香、酒香"三味",这其中,酱油是极为重要的,它可以激发腊肠的鲜味,酒则要用高度的山西汾酒,汾酒由纯粮酿造,口感绵柔,余味爽净，在去除肉腥的同时，还能赋予腊肠淡雅醇和的清香。

传统腊肠讲求天然生晒，秋阳杲杲，北风干燥，在风和阳光的共同作用下，水分迅速蒸发，腊肠逐渐消瘦，颜色日趋鲜艳，最终变成了一串串迷人的红玛瑙。

据专家们考证，最早的广式腊肠出自中山黄圃。清光绪年间，当地有一个叫王洪的人，是卖猪肉粥的档主。一年冬天，天气奇寒，生意冷清，他提前准备的肉料卖不出去，于是突发奇想，将这些料剁碎腌制，灌入肠衣，放在风中晾晒，过了几日，切而食之，竟然香气迷人，别具风味。从此，黄圃人制作腊味的技艺便闻名于世。早在二十世纪三四十年代，黄圃人就在广州市开设了"沧洲""八百载"等烧腊店；广州著名的"皇上皇"、香港的"荣华"烧腊味店，也专聘黄圃师傅坐案。

东莞是广式腊肠的另一个发源地，风格和黄圃腊肠有所不同，当地最有名的是高埗矮仔肠，又短又粗，风味独特。相传清末年间，当地有一个叫吕佳的人，经常挑着细长的广式腊肠上街叫卖，他个子很矮，路人只见香肠不见其人，有一些腊肠拖到地上，沾了泥沙，卖不出去，他老婆左思右想，终于想出了一个办法——把腊肠制得短一点、粗一点，没想到，一种经典的风味就这样诞生了。吃矮仔肠的时候，无须切片，将整颗香肠扔进嘴里，用力一咬，浓郁的鲜香便像炸弹在嘴里爆炸开来，那种突如其来的幸福感觉，真是妙不可言。

东莞厚街的腊肠也很出名，呈椭圆形，酱紫色，大小像新疆的大红枣，所以又被称为"枣肠"。值得一提的，它不仅形状似枣，口感也像枣那样地脆，肉质也不像其他地方的那般硬、甜。腊肠中肥瘦的配比，有二肥八瘦、三肥七瘦、四肥三瘦等品种，我最喜欢三肥七瘦，有油脂的浓香，却没有肥腻之感，最堪回味。

除了中山黄圃和东莞高埗、厚街之外，岭南地区还有许多盛产腊肠的地方。广州增城正果的腊肠是用羊肠灌制的，香脆甘腴，惠州博罗公庄的腊肠贵在咸香，配料有盐、胡椒、丁香、香叶、茴香等。江门礼乐的腊味制作者足迹遍布省港澳，据说以前在省港澳的腊味加工场，礼乐话是通用话。湛江的坡头腊肠，有一道独特的工艺，晾晒完成后，还需在瓦罐中封存几日，让腊肠继续发酵，当地人称之为"回香"。

珠海最有名的是横山鸭扎包，包括鸭脚包、鸭下铲（下巴）包和鸭翼包，由鸭肠捆扎，光泽鲜亮，呈琥珀色，最传统的做法是蒸，香气四溢，肉美而鲜，骨酥而脆。

这款传统美食，也是有来历的。旧时，珠海斗门一河两岸商贸发达，油糖杂货铺生意兴隆。其中，有一间制作、销售腊味和烧味的铺子，老板在制作腊鸭和烧鸭前，会将鸭脚、鸭下铲、鸭翼和鸭内脏取出丢弃。店铺里一穷伙计觉得这样很浪费，便将剩下的鸭脚、鸭下铲、鸭翼、鸭肝、鸭肠和肥猪肉等，腌制晾晒干并捆扎在一起，隔水蒸熟后分给工友下饭。大家吃过之后都赞不绝口，纷纷仿效，久而久之，成了别具一格的地方风味。

广式腊味的品种奇多，除了腊肠和鸭扎包，我也喜欢腊猪脚，与白萝卜同煲，香味撩人，汤色奶白，鲜甜无比，我可以连喝三大碗。

咸蛋黄叠加腊肠，不光色泽艳丽，意头也很好，有"金玉满堂"的寓意。开平优之名鹅肝肠、鸭肝肠，既有腊肉的紧实干香，又有肝的细腻缠绵，浓郁肥美，萦绕舌尖，想起来就让人口水泛滥。东莞虎门的白沙油鸭，用盐腌制，自然风干，肥白肉厚，甘饴香醇，肥而不腻，香而不俗。广州南沙的"封鹅"，因为鹅杀好之后会用油纸完全封住吸油晾干，在风中连吹十日，故此得名，干香的鹅肉中，有阳光的味道，还有海风的味道。肇庆封开的罗董牛肉干，用本地的黄牛肉制作，在秋风中慢慢风干，色泽暗红，加入姜葱炒香，鲜韧味美，齿颊留香，回味悠长。

南雄的牛干脯，是当地最有名的一道下酒菜，制作工艺与罗董牛肉干有所不同，无须提前腌制，切成薄片直接生晒，一斤牛肉仅能晒成二两。当地人告诉我，晒牛干脯很挑天气，天气要冷，北风要大，如果天公不作美，是很容易变质的。晒好的牛干脯不能直接食用，要加料同炒，炒前，还需提前在白酒中浸泡一晚，下大料、冰片糖和大量红辣椒，不会吃辣椒的人，辣得龇牙咧嘴，会吃辣椒的人则吃得酣畅淋漓，大呼过瘾。

南雄人还喜欢制作板鸭，出品以珠玑巷腊巷最为正宗，清代《南雄州志》曾这样记载："雄鸭，鸭嫩而肥，脆之，渍以茶油，日久鲜红而味美，广城甚贵之。"制作板鸭，选材很重要，必须选取当地饲养的麻鸭，体形瘦小，皮薄肉厚，晾晒前还需要涂米酒增香，其肉质细腻，咸淡适中，鲜香悠长。切开的鸭腿，呈浅玫瑰红色，吃起来让人很满足，值得一提的是，连鸭骨都是脆的，而且越嚼越香。

腊味之美，除了优良的肉质之外，还离不开盐、风和阳光。

一般人只知道盐有咸味，却不知道它其实还带着香味。韩国作家金薰曾说过一句话，让我印象深刻，他说："盐的咸味来自大海，香味生自阳光。"海域不同，盐的香味也不尽相同，比如，法国的盖朗德出产的"盐之花"，是欧洲大陆的顶级食材，被称为盐中的劳斯莱斯，据说有淡淡的紫罗兰香味。

风干是腊味成败的关键，水分散逸的过程，恰恰正是腊味鲜味凝聚的过程，经过风吹日晒，腊味仿佛修道成仙，最终获得了新鲜食材难以比拟的浓郁鲜香。

位于湘粤交界处的连州东陂，是一片两山两水之间的河床谷地，独特的地理风貌，使得这里出产的腊味香嫩爽口，咸香中带着些许的甜，似有若无，如天边浅淡的云，又因为选用的是当地的长白猪，制作时不抹酱油，蒸熟之后，肥肉如水晶一般晶莹剔透，十分惹人喜爱。

东陂腊肠的制作工艺十分特别，为了保证腊肠的口感，肥肉和瘦肉需要分开腌制，肥肉用白糖腌制，瘦肉则用盐和酒腌制。和别处的腊味只爱晒太阳不同，这里的腊味还喜欢"看星星"。上午享受温煦的暖阳，中午收回凉棚，避免阳光直射，五更时分，又转移至露天，迎接从湖南吹来的刺骨寒风。经过反复历练，肉质愈加坚紧，口感更加出众，香味更加绵长。

除了常见的腊味，当地还有一道独特的腊味 —— 腊蛋，成品形似煎蛋，蛋黄外沿的白色花边，乍眼一看还以为是蛋白，其实是猪网油，其制作工序主要有浸花油、选蛋、做蛋和晒蛋，当地最常见的烹饪法是蒸，极香、极爽口。

有一年初春，我和几位好吃的作家慕名到此地采风，饱尝了喷香的腊味盛宴后，开始采访餐厅的老板，问及东陂腊味的秘密，他一脸得意地告诉我："腊味全靠风，东陂腊味之所以好吃，就是因为我们这里风好。"你听听，这话说得多有意思！

满城尽带鹅肉香

外地人爱上粤菜,大抵会从一只烧鹅开始。

任何一间烧腊店,都不会浪费这块金字招牌,总会将它挂在最显眼的位置,鹅身饱满、油亮,好像有一盏灯,从内部将它照得透亮。面对这诱人之物,我毫无抵抗之力,总想冲上前去,像小时候那样一把撕下鹅腿,躲在墙角大啃起来。

"北有烤鸭,南有烧鹅",追根溯源,烧鹅是由烤鸭演变而来的。相传南宋末年,幼帝南逃,南宋厨师随之来到广东,烤鸭作为宋朝廷的宫廷名菜,被带到了这里,久而久之,开始在民间流传。不过,广东人对鸭一直没什么好感,对鹅倒是推崇备至。

粤菜素以清淡为美,但也不可一概而论,烧鹅就是以浓墨重彩而著称的,一般呈枣红色的,也有一些颜色更深,如包浆的酸枝,还有一种黑松露烧鹅,颜色黑如木炭。做法大致可以分为两种,一种是脆皮烧鹅,明火烧制,讲求皮脆、肉滑、骨香,味道层层递进,引人入胜,香港的深井烧鹅、东莞烧鹅,皆属此列。另一种是软皮烧鹅,暗火慢烧,讲究浑然一体,皮甘肉嫩,口口爆汁,回味悠长。这种做法,以香港镛记为代表,镛记的烧鹅又被称为"飞天烧鹅",为什么这么叫呢?因为大家觉得它太好吃了,几乎要飞上天去了。

正所谓萝卜白菜各有所爱,相较而言,我更喜欢脆皮烧鹅,它的口感一波三折，充满了迷人的戏剧性。夹上一块，点上琥珀色的酸梅酱，入口咀嚼，鹅皮咔嚓作响，脆如薯片，油脂的香味，包裹着丝丝缕缕的荔枝木香，在口腔中繁弦急管般奏响，那种愉悦与满足，又远非薯片可以比拟。鹅的皮下脂肪，早已在高温中熔化，深情款款地渗入鹅肉之中，使鹅肉甘香四溢，汁水充盈，就连鹅骨，也充满深邃的幽香。

食材就像一个人的人品，永远是排在第一位的。清人袁枚在《随园食单》中说："大抵一席佳肴，司厨之功居六，买办之功居四。"鹅好，烧鹅才可能好，烧腊店一般会选中、小个的清远黑棕鹅，肉质紧密，富有弹性。烧鹅淮盐和脆皮糖浆的调配也不可随心所欲，淮盐是在食盐中加入五香粉炒制，脆皮糖浆中，麦芽糖和浙大红醋不可或缺。给鹅淋浴之后，还需要吹气，这个环节，很考功力，如果吹得好，皮肉分离，烧鹅形体饱满，像人逢喜事一样精神抖擞，红光满面，如果吹得不好，则灰头土脸，活像一个"瘪三"。

烧鹅乃浓香之物，烧制的柴火也是至关重要的。数百年来，岭南人一直在苦苦寻觅烧制的良材，从普通的木柴到竹柴，再到蔗渣，皆差强人意，直到在不经意间发现了荔枝木。在我看来，荔枝木与烧鹅是一段天作之合，它们的相遇，称得上是粤菜史上最激动人心的美好时刻，荔枝木结实、干燥、耐燃，所含有的树胶较少，燃烧时非但不会产生异味，还会赋予鹅肉淡雅怡人的清香。一只烧鹅，需约用五斤荔枝木，柴越老，烧出来的香味就越浓，色泽也更加诱人，新荔枝木是不堪重用的，因为它有一股青涩味，至少需存放一年。烧制的过程，极富观赏性，炉中的鹅"香汗淋漓"，在火力的作用下，颜色慢慢变深，炉底有一只盘子，收集缓缓滴落的鹅油，偶尔会有几滴，调皮地跳入火中，发出轻微的嗞嗞声，这美妙动人的天籁，听得我的心都快要融化了。

广东人喜欢吃鹅，那可不是一般的喜欢，几乎到了痴迷的程度。有一份统计数据显示，全国每年产七亿左右只鹅，广东人至少要吃掉一亿七千万只，约占全国的四分之一！除了世人皆知的烧鹅之外，比较常见的还有家乡碌鹅、狗仔鹅、五味鹅、梅子甑鹅、豉油鹅、醉鹅、梅岭鹅王、白切鹅等。

家乡碌鹅是一道客家菜，"碌"在粤语中有转动、滚动的意思，一般选用老嫩适中的"百日鹅"，先炸后煮，煮的时候，不断转动鹅身，使其周身入味。碌完的鹅色泽棕红，光彩照人，口感甜咸相宜，因为有甜味的铺陈，咸味变得柔和，因为有咸味的辅佐，甜味变得空灵，肉质滑嫩，甘美绝伦。一般还会在鹅下垫上芋头，炒过之后的芋头吸收了鹅油和酱汁，入口粉糯，香气悠长。

狗仔鹅是江门台山的名菜，说实话，初次听闻，我着实吓了一跳，后来才知道，这道菜里根本没有狗，只是借用了烹饪狗肉的方法，以南乳、老姜、八角、沙姜等为配料，并加入炸过的腐竹，汁浓酱红，咸香回甘，鲜美馥郁。狗仔鹅因何得名？这里有一个传说。据说，台山浮石曾经有一个孩子，从小年幼体弱，三天两天生病，父母看在眼里，急在心里，决定杀掉家里的狗给他进补，便去市场买来了配料，孩子听说父亲要杀掉心爱的小狗，死活不依，将小狗紧紧抱在怀里放声大哭，父亲动了恻隐之心，只好用鹅取而代之。此鹅上桌以后，异香扑鼻，味道也与狗肉相差无几。吃过几次以后，孩子渐渐强壮起来，这道风味独特的鹅肉做法也一传十，十传百，成了当地的经典菜式。

台山汶村的五味鹅也很有名，这道菜用糖、酒、醋、陈皮和甘草等配料，烹制出鲜、咸、甜、酸、辛五种滋味，其中，醋的作用尤为突出，它不仅可以解腻提香，还可以让鹅肉保持嫩滑，为这道菜增添了别样的风味。据说，这道菜的诞生有些意外，当年发明此菜的厨师曾不小心把一碟醋碰翻到锅里，他以为自己把菜做砸了，一直愁眉不展，鹅煮好后，忐忐忑忑试了一块，没想到竟尝到了一种前所未有的独特风味。我在台山当地吃过一次五味鹅，五香绕缠，浓酽醇厚，名不虚传。

梅子甑鹅是一道传统的顺德名菜。甑是一种蒸制食物的古老炊具，三国时期的谯周《古史考》中这样记载："黄帝始作釜甑，火食之道始成。"此菜相传为状元黄士俊所创，故民间又称之为"状元鹅"。黄士俊是顺德杏坛人，从小聪颖过人，但家境一般，岳父瞧不上他，据说，当年他进京赶考前曾到岳父家筹借盘缠，岳父只拿了两只鸭蛋便打发他走人，因此，黄士俊金榜题名后，被人戏称为"鸭蛋状元"。这位鸭蛋状元郎衣锦还乡时，回想起自己一路求学的曲折与艰辛，心中五味杂陈，便以梅子甑鹅宴客，并用独享鹅头表示独占鳌头之意。为了获得酸而不酢、甜而不腻的口感，作料中除了酸梅，厨师们还会加入飞水后的子姜、白醋、糖等，色泽金红，鹅肉紧致，酸甜适度，最宜炎夏时节食用。

近年来，顺德乡间十分流行吃醉鹅，先将鹅肉炒香，再入锅焖制，在锅沿倒上一瓶本地的红米酒，点火收汁，火焰升腾，像一群蓝精灵围着锅沿翩翩起舞，待酒精燃尽，一揭开锅盖，浓郁的鹅香便如龙卷风一样扑袭而来，让人垂涎三尺。

民间还有很多小店喜欢用鬼马的方式招徕顾客。我家旁边就有一家餐厅，店名叫"柬埔寨"，招牌菜叫"俄罗斯"。有一天，我好奇地走进了这家餐厅。上菜以后，我才发现所谓的"俄罗斯"其实就是鹅肉火锅，为什么要取这个名呢？因为除了鹅肉之外，厨师还加入了田螺和干笋丝，三者相遇，可谓是鲜上加鲜，尤其是干笋，像隐于山林的居士，谦逊随和，悄无声息地吸收着鹅肉的香味和田螺的鲜味，脆嫩鲜腴，最终反客为主，成为大家争相抢食的对象。

地处粤北山区的南雄，毗邻江西，是广东最北边的县城，冬季湿冷入骨，当地人无辣不欢，久而久之，诞生了一道名菜——"梅岭鹅王"，主料为老鹅与莲藕，喷香热辣，辣度与川菜有得一比，吃完后，鼻子里仿佛能喷出火来。这道菜要选体形较大的鹅，制作分为炒、煲、焖三个环节，如果能用柴火烧制，香味会更加浓郁。

韶关新丰县沙田镇的人也喜爱吃鹅，当地有一道名菜叫"鹅醋钵"，先将鹅蒸熟，将鹅血和泡酸荞头的水慢慢搅拌调成鹅醋，将鹅切块炒制，吃的时候，肉质香嫩，甜酸适口，每一次咀嚼都充满惊喜。

位于中国大陆最南端的湛江，气候炎热，当地人口味清淡，白切鹅就是其中的代表菜式，口感鲜中带甜，肥美腴润，这里自古就流传着一句"喝鹅汤，吃鹅肉，一年四季不咳嗽"的谚语。东莞清溪、开平赤坎和博罗柏塘等地的人，也爱吃白切鹅，鹅皮为淡黄色，鹅肉为嫩米色，肉嫩汁多，甘香肥美，虽为白切，汤底也不可随意，一般用猪筒骨和虾米，也有厨师用牛骨煲汤，香味更加腴厚。开平出产马冈鹅，本地人有吃年鹅的习俗，蘸料简单蒜头剁碎放在小碟，加酱油。柏塘白切鹅的酱料是酸辣口味，选取酿酒最后的酒酿渣，加入酸醋、剁碎的红辣椒和蒜蓉，上桌前再滴上几滴鲜榨的花生油。论口感，白切鹅与我老家的盐水鹅颇有几分相似，不过，咸味更加浅淡，恰到好处的咸味激活了鹅肉的鲜味，让鲜味更加飘逸、空灵，舌尖余韵袅袅，有一种清虚淡远的美妙意境。

鸡有百味　白切为王

小时候偷食成习的人，长大以后吃饭大多飞快，好像担菜进城门一般。实不相瞒，我就属于这样的人。

和大多数同龄人一样，我的孩提时代，生活清苦，平日里，肉是稀罕之物，难得一见，到过年前几天，父亲会突然变得大方起来，一下子腌五六只风鸡，好像中了彩票，一夜暴富了。

风鸡是老家过年必备的一道硬菜，制作颇为特别，不煺毛，开膛去肚后，直接抹上盐，用稻草裹紧，挂在"级级高"上风干。汪曾祺老先生也曾写过风鸡，做法略有不同，他们那儿包裹鸡身的不是稻草，而是荷叶。冬日的故乡，北风呼啸，滴水滴冻，经过半个月风吹日晒，鸡肉变得十分紧致，煺毛水煮，咸鲜合一，干香入骨，是我的至爱。

父亲是个急性子，为了招待客人，总会提前一天就会把鸡煮好、切块、摆盘，我在一旁看着，心里直发痒，像被小猫的爪子不停地轻挠。夜里，馋欲裹身的我，总会假装入睡，支起耳朵，听着父母房间里每一丝轻微的声响，一听到鼾声便悄悄起床，踮着脚尖下楼，摸黑钻进厨房，用最慢的速度打开碗橱。风鸡不算太咸，是完全可以当零食吃的，吃完之后，满嘴馥郁，连打嗝都鲜美无比，我抹了抹嘴，带着满嘴的鲜味进入了梦乡。

鸡是宴席的标配，中国的绝大部分地方都有"无鸡不成宴"的习俗，无鸡乃是失礼之举，即使再小气的人，也深知这一点。我在长篇小说《风叩门环》中曾写过一个特别抠门的人，她家里来了客人，按照规矩，必须杀鸡招待，但她舍不得，最后做了一件让人啼笑皆非的事——把家里所有的鸡都称了一遍，选了体重最轻的那一只。这并非我凭空虚构，而是有生活原型的，生活中的荒诞，往往会超出我们的想象。

广东盛产名鸡，清远的清远鸡、封开的杏花鸡、信宜的怀乡鸡以及惠阳的胡须鸡，被称为"四大名鸡"，其中，尤以清远鸡名气最大。

在这里，鸡的做法数不胜数，或鲜爽，或甘香，或嫩滑，或酥松，其中，最经典还是白切鸡，它充分体现了粤菜追求原味的极致，故被称为"粤菜第一鸡"。

白切鸡的制作始于何时，早已漫无可考，民间的传说倒是不少，其中，有一个版本是我特别喜欢的。相传，很久以前有一位书生，中秋当日杀了一只鸡，准备像平时那样煮熟，刚生上火，突然听到外面有人大声呼救——村子里有一户人家失火了，他和妻子赶紧跑去救火，救完火回到家中，他们已饿得前胸贴后背，灶里的柴火早已熄灭，打开锅一看，发现鸡居然已经被烫熟了，取而食之，竟然清香爽滑，鲜嫩无比，比以前吃过的鸡都要滑爽。

清人袁枚的《随园食单》曾写到白片鸡，与白切鸡颇为相似。他说："鸡功最巨，诸菜赖之，故令羽族之首，而以他禽附之，作羽族单。"单上列鸡菜数十款，用于蒸、炮、煨、卤、糟的都有，列以首位就是白片鸡，说它有"太羹元酒之味"。所谓"太羹"是指古代祭祀用的不调和五味的肉汁。所谓"元酒"是指古代祭礼时用以代酒的水。在袁才子眼中，白片鸡的品质醇正到了极致，乃人间至味也。

　　白切的烹饪手法如同歌手的清唱，一点也不能藏拙，因此，对食材分外讲究，除了品种，还要讲究年龄，一般要选"鸡项"，"鸡项"在粤语中专指未下过蛋的嫩母鸡，不过也有人认为，下过第一窝蛋的母鸡更为上乘。鸡龄太小，香味不够浓郁，鸡龄太大，肉质又不够细滑。中国私房菜的鼻祖谭家菜有一道招牌菜——"一品白切鸡"，不仅对鸡的品种要求十分严苛，饲料中还会加入酒糟。唐鲁孙先生在《令人难忘的谭家菜》一文中写道，鸡的胸颈间有一块"人"字骨，如果摸上去软而有弹性，方可选用。我听说，有些厨师选鸡，还特别讲究眼缘，就像选美一样。广州白天鹅宾馆的葵花鸡，被称为"天下第一贵鸡"，它像是千金小姐，从小娇生惯养，吃的食物是新鲜的葵花盘、叶，喝的水是葵花秆的汁，肉质与其他的鸡颇为不同，每一口都有葵花的清香。

　　鸡的鲜味与饲料密切相关，口感则来自运动，岭南人最推崇是"走地鸡"，一见到它们，眼睛就会立刻放光，口水如山泉般汩汩涌出。"走地鸡"虽然好吃，但很难抓。记得有一年夏天，应邀去朋友的山庄做客，山庄里有果树、鱼塘，还有很多自在快活的"走地鸡"。朋友让我抓一只中午享用，我没有推让，撸起袖子，便开始行动。原本以为这是再简单不过的事情，没想到，这些鸡个个都是运动健将，不仅跑得快，还会飞，振翅一飞，就上了树枝，任凭你怎么哄，就是不肯下来……那天，简直是我平生最狼狈的日子，连摔了好几跤，膝盖磨出了血，最后只抓到几把鸡毛，一只鸡都没抓到。

鲜是食材最大的美德，食材没有鲜味，就像一个人病恹恹的，没有神采。厨师最大的本事，就是唤醒食材的鲜味，越简单的味道，往往越需要繁复的工艺，稍不留神，鲜味便如惊鸟四散，一去不返。做白切鸡必须现宰现做。俗话说，天下功夫，唯快不破，做白切鸡更是如此，杀鸡的速度越快，就越能保留鸡的鲜味。为此，厨师们一直在努力突破，一九七四年粤菜师傅黄振华与另外两位师傅组成的小组，刷新了"宰鸡一条龙"表演的纪录，仅用时一分五十二秒，就把鸡做成了菜，令人叹为观止。

和其他鸡的做法不同，白切鸡并不是煮熟的，而是由将开未开的"虾眼水"吊熟，制作时讲究"三浸三提"，先在水中放姜片及葱段，用大火烧开水后将火关掉，取出整鸡，拎住鸡脖子，浸入锅中，复再提出，以冰水镇之，此为"一浸一提"。鸡皮的爽脆与鸡肉的嫩滑，正是来自冷热的反复切换，在这个过程中，鸡像保守秘密一样守护着自己的鲜甜香味。浸熟之后，还有一个必不可少的程序——晾干，厨师们形象地称其为"收汗"，散水存香，口感弥佳。

做好一道美食，处处皆需匠心，即使斩件摆盘，也不可随心所欲，它不仅会影响观感，还关乎口感。厨师们发现，鸡肉直切，每一块的厚度保持在两厘米左右，口感最佳，太厚则腻，太薄则枯，均称不上完美。上桌前，还需要简单"补妆"，用花生油涂抹鸡身，让它容光焕发，神采飞扬。蘸料也有讲究，一般会用沙姜和葱白，沙姜带着丝丝甜味，没有生姜辛辣，香味则要比生姜浓郁很多，可以起到增味提鲜的作用。

上好的白切鸡，鸡皮为明亮的柠檬黄色，肉色鲜白，恬静优雅，清新脱俗，宛如贵妃出浴，楚楚动人，只要看上一眼，你心里便好像掠过了一阵清风。

老食客们评判一只白切鸡的好坏有着独门秘方，他们认为，一只白切鸡做得是否地道，只要看鸡的脊骨就知道了，半凝固的鸡血是最重要的标识。而我最看重的则是皮肉之间的那一层薄薄的鸡油，如果冻般晶莹剔透，那种从内而外散发出来鲜甜的味道，撩拨着味蕾的琴弦，让味蕾如痴如醉，飘飘欲仙，在唇齿间久久萦绕，让人体会到清淡中的丰腴，平淡中的喜悦。

食不厌精，也不厌新，食客们对美食的追求是永无止境的。一道白切鸡稍加改良，便衍生出许多新的门派。

清平鸡，有着"广州第一鸡"的美誉，它曾是正宗白切鸡的代名词，采用药材和香料制成的白卤水浸鸡，激发出鸡肉的鲜味。广州的友联菜馆、佛山的启香鸡均得其真传。广州酒家的广州文昌鸡，原名"西南文昌鸡"，选取身肥肉厚的海南文昌之鸡，脱骨斩件，伴以火腿、胗肝、菜远而成，色泽淡黄，肉厚味美，嫩滑芳香。市师鸡，以火腿、老鸡、肉排等吊成的顶汤来当浸鸡，以蚬蚧酱为蘸料，被食客们誉为"东方不败鸡"。太爷鸡融合了苏菜的熏技和粤菜的卤法，先卤后熏焗，色泽枣红，皮香肉滑。向群饭店的葱油淋鸡，滚油淋之，香热鲜满。北园花雕鸡，将花雕酒和味料倒入煎焗而成，色如琥珀，酒香氤氲。陶陶姜葱鸡，冷菜热食，在白切鸡的基础上，把姜茸、葱丝铺上鸡面，溅以滚油，使姜葱的香辣气味迅速渗透鸡的表层，风味独具。葱油鸡选用红毛骟鸡，将红葱头爆香，淋入盘中，葱香四溢，百吃不腻。四会茶油鸡，用清澈明亮的野生白花茶油取代花生油，可以品尝到天然的山野气息。

豉油鸡是岭南地区一道人气爆棚的家常菜，对这道菜，我有一种天然的亲切感，因为我可以同时品尝到苏菜和粤菜的味道。二十世纪二十年代，广州开了一家"陆羽居"，主打"姑苏风味"，别家都有白切鸡，他家没有，客人们颇有微词。后来，有一个外号叫"捞松敖"的厨师另辟蹊径，一改广东人传统浸鸡方法，选用"酱油"代替清水，保留"姑苏"方法，并采用腋下开口取内脏的方式，炮制出皮香肉滑的"筒子豉油鸡"，皮爽肉滑，骨透芳香。又过了很多年，有一位外号"油鸡明"的师傅，在此基础上继续改良，鸡只浸熟后，加入适量的玫瑰露酒，令豉油鸡充满了玫瑰的清甜香气，于是就有了今天的"玫瑰豉油鸡"。

"凤城四杯鸡"是顺德传统名菜之一，因用四杯调料调味而得名，即一杯生抽，一杯烧酒，一杯糖，一杯水。肥瘦刚好的三黄鸡，与糖、酒、油、酱油亲密接触后，幻化出摄人心魄的魅力，皮爽肉滑，汁浓甘香。顺德也爱吃桑拿鸡，汁液丰盈，肉质嫩滑，为保证最佳口感，桑拿的时间经过了严格计算，要精确到秒。

此外，还有根据金陵片皮鸭的制作原理创制的大同脆皮鸡，皮脆肉香，味道鲜美。广州文园酒家的江南百花鸡，是将虾胶摊瓤在鸡皮内侧蒸熟而成，装盘时以夜来香或白菊花相伴，幽香阵阵，故称为"百花鸡",脆嫩柔软,清淡爽口,坊间有"江南百花鸡胜过龙肉"之说。黄埔华苑酒家的招牌菜是风沙鸡,所谓"风沙"就是指炸香的姜茸和面包糠,要在适当的火候下炸干,吃起来才够香脆,"风沙"的焦香与鸡皮的爽嫩形成鲜明对比,脆响四起,姜香满口,妙不可言。佛山的柱侯鸡,则由浓郁的柱侯酱制成,色泽红褐,豉味香浓,入口醇厚,鲜甜甘滑,也已成为经典。

湛江白切鸡,是粤西地区最具代表性的菜式,有着"名震雷州三千里,味压江南十二楼"之美誉。相传,此鸡是一九三五年一个叫黄广才的人在湛江赤坎牛皮街创制的,出品金黄油亮,鸡味浓郁,口感香韧,紧而不柴。吃的时候,一定要点沙姜酱油,这种蘸料要在生抽酱油加入当地的小磨芝麻油,还要加入沙姜茸、芫荽和蒜蓉。

廉江安铺镇是粤西美食重镇,被食客们称为"中国鸡味最浓的地方",与广府地区选用鸡项不同,这里的白切鸡用的是大阉鸡,皮爽肉滑,肉质紧密,鲜味绵长,每一口都是让人满足,令人愉悦。当地的厨师告诉我,这里的鸡之所以好吃,除了鸡的品质出众之外,还在于用新鲜猪筒骨熬汤底。不同的餐厅,还会有一些独门的技艺,有些餐厅会加入猪肚同煲,还有些餐厅,浸鸡的高汤也是与众不同的,除了筒骨之外,还会加入鱿鱼、沙虫、瑶柱、海螺等海鲜一起熬制,并以海盐替代味精,令鲜味更加自然、温柔、持久。

化州香油鸡,口感也十分出众,除了要有好鸡,还要用上乘的香油,香油是由"熟榨花生油"配合十八种纯天然植物香料熬制五个小时而成的,香味浓郁悠长,吃上一块,就像置身于春日里晴朗的美好日子，心里充盈着了暖融融的阳光。

香港人喜欢搞搞新意思，从《侏罗纪公园》中获得灵感，创造出一道侏罗纪鸡。鸡立于盘中，仿佛在引颈高歌，开吃之前还有一个点火仪式，将玫瑰露淋在鸡皮上，用点火器点燃，鸡仿佛变成了浴火的凤凰，这个仪式不仅颇具观赏性，还会让鸡皮更加香脆，散发出浓烈的玫瑰香气。

非洲鸡是葡国菜里常见的菜式，留存着大航海时代的印记。传统葡人料理的非洲鸡较为干涩，而澳门的厨师改良后的非洲鸡则酱料丰富。料理非洲鸡前，先将半只鲜鸡用香料腌一天，烤熟，将姜黄粉、月桂叶、椰浆、鲜奶等二十多种材料，混制成酱，淋于鸡身炙烧，香气迷离，舌尖仿佛游走于一座巴洛克的华丽宫殿。

一肩担两口，大嘴吃四方。这些年，馋嘴的我已记不清吃了多少种鸡了，其中，印象最深的一次是在肇庆西江边吃鸡煲蟹。

村子具体叫什么名字，我已经记不清了，只记得陆路不可到达，需走水路，从羚羊峡码头出发，坐半个小时的船。村子远离尘世，风景优美，宁静祥和，古树婆娑，呈现出沉静通透的翡翠绿色，宛如被人遗忘的世外桃源。村中住户很少，偶尔才会遇见一两个劳作的老人。我们在村子里转悠，道路铺满经年的落叶，踩上去像棉被上一般柔软。晚饭是在村口的大榕树下吃的，脚下便是浩荡的西江，夕阳西斜，波光粼粼，一只小船随波起伏，悠然自得，对岸青山如黛，令人心旷神怡。

桌上便是我们寻访的主角——鸡煲蟹，据说这道菜为疍家渔民首创，鸡是村民散养的走地鸡，蟹是西江毛蟹，个头虽然不大，鲜味却很饱满，另外，还加入了清甜的白贝调味，令层次更加丰富。在火力的作用下，香味持续溢出，鸡的嫩滑与蟹的清香融为一体，迸发出令人惊艳的甘香，汤也是一绝，顺滑浓稠，口口生香。

两只滚圆的小黄狗，在桌子底下钻来钻去，湿乎乎的鼻子，像被雨淋湿的葡萄，闪着欢快的微光。乡村的夜晚总是比城里来得迅疾，不知不觉，天竟然已经黑了，远山隐去，仅剩下点点如萤的灯火，天地之间，只余虫鸣，江风习习，白茶一般清冽甘甜……我内心澄澈，仿佛成了一个餐风吸露的世外高人。

咸鲜合一客家鸡

在我们老家,说话搞笑被称为"发松",我外婆就是一个特别"发松"的老太太,她已去世多年,可她曾经说过的那些"名言",我一直牢记于心,冷不丁就会冒出一句。记得她有一次杀鸡的时候,咧开嘴,喜滋滋地对我说:"世间路上绝对不会有比鸡更好吃的东西了!老娘要是有了钱,就把饭戒了,天天吃鸡。"

我估计,客家人对这个观点是十分认同的,因为客家菜中,鸡是最常用的食材。"千年为客实非客,四海为家处处家。"客家人的历史就是一部迁徙史,他们对鸡的感情非同寻常,相传很久以前,是鸡将先祖带到了安居之所,为了表示感恩,客家人便有了"带路鸡"的习俗。搬迁新居时,要从老家带一对公母鸡。有时候小孩子去外婆家,外婆也会赠送外孙一只带路鸡,寓意着孩子可以记得回去的路,经常去外婆家看看。婚礼中,也要用到带路鸡。"带路鸡"由女方母亲亲自准备,要准备一条九尺长的红带,带子两头各系一只鸡的双脚放于"槎箩"中,希望女儿嫁出去后和女婿和睦相处,永浴爱河,白头偕老。

客家人是广东的三大民系之一,客家菜是粤菜的三大分支之一,其特色可以归纳为咸、烧、肥,其中,又以咸最为突出,这或许与客家人的长期迁徙密不可分的 —— 食物经过腌制,可以长期保存,随身携带。

盐乃百味之王，它能唤醒食材沉睡的鲜味，客家的先民深知盐的妙处，他们用盐焗的方法，"倒逼"出鸡肉的鲜味，做成了百吃不厌的盐焗鸡，此鸡色泽金黄，皮爽肉滑，骨香味浓，咸味领着香味，像懂事的姐姐拉着淘气的弟弟，一刻也不松手。据说，最正宗的做法，是在瓦煲中用粗盐包裹鸡身，鸡熟之后，打破瓦煲，取而食之，吃的时候，不用刀切，顺着纹路手撕，只有这样，鸡肉中鲜腴的汁水方能得以保留。广州宁昌饭店，以手撕盐焗鸡最负盛名，一九四六年，宁昌饭店的一位厨师为了救急，一改古法，发明了水浸盐焗鸡，用高汤浸制，鸡肉白净，肉质滑嫩。一九五七年宁昌饭店被公私合营后改名为东江饭店，手撕盐焗鸡遂改名为"东江盐焗鸡"。

猪肚煲鸡，是一道客家名菜，这道菜还有一个特别动听的名字，叫"凤凰投胎"，最早是客家女人坐月子时的补品。将鸡裹入猪肚，经过长时间的熬制，汤色奶白，鸡滑肚爽，有浓郁的胡椒香味，醇香怡人，暖胃暖心，喝上一碗汤，额头便沁出细汗，身体由内而外一寸寸温暖起来，那种感觉，就像冬日里泡温泉一般美妙。如今，有些客家酒楼还会加入花胶同炖，为汤水增加香绵的胶质，让口感变得更加美妙。

客家女人坐月子天天都要喝娘酒鸡汤，客家人叫"鸡子酒"，娘酒是由糯米制成的，将鸡与姜炒制后，加入陈年的娘酒熬一两个小时，口感香甜，是大补之物。梅州兴宁的客家人爱喝艾煲鸡，艾草不是新鲜的，而是晒干的，越老越好，这样煲出来的鸡汤，草木的香味才够浓郁。我有一个朋友，以前滴酒不沾，后来当了客家的媳妇，坐月子的时候，喝了整整一个月的鸡子酒，如今酒量大涨，随随便便就能把我喝倒。

咸香鸡，也是客家人至爱的一款经典菜式，它还有一个温情脉脉的名字，叫"外婆鸡"。以前，客家地区生活十分艰苦，逢年过节才有鸡吃，外婆便把鸡腿悄悄留下，埋于盐中，等到最疼爱的外孙、外孙女到来时，取出来款待他们。

制作咸香鸡，首先要选一只好鸡，锅中加姜片，以水煮之，煮开后，将鸡浸入，半小时后取出，吸干水分，趁热抹盐，先挂在通风处晾干，再放入冰箱冷藏十小时，吃的时候，取出斩件，上锅蒸十分钟，蒸之前，还要给鸡包上锡纸，以免水汽入侵，鲜味散逸。正所谓，一咸抵百鲜，咸香鸡橙黄油亮、皮脆肉韧，吃上一口，鲜美的味道便会在舌尖跳起华尔兹，其口感和味道，与我小时候吃的风鸡颇有几分相似。

人世间那些刻骨铭心的美好食物，都是由爱包裹的。我有一个朋友，是个客家妹头，从小胆子就大，六七岁就敢一个人翻山越岭跑去外婆家玩了。"逢山必有客，无客不住山。"客家人大多择山而居，群山连绵，无边无际，她的外婆家就在一座山的半山腰上，她特别喜欢去外婆家，几乎每一次去，外婆都会用珍藏的咸香鸡招待她。

下午三四点，她要回家去了，外婆腿脚不便，只能伫立在村口，目送她下山。山间树木苍翠，鸟鸣空幽，道路时隐时现，一旦她的身影消失于茂密的林荫，外婆就会提高声调着急地喊她的乳名，那声音像鸟一样在空荡荡的苍翠山谷间翱翔，直到听到她的应答，外婆方才放心……山路曲折，一应一答之中，下午的时光慢慢流逝，行至山脚，外婆的声音已经变得十分遥远，若有若无，好像从另一个世界传来。

多年以后，她依然记得，外婆曾笑着问她："等你长大了，挣了钱，会不会给我买好吃的？"她一边啃着鸡腿，一边狠狠点头。可是，外婆终究还是没能等到这一天，就在她大学毕业那一年，外婆离开了人世……

"子欲养而亲不待"，人世间的悲痛莫过于此。如今，她只要一吃到这道菜，眼前就会浮现外婆的笑脸，耳边就会回荡外婆的深情呼唤，顷刻之间，百般滋味便如潮水涌上心头。慈爱的外婆虽一去不返，可她曾经给予的宠爱，却化作了温暖的光，珍藏于心底，永不消逝。

且说一鸽胜九鸡

鸽子美丽端庄，举止优雅，经常会引发我的美好联想。记得几年前，我曾在一部小说中描写过一位弹钢琴的白衣少女，来来回回修改了好几遍，总觉得缺少一点轻盈的飞扬感，一天傍晚，我看到一群白鸽飞过天空，脑子里突然冒出一个句子——"一双雪白的手，像两只白鸽在琴键上翩翩起舞"，这个从天而降的句子，让我得意了好长一段时间。

和其他的鸟类相比，鸽子性格外向，非但不躲人，还会跳上你的肩膀，把你当成一棵行走的树。遗憾的是，这么富有灵性的动物，最终还是没能逃脱被摆上餐桌的命运。

中国人吃鸽子的历史已经极其久远了，《周礼注疏》卷四载："庖人掌共六畜、六兽、六禽。"这六禽分别是雁、鹑、鷃、雉、鸠和鸽。屈原的《大招》中也有"内鸧鸽鹄，味豺羹只"的记载。

历史虽然久远，但算不上普及，我小时候就从来没有吃过鸽子，在我们老家，只有病人做完大手术后，才会炖两只补一补身体。我在中篇小说《美华的孤独》曾写过一个真实的细节，女主人公美华和霸蛮的婆婆关系一直不好，婆婆在医院做完手术，要她炖鸽子汤，她却将鸽子红烧了，婆婆一打开保温盒，立刻怒火中烧，一把扯住美华的头发，顺手扇了她一记耳光，美华也不甘示弱，两人你来我往，在病房里扭打成了一团，将病床变成了摔跤台。

梁实秋先生在《雅舍谈吃》中曾经断言："吃鸽子的风气大概是以广东为最盛"，这话真是说得一点没错，广东人对鸽子这种食材的确推崇备至，民间流行着两句俗话，一句叫"一鸽胜九鸡"，另一句叫"宁食天上四两，不食地下一斤"。大半个世纪过去了，这种风气非但没有消减，反倒愈加高涨了。

广东人吃烧乳鸽的历史，可能要从太平馆说起，这是广州第一家西餐厅，创立于清光绪十一年，创始人叫徐老高，曾在沙面旗昌洋行当过厨师，因为受不了洋人的颐指气使，索性自立门户。太平馆的名气很大，一九二五年周恩来和邓颖超在广州结婚后，就曾在那里宴请宾客。店中除了煎牛扒、德国咸猪手外，另一道主打菜式就是红烧乳鸽了。一九六三年出版的《名西菜点教材》记录了当时的做法：先用老抽涂抹鸽皮，再将乳鸽放入热油浸炸十五分钟，捞起后斩件，浇上番茄汁，伴上炸薯条。当时，一只小小的红烧乳鸽要卖一元，而普通市民每月的伙食费不过四五元，很难消费得起。

粤菜中有一道传统名菜叫生菜鸽松，将鸽子起肉，切细粒，调味，加入马蹄、冬菇、鲜笋、香芹等食材，猛火轻油，爆炒至熟，最后，撒上一把脆香的炸米丝碎，用生菜包着吃，荤素搭配，香而不腻。美食家唐鲁孙先生曾专门提到过此菜，他说这道菜是从满族菜包演变而来的，只是广东本地不出产大白菜，遂用脆嫩的生菜取代之。

时过境迁，这道风靡一时的名菜在广东似乎已不太常见了，如今，盛行的是红烧乳鸽，啖啖有肉，口口爆汁，快感无限，出品尤以中山最受推崇。中山人最爱吃的不是一般的乳鸽，而是妙龄乳鸽。说实话，第一次到吃红烧妙龄乳鸽时，我颇有几分好奇，为何一定要在乳鸽之前加"妙龄"二字呢？起初还以为是商家招徕顾客的噱头，后来才知道，中山人对乳鸽的年龄问题极为在意，厨师们经过反复研究发现，出生十三天的乳鸽，骨头尚未完全钙化，皮薄油少，肉质细腻软嫩，最宜生炸。再后来，我又知道中山的鸽子品种也是与别处不同的，叫石岐乳鸽。一九一五年，中山华侨从美国带回"白羽王鸽"和"贺姆鸽"，与本地鸽配对杂交。又有华侨从日本带回来了"钦麻鸽"。二十世纪三十年代，闻名遐迩的"石岐乳鸽"终于培育成功。

妙龄乳鸽最讲求鲜嫩，先腌制四五个小时，再用冷风和热风交替风干，以猪油生炸。炸之前，要先热油淋透鸽身，炸三四分钟后，便要起锅，金黄偏红，满屋飘香，其皮甚薄，不是一般的脆，而是"玻璃脆"，伴随着咔嚓一声轻微的脆响，丰腴的汁水便如泉水一般涌出，肉质幼嫩，持久回甘，简直好吃到灵魂出窍。

中山街头到处都有鸽子可吃，坊间认为"石岐佬"出品最佳，堪称红烧乳鸽的"教科书"，民间有"未食过石岐佬，吾算来过中山"之说。澳门的餐厅，则在传统的基础上进行改良，加入迷迭香等葡国香草，为它增添了热情四溢的异国风情。

深圳的光明乳鸽也颇负盛名，被称为深圳三大特产之一，一般选用生长期二十五天左右的乳鸽，制作时，要用陈年的酱香卤水，卤水中放入了二十多种不同的药材，口感咸中带甘，肉质细腻滑爽，汁液充盈，一撕开鸽腿，晶莹剔透的汁液便慢慢悠悠地往下掉，此情此景，宛如檐下听雨，点点滴滴，意趣盎然。

秋风起　鸭子肥

秋风起，鸭子肥。很多地方的人对鸭子情有独钟，甚至将它当成了城市的名片，北京人爱吃烤鸭，南京人爱吃盐水鸭，湖南人爱吃啤酒鸭和血鸭……在岭南地区，情况有所不同，粤人选用食材讲究正气，性平或性温之物最受推崇，鸭肉寒凉，肉质虽然细腻，却有膻味，不受器重。

顺德人的喜宴上，一般见不到鸭子的踪影，因为鸭嘴又扁又长，好像受了委屈、正在哭泣的小孩，意头不好。顺德乐从道教村的人平时不杀鸭，也不食鸭，这个习俗，从南宋一直延续至今。据村里的老人说，南宋末年，将军康主帅及其部下，因避元兵追击逃至该村，在村中张氏先人引领下，前往滩涂躲避，转移时，刚巧下雨，道路泥泞，行踪暴露无遗。元兵追至此处时，突然天降"神兵"，一群鸭子大摇大摆地从路上走过，将这些脚印掩盖得一干二净，使康主帅及其部下躲过一劫。

在岭南人的餐桌上，鸭子虽算不上主角，但也有不少特别的做法，比如潮莲烧鸭、霸王鸭、八宝窝全鸭、白切鸭、葱油鸭、鸭五件和南雄酸笋鸭。

俗话说，南烧北烤，一说到鸭子，大家立马就会想到北京烤鸭，其实，广东的烧鸭同样可圈可点，其中，最有代表性的是江门的潮莲烧鸭。北京烤鸭，讲求皮脆，而潮莲烧鸭不仅讲求皮脆，还讲求肉嫩汁美。一般选用皮厚的白鸭，厨师会将干湿酱香料填于鸭胸，再以棉绳扎紧。将填好料的光鸭入滚水烫几秒，上钩，刷脆皮水，风干七个小时左右，再用炭火烧四十五分钟，因工艺独特，每一块肉都充盈着浓郁的酱香，带着迷人的炭香味。正如古诗所云："尚未出炉已飘香，三分已醉味芬芳。入口酥绵沁肺脾，食过多时留余香。"

佛山南海里水镇有一道传统名菜叫霸王鸭，霸王鸭原名莲王鸭、凤凰鸭。相传，清光绪年间，重臣李鸿章的母亲八十寿辰，召集大批南北名厨为其母制作寿宴，名厨师每人煮一味菜以显身手。当里水一位厨师做出这味莲王鸭上席后，大家称赞不绝，压倒群芳，雄霸全席。人们给予这个称号——霸王鸭。其制作工艺繁复，最重要的一环是将胸腔内鸭骨去掉，酿入绿豆、栗子、莲子、火腿等馅料，肉香、菇香、豆香融为一体。

惠州八宝窝全鸭与霸王鸭做法有相似之处，用糯米、香菇、莲子、虾米、鱿鱼、肉粒、咸蛋等各种原料做馅，填入鸭腔内，经过汆、煲、蒸等工序巧制而成，加上汤佐食，浓郁芳香，软滑可口。

紫苏焖鸭，也是很常见的，紫苏是个妙物，不但可以去腥，还能为鸭子增添独特的幽香。

西柠煎软鸭，外酥里嫩，酸甜可口，鸭肉的油腻被柠檬的清香味化解，每一口都是怡人的沁香。

中山沙溪的厨师更是异想天开，将猪皮与鸭子结合，做成了皮胶焖洋鸭，鸭肉软嫩芳香，猪皮丰腴香浓，堪称一绝。

澳门有一道绿柚鸭，选一只沙田柚，开皮取肉，放入钵内，加清水煮，鸭子开边油爆，移入柚子汤中煲制两三个小时，鸭肉酥烂可口，汤味鲜美醇厚，柚子的清香在舌尖婉约绽放，经久不散，让人仿佛漫步在温软的春风中，沐浴在柔腻的春光中。

白切鸭是湛江的传统名菜，湛江人有句俗话叫"生鸡熟鸭"，鸡要有少许鲜红的"胭脂"，鸭则一定要煮透。制作白切鸭有三个要素，一重选鸭，二重煮鸭，三重配味，肉嫩骨香，汁液丰盈，润滑清甜，此外，用鸭汤熬制的鸭仔饭也值得一试。

高州葱油鸭是由沙姜、香葱头配合上十多味香料烹调而成，先卤入味，后淋葱油，口感甘香滑嫩，让人欲罢不能。

鸭子在韶关地区有一种比较流行的吃法，叫鸭五件。所谓五件，指的是鸭头、鸭脖子、鸭下巴、鸭掌和鸭翅膀五个部位，软烂入味，香口扑鼻，用来佐酒，堪称一流。我曾在南华寺附近的农家菜馆吃过一回，至今难忘。我的大女儿平时吃饭很不认真，总像小麻雀一样叽叽喳喳说个不停，可那天却分外安静，像变了一个人。她一块接一块地啃，啃到最后，打了一个响亮而夸张的饱嗝，然后将油光闪亮的手指一根根吮吸干净，让人忍俊不禁。

粤菜大多清淡隽永，但地处粤、赣、湘三地交界的南雄却是例外，当地人个个嗜辣成瘾。民间甚至流传着一句话，叫"湖南人不怕辣，南雄人则是怕不辣"。

南雄菜的酸笋鸭是一道充满浓郁乡土气息的菜式，我去佛山的南雄餐厅吃饭，必点此菜。酸笋需用脆嫩的冬笋泡制的，水则要用清冽的山泉水，如果水不干净，笋会发黑，品相不佳。泡酸笋的水金黄清亮，是千万不能倒掉的，因为它和卤水一样，时间越久越香醇。鸭子也很有讲究，要选用本地的水鸭，切成麻将一般大小，先猛火爆炒，至金黄色，再焖至烂熟，据说隔餐再吃，味道更佳。

　　酸笋鸭不光要酸，还要有足够的辣度，一口下去，额头立马沁出汗来，我虽然在贵阳待过六年，接受过辣椒的长期考验，但还是觉得很辣，而且越吃越觉得辣，辣到脸变了形，仍不肯鸣金收兵，一边像狗一样直吐着舌头，一边不停地下筷。

　　一年深秋，去南雄采风，我满怀期待，以为当地的出品会更正宗，没想到大失所望，味道居然不如佛山吃到的好。后来，我不解地问南雄的同事，他笑着告诉我，我在佛山所吃的其实是南雄乡村的风味，只有在乡下才有这种奔放豪迈的做法，城里是不可能吃到的。他还告诉我，在南雄油山一带，鸭子还有一种更为粗犷的做法，将光鸭砍成四大块，像锅贴一样贴在铁锅上，不加水，盖上锅盖，直接用大火炙烤。鸭油被逼出以后，鸭块在铁锅上歇不住脚了，纷纷跳入锅中，加入作料，煮至入味，即可食用。吃的时候，也不改刀，每人抓住一大块，大口吃肉，大碗喝酒，好像梁山好汉一样。他的描述，让我口水喷涌，恨不得马上驱车再去南雄一试为快。

饮和食德余味长

烟火升腾处，幸福绽放时。在所有的幸福中，舌尖上的幸福或许是最容易获得，也是最直抵人心的。一顿美味的晚餐，就像一次美妙的旅行，会让一个平平常常的日子闪闪发光，拥有节日般的欢愉。

粤菜馆里经常会挂"饮和食德"四个字，"饮和食德"本意是使人感到自在，享受和乐，粤菜的厨师们却赋予它新的含义。所谓"和"，是指食材的搭配要有中和之美，要有和合之妙，犹如相女配夫，配得好，金玉良缘，天作之合；配得不好，吵吵闹闹，永无宁日。所谓"德"，意思就更多了，要吃得健康，不要铺张浪费，不偷工减料，不以次充好等等。在所有的德中，厨师们最看重的就是食物的真味，烹饪的过程中，酱料虽必不可少，但切不可喧宾夺主，否则，就好像给食物穿了件厚皮袄，吃的尽是皮袄的味道。

如果把味觉比作一个乐园，广东人无疑是最挑剔的游客，有人把他们的舌头称为"皇帝脷"，因为从小尝过太多的美食，味觉分外灵敏，对食物格外挑剔。这些奄尖的老食客们真是一点都不好伺候，遇到再好吃的菜，也只是语气平淡说三个字——"仲可以！"也就是勉强还行的意思。而对于那些不够爽滑的肉，他们绝不留一丝口德，撇撇嘴，一脸不屑地说："哼！简直像抹布一样。"

"熟物之法，火候尤重。"广东人特别看重食物的镬气，他们认为，一道炒菜，只有镬气十足，才有如梦似幻的轻熟之美，才称得上是有灵魂的炒菜。袁枚在《随园食单》中也曾提及镬气的重要性，他说："起锅时极锋而试；略为停顿，便如霉过衣裳，虽锦绣绮罗，亦晦闷而旧气可憎矣。"

"熟物之法，火候尤重。"刚到广东不久，我对镬气一说就略有耳闻，以为一道菜热气腾腾地端上来，就算镬气十足了，每次上酒楼吃饭，总会选择靠近厨房的位置，后来才发现自己太肤浅了，这不过是其中的要义之一。

一道炒菜，除了"热"之外，还讲求"快"，粤菜中有一个说法，叫"嫩而不生，仅熟即可"，这要求厨师对每一种食材的品性了如指掌，炒制的过程要眼疾手快，一气呵成，绝不能拖泥带水，只有这样，才能最大限度地留住食材的鲜味。

另一点是"干"，干不是没有汁，而是有汁而不见汁，有芡而不见芡，引而不发，含而不露，如少女回眸一笑，盈盈眼波，脉脉含情，令人心醉。

最后一点是"香"，香味是食物无声的吆喝，美好的食物应该像树上刚刚成熟的水果那样，散发出迷人的馨香。厨师们像指挥家一样，娴熟地指挥着火焰，让食客们闻香垂涎，食欲大涨。

讲到镬气，最有代表性的菜式自然是"啫啫煲"了，上得桌来，煲内仍在欢快地嗞嗞作响，如一群叽叽喳喳的小麻雀。"嗞嗞"一词在粤语发音为"啫啫"，故得此名。

啫啫煲一般分为生啫和熟啫两种，相对而言，生啫更受食客青睐，生料下煲，明火煮到八成熟，上菜的过程中，仍在继续烹饪，揭开锅盖，一股香气扑鼻的白烟升腾而起，如敦煌壁画中的飞天仙女一般翩翩起舞，令人口水横溢。

香港美食家蔡澜曾说："如果说天下第一好菜在中国，吃在广东，顺德又是省中最懂得享受的……"顺德小炒王虽是一道家常小菜，名气却颇响亮，食材的选择并没有定式，但一定要遵循香口、惹味、易熟三大原则，主料为韭菜薹，取其鲜嫩爽脆。镬气也是这道菜成败的关键所在，从下锅到上碟不过两三分钟，急火猛攻之下，催生出食材的天然香味，调料中的鱼露，如火传薪，点燃了所有食材的鲜味。

这道菜荤素兼容，色彩斑斓，口感丰富，脆、软、嫩、韧不一而足。筷起筷落间，仿佛进入了味道的迷宫，韭菜薹的脆嫩、银芽的清爽、炸香芋丝的香脆、鱼糕条的鲜香、烧鸭丝的软嫩、虾米的咸香、鱿鱼干的筋道，这些口感独特、味道迥异的食材交织在一起，让口腔里响起轻快优美的旋律。

《吕氏春秋》中有云："鼎中之变，精妙微纤，口弗能言，志不能喻，若射御之微，阴阳之化，四时之数……"镬气所追求的正是食材在舌尖绽放的最美瞬间。已故的粤菜大师黄瑞是一个完美主义者，曾创造出红棉嘉积鸭、百花酿鸭掌、香滑鲈鱼球、茅台鸡等名菜，他炒"香滑鲈鱼球"的时间并不是固定的，下锅之前，他会先问清客人用餐的房间，由此估算出上菜的时间，再决定把菜炒至几成熟，确保菜肴端到客人面前时，口感、色泽、香味都能得到最完美的呈现。

清鲜传千年

有些菜，的确是有惊艳之美的，尝过一回，便会爱上，一发而不可收，比如潮州菜。

潮州菜原本只是偏居一隅的地方菜，近几年却声名鹊起，获得了"最好的中华料理"的嘉誉，在很多城市，潮菜馆的价格往往最为昂贵，即便如此，依然深受食客们追捧。

有个做生意的朋友曾跟我说起一件趣事，为了一笔业务，他约客户吃饭，约了多次，客户总说没时间，有一次，他提出去吃潮州菜，客户的表情立马生动起来，眼睛里露出晶亮的光，后来，他们不仅做成了生意，还成了很好的朋友。

古往今来，有许多食家总结过潮州菜饮馔之道，但我个人觉得它最精粹、最有魅力的还是"清鲜"二字，这与现代人所追求的健康饮食理念有异曲同工之妙。

潮汕地区位于广东东南，这里有大海、河涌、平原和山林，多样性的地理环境，为当地人的餐桌提供了丰富的食材。潮州菜追求本味，力求最大限度地突出食材本身的甘美与芬芳，厨师们对每一种天然的食材充满敬畏，他们认为，不管哪种食材，只要是天然的，都能做出最美的风味，而对于非天然的食材，他们嗤之以鼻，没有半点好感。他们讲求搭配，重汤轻油，注重养生，尤其讲究合时，认为合时是健康的保证，也是美味的保证。"五月荔枝树尾红，六月蕹菜存个空""六月鲤鱼，七月和尚""端午食叶，胜似服药""九月鱼菜齐"……这些代代相传的俗语，就是食物登场表演的时间表。

食材本真的鲜味，最初是沉睡的，需要用盐唤醒，潮汕有句老话说："要想甜，落点盐。"这话乍一听让人有些费解，其实，这里的"甜"，并不是我们平常所说的甜，而是清鲜回甘的意思。在潮州菜中，盐并不是在孤军奋战，它有各种各样的"替身"，比如豉油、豆酱、鱼露、咸菜、橄榄、咸梅、咸柠檬等等，这些替身的味道不是单一的，它们在提供咸味的同时，还提供了不同风格的鲜味，达到了咸鲜合一的完美效果。潮州人热爱这种点到为止的清鲜之美，认为这是人间至味，是其他任何菜式都不可比拟的。

在潮汕地区，美丽的姑娘被称为"雅姿娘"，她们贤惠、顾家，一般很少嫁给外地人。很多朋友得知我娶了一位潮州姑娘，十分羡慕，追问我有没有什么独门秘笈，其实，我除了脸皮厚一点，嘴巴甜一点，并没有其他秘笈。

大部分老人都希望自己儿子能娶一个本地媳妇，除了语言和习俗，最主要的原因就是饮食了。如果你问一个潮汕老人最担心什么？他们会告诉你，最怕娶一个吃辣椒的儿媳妇，对他们来说，吃辣椒就像往舌尖上扔炸弹，是他们最害怕的酷刑。

清代戏剧家李渔曾言："食物的美在于清新、自然、洁净。"这也正是潮州菜追求的至道。潮州菜以"清"为尚，但清而不淡，鲜而隽永，味极佳妙，如倪云林的山水，一草一木，皆充满清逸之致、旷远之境。

这一点，在汤菜中尤其突出，潮州菜中的汤大多澄明莹澈，乍一看，几近开水，入得口中，却鲜香四溢，惊艳无比，如同一个美好的女子，虽历经世事，依旧保持着一颗纯净透明的少女心，一举一动，一颦一笑，让人怦然心动，魂不守舍。

竹笙鱼盒是一道汕头的名菜，制作精良，味道怡人，蕴含着不绝如缕的山林之气。鱼盒，是一种既文雅又生动的说法，就是将厚鱼片切开，但不完全切断。制作时，先将瘦肉、虾肉先剁成茸，加入香菇碎、芹菜末、方鱼末等，像装金银财宝一样，装入鱼盒，隔水蒸熟。竹笙即是竹荪，乃是生长在竹林之中的白色精灵，位列四珍之首，野生的竹笙极为贵重，可遇不可求，其味极清鲜，像一位不食人间烟火、不染尘世俗气的谦谦君子，为了保持脆爽之感，只能在上汤中滚五分钟。将竹笙移入大碗，上置鱼盒，倒入上汤，加少许佐料便可上桌，汤色清澈，味道清爽、鲜美到不可思议。

潮汕人喜食橄榄，除了生吃，还可以入菜，最常见的是炖汤。第一次去潮州菜馆喝青橄榄炖花胶，印象颇为深刻，汤色极为清澈，橄榄去掉了花胶的腥味，赋予它一种清冽的幽香，喝完之后，周身爽利，有一种奇妙的轻盈感。那迷人的清香，像夏日清晨，置身于密林之中，连空气都变得可口起来。除了青橄榄炖花胶，比较最常见的是炖猪肺、粉肠、骨头，橄榄和白萝卜一起炖，菜名气势非凡，称为"青龙白虎汤"。一位从业多年的潮菜大厨告诉我，橄榄不宜切开，否则会有涩味，影响汤水的口感。

素菜的制作，同样要追求清鲜。猛火厚膪、素菜荤做一直是潮州菜的传统，却毫无油腻之感，这种做法的奇妙之处在于，猛火爆炒之下，猪油瞬间激发出素菜的清香，其叶青翠，油光闪烁，仿佛从雨后的菜地里刚刚摘起，点到为止的鱼露，则让海洋风味氤氲其中，入得口中，清香满溢，甘美怡人。

潮州卤水用料堪称繁复，但杂而不乱，主次分明，来自五湖四海的各式香料，各司其职，相处融洽，上品的卤菜，不仅肉香满口、汁水丰腴，还可以品咂到一种隐隐约约的清爽余味。

潮汕人制作海鲜的历史，堪称久远。嘉庆《潮阳县志》称："所食大半取于海族，鱼虾蚌蛤，其类千状。"对于海鲜，潮汕先民总结出了三个原则："一鲜二肥三当时。"一首《南澳渔名歌》，道出了每个时节最鲜美的风味——"是谁认得天顶星？是谁认得海鱼虾？相伴月华有七星，南辰北斗出秋夜。正月带鱼来看灯，二月春只假金龙。三月黄只遍身肉，四月巴浪身无鳞。五月好鱼马鲛鲳，六月沙尖上战场。七月赤棕穿红袄，八月红鱼作新娘。九月赤蟹一肚膏，十月冬蛴脚无毛。十一月墨斗收烟幕，十二月龙虾持战刀。海底鱼虾真正多，恶霸歹鱼是赖哥。海蜇头戴大白帽，海龟身上穿乌袄。"

潮汕人最爱吃浅海鱼，生活在海边的人更是离不开鱼，一般的人家每天早上至少买两种鱼，一条中午吃，一条晚上吃。我有一个朋友，家里顿顿都离不开鱼，邻居便开玩笑说，他们全家都是属猫的。

鱼的鲜味与离水时间密切相关，时间越短越鲜美。我听说，一个潮州人在广州买房，问他父母的意见，他父母只有一个要求——离菜市场越近越好，只有这样，买到的鱼才足够新鲜。

一条鱼新不新鲜，主要看三个方面——眼亮鳃红有光泽。新鲜的鱼，眼睛应该像婴儿一样纯净明亮，不新鲜的鱼，眼睛浑浊，表面笼罩着一层迷雾。新鲜的鱼，鳃是鲜红的，不新鲜的鱼，则颜色暗沉，如生锈的铁一般。此外，新鲜的鱼，鱼鳞闪烁着金属般锃亮的光泽，不新鲜的鱼，则没有这样的光泽。

我妻子的小姨父是在海边长大的，小时候，他每天早上的工作是去海边捡鱼。渔船回来时，鱼筐堆得像小山一样，需要两个人抬上岸，船稍一晃动，便会有鱼掉入水中，他和其他的孩子们就冲上去捡，随随便便就能捡上一篮。

他对每一种鱼的特点都了如指掌，比如，赤棕鱼算不上名贵，但性价比很高，肉质鲜嫩，细腻白皙。鸡腿鱼，学名叫马掌丁鱼，鱼身细长，鱼肉结实，少刺，鲜美，吃的时候，的确有啃鸡腿的快感。红花桃娇羞可爱，野生的体形很小，只有手指那么长，口感嫩滑，味道鲜甜。河豚，潮汕人称为"乖鱼"，其味之鲜美，世人皆知，冒着生命的危险都要品尝。新鲜的乖鱼，加红豆腐乳和三两片五花肉，放在砂锅中同煲，汤汁鲜美黏稠，简直像胶水一样，将其晒干后，与猪手同煲，也独具风味。鹦哥鱼，色彩绚丽，呆萌可爱，可以当作观赏鱼，因头部神似鹦鹉而得名，它以珊瑚为食，常以香煎食之，口感香嫩，少骨，鱼鳞香脆，有类似于爆米花的口感。金钱鱼体态丰盈，金色的鱼身上分布大小不一的黑色圆点，像穿着唐装一样，富态十足。龙舌鱼，身体扁平，刺少肉甜，清蒸、香煎皆是美味……

在很多地方，蒸鱼会加葱和芫荽，而在潮汕地区，情况要复杂得多,不同的鱼却要配不同的菜,一般来说,剥皮鱼配芹菜,香菜配红杉鱼,泥猛配冬菜,也有用咸梅的,值得一提的是,泥猛的腹部有点苦,买的时候,要挑腹部鼓胀的,方才没有苦味儿。那哥鱼的鱼肉大多用来做鱼丸,鱼头、鱼肚加入少许冬菜同煮,煮上一大碗,落盐提味,鲜美绝伦,恨不得把舌头一并吞下。

广府人喜食清蒸鱼,以保留它的原味,但汕头人觉得,这样的烹制方法仍有缺陷,水汽太多,会冲淡鱼肉珍贵的鲜味——他们是绝不允许浪费一丝鲜美的。因此,除了鱼饭,他们还喜欢用杂鱼来贴鱼鼎,做法有点像东北的锅贴。汕头的农贸市场有专门伺候它们的锅出售,制作时,先在锅底垫上姜片、两寸长的葱段,放上鱼,鱼头朝内,摆成花瓣的形状,淋少许油,加少量水,慢火焖制。在轻音乐一般的慢火中,鱼儿们毫无保留地献出了自己的鲜甜,待汁水收干,便可上桌。这样做出来的鱼,鲜得让人吮指。

有一个潮汕的朋友告诉我,小时候,家里条件不太好,买不起大鱼,母亲会买价廉物美的杂鱼回来贴鱼鼎,鱼的种类不同,鲜味也是迥异的,各种门派的鲜味,交相辉映,最终融为一体,成为舌尖最美好的记忆。每次吃到这道菜,他总会想起往昔的时光,心里热乎乎的,像进了一阵温暖的春风。

潮汕人除了爱吃鲜鱼,还喜欢吃鱼丸,清末粤东名士张国栋曾以"得味一尝三拍掌,闻香十步九回头"的诗句来赞叹鱼丸。最有名的鱼丸产于汕头达濠,"古遗旧街宽丈余,每逢佳节拥满埠。携篮肩挑路路阻,桥石穿凹问鱼丸。"这是旧时达濠的寻常景象。

相传鱼丸是由抗清将领邱辉所发明的。当时邱辉的母亲双目失明，可她偏偏又极爱吃鱼。孝顺的邱辉左思右想，终于想出了一个好办法，他吩咐家厨将鱼肉刮离鱼骨，制成鱼丸给母亲食用。

鱼丸的选材至关重要，最早只用那哥鱼，达豪人经过反复地尝试，发现白鳗鱼、那哥鱼肉质雪白、鲜甜，马鲛鱼肉质黏性好，淡甲鱼肉质凝固性强，用它制作的鱼丸非常有弹性。一颗好的鱼丸，不是用一种鱼肉制作的，一般要三种鱼肉的集合。本港捕捞的鱼味道最美，这不仅仅是浓郁的家乡情结，而是因为汕头南澳岛与台湾岛南端的鹅銮鼻连线汕头，是东海南海的分界线，这里的海水盐度适中，微生物丰富，鱼肉尤其鲜甜，同样一种鱼，比其他地方出产的，要贵出不少。

制作鱼丸，是需要耐心的。鱼肉剔骨之后，用刀将鱼青一层层轻轻刮出、剁幼，刮的时候要极小心，极温柔，好像要减轻鱼的疼痛似的。鱼丸的爽脆弹性，是反复拍打的结果。好钢要淬火，鱼丸要拍打。这是至关重要的环节，经过反复拍打，鱼茸才会变得蓬松，吐出胶质。从食指和拇指中捏出一个鱼茸球，置于冷水之中，如能像鸭子一样浮于水面，漫长的拍打工序才能告一段落。鱼丸成形后，上锅蒸制五分钟，立刻浸冷水，冷热相交，赋予鱼丸更加脆爽的口感。当地流传着一个故事，说一个番客回到故乡后，来尝正宗的鱼丸，夹鱼丸时，不小心滑落到地上，赶紧蹲下去找，可怎么都找不到。这时，隔壁桌上的客人大笑起来，原来，这个淘气的小家伙早已经蹦到他们桌子上了。

制作好的鱼丸，以鸡汤煮制最为鲜美，我特别喜欢加入白菜同煮，加少许胡椒提鲜。经过长时间的炖煮，白菜如地衣一般柔软，清爽鲜甜，入口即化，就是有人拿鱼翅来换，我也舍不得换。

与达豪鱼丸相比，海门鱼丸的知名度略低，但味道毫不逊色。雪白的鱼丸，浑圆光洁，如餐桌上的一颗硕大珍珠，每一颗都是一座鲜甜的宫殿，虽然我已经做好了充足的心理准备，接受鲜味的洗礼，可真正咬下口，那四涌而起的鲜味，仍然让我深深着迷。鲜味并不是以排山倒海之势而来的，是迈着细碎的步子款款而来，在舌尖上跳着轻盈的华尔兹，幸福悠缓而至，让人飘飘欲仙。

潮州菜的烹饪手法多种多样，最主要的手法有焖、炖、煎、炸、炊、炒、焗、泡、扣、清、灼、烧，有些说法比较古老，比如，"炊"其实就是清蒸。比如，醉又分为生醉和熟醉，生醉是用酒对鲜活原料进行浸腌杀菌，除去腥味，增添鲜香美味，熟醉是将主料放入大碗或盅中，加入辅料与调味料，放入蒸笼中用蒸汽加热，"醉"的操作与隔水炖接近，但在时间的掌握上要比隔水炖短。又比如，有"逢炆必炸"的说法，由来已久，代代相传，炸过之后，口感发生变化，可以更好地吸收汤汁。炸又分为清炸、脆炸、酥炸。清炸是指原料不挂浆糊，直接入油锅炸。脆炸是指挂浆糊后炸。酥炸，是在已煮（或蒸）熟的食材上挂糊后，投入七八成热的油锅中炸制。熏也是一种手法，传统名菜鸭脯，就是用甘蔗渣熏制而成，鸭肉中带着淡淡的甘蔗清香。这些手法，像十八般武艺，厨师只有样样精通，才能根据食材的不同特点，选择最适宜的烹饪手法，制作出最佳的口感。

潮州生淋鱼做法比较特别，一般选用鲩鱼，在密闭容器中用沸水浸泡十五分钟，取出鱼后，用毛巾吸干水，淋上滚烫的猪油，这样的做法，可使鱼肉格外鲜甜爽滑。这道菜有甜咸两种口味，一鱼二味，咸甜任择，充分体现了潮汕人的细密心思。

食客们总想追求色、香、味俱全，可惜鱼和熊掌很难兼得，好看的菜大多不太好吃，但潮州菜却是个例外，大厨们将色、香、味均做到了极致，精美得让人不忍下筷。比如，糕烧过的番薯，娇羞莹润，微光闪烁，简直像杧果肉一样诱人。石榴鸡是潮州菜中的一道经典，里面并没有石榴，而是将蛋皮做成石榴的形状，中间包入鸡胸肉，再以芹菜条束之，晶莹剔透，美味无比。炊莲花鸡，盛放鸡肉的面皮如同一朵绽放的莲花。焗袈裟鱼，用的是石斑鱼，因外面包裹着猪网油，形似僧侣的袈裟而得名。此外，还有凉冻金钟鸡，将火腿片、香菜叶、蛋白片、芦笋片、鸡粒，加入适量琼脂冷冻而成，造型别致，如果冻一般，食材均清晰可见，红、绿、白、黄几种色彩相间，清新明快，赏心悦目。吃的时候，轻柔、微凉，如同品尝月光。

清鲜之味传千年，曾经藏于深闺的潮州菜如今早已美名远扬，成为高档菜的代名词，它为何能拥有如此之高的地位呢？我觉得，除了潮汕人的聪明智慧和潮汕地区深厚的文化底蕴之外，至少还有三个原因。

潮州菜的兴起，与华侨密不可分。"汕头出海七洲洋，七日七夜水茫茫。"潮汕地区是著名的华侨之乡，统计显示，在全球华人华侨及港澳台同胞中，潮汕籍华侨人数占五分之一左右，有一千多万。伴随着一代代潮人远行的步伐，潮州菜也在东南亚一带流行开来，几乎可与广府菜平分秋色。晚清潘乃光在《海外竹枝词》就曾描写过新加坡的餐饮:"买醉相邀上酒楼,唐人不与老番侔。开厅点菜须庖宰,半是潮州半广州。"香港是潮州菜的中兴之地,从二十世纪六七十年代开始,香港出现许多主打潮州菜的高档酒楼,一九七八年在九龙加拿芬道开张的"金岛燕窝潮州酒家"就是当时名气最大的一家。香港的潮州菜,在传统的基础上有了不少创新,选材也更加高档。陈平原教授在一次演讲中曾提到过一件趣事,一九八九年一月初,他去香港参加学术会议,会后去吃潮州菜,与饶宗颐先生同桌,饶先生得知他是潮州同乡,上一个菜便问一次,连问三次,他全交了白卷。饶先生很是困惑,竟然质疑他到底是不是潮州人。

潮汕地区为省尾国角,位置偏僻,听我岳父说,高速公路开通之前,坐汽车从汕头到广州要二十多个小时,摇得骨头都快散架了,即使到了现在,开车也要五个小时左右,正是因为偏僻,潮汕文化保持了一份独立与幽秘,这是弥足珍贵的。

潮汕人对本土文化的热爱到了无以复加的程度,时至今日,当地仍然保留着许多古老的传统,比如,大年初一早上,我去井里打水,岳母马上叫住了我,我才知道,这水可不能随便打,是要看属相的,如果是鸡年,新年第一桶水,必须属鸡的人先打。又比如,大年初七,要吃七样菜。当地的歌谣这样唱道:"七样羹,大人吃了变后生,奴仔吃了变红芽,姿娘吃了如抛花。""奴仔"在潮州话中是小孩的意思,"姿娘"指的是女人。七样菜一般取萝卜、厚合菜、大菜、春菜、大蒜、韭菜、芹菜。菜不是分开炒,而是在一起炒的,每样菜都有很好的意头,按照当地的民俗学家的说法:"萝卜代表清白;厚合是合家平安;

大菜寓意发'大财';春菜取'常年回春'之意;大蒜代表诸事合算;韭菜意味着长长久久;芹菜取'勤劳致富'之意。"

"出花园"是潮汕地区延续至今的习俗,潮汕有句俗语叫:"十五成丁,十六成人。"十五岁出花园,是孩子的成年礼。这一天,孩子要身穿新衣,脚着红木屐,头戴石榴花,新衣裳和红木屐,现在换成了红拖鞋,一般是外婆送的,石榴花则有多子多福的寓意。早餐格外丰盛,有整鸡一只(男孩子上母鸡,女孩子上公鸡),还有甜品、青菜等各种拼凑成八道或十二道菜。"出花园"者坐上正位,鸡头朝着他(她),意指长大以后可以出人头地。

此外,潮州话是中国最难学的方言之一,被笑称为"学老话",意思是学到老也休想学会。有人开玩笑说,每年春节,在潮汕地区的村口巷尾见人就傻笑的人,不是傻子,就是像我这样的外地女婿。在我看来,潮州话就像一堵看不见的围墙,牢牢守护着潮汕地区的传统文化。千百年来,潮州菜也在不断地吸纳,不断地创新,在博采众长的过程中,它始终坚守自己的本色,最终成为中华饮食中一颗璀璨夺目的明星。

味出潮州说卤水

"西北狼、东北虎，喝不过江苏小绵羊"，这是酒桌上流传甚广的一句话，我虽是正宗的江苏"小绵羊"，酒量却很浅，二两白酒一落肚，响皮般粗糙的老脸立刻变得通红，好像刷了一层红漆。

我虽不胜酒力，酒瘾却很大，有事没事，总爱和朋友们推杯换盏，小酌几杯。只要一端起酒杯，我立马变成了顽童，总会和妻子打游击——趁她转身之际，一口将杯中的酒干掉，又飞快地给自己倒上一杯，然后装出一本正经的样子，好像什么事也没发生过一样。

在我看来，佐酒之物，最好的选择不是花生米，而是卤味，卤味又以潮式为佳。香港美食家蔡澜常用普宁炸豆干来判断一家潮州菜馆出品，我则用卤味来衡量，卤味如果不好，其他的菜也就不用再试了。

中国人从很久以前就开始制作卤味了，南北朝时期的综合性农学著作《齐民要术》中提到的"绿肉法"，就是它的最早记录。如今的卤味江湖，门派众多，川式卤味麻辣辛香，山东卤味咸鲜红亮，我们老家的苏式卤味鲜香回甜，而潮式卤味选材讲究，味甘香软，浓而不咸，清而不浊，馥郁醇香，回味悠长，吃再多也无厌腻之感，堪称"人间至味"。

都说"食在广州，味出潮州"，潮州卤味百吃不厌的最大秘密，在于卤水，汪曾祺先生对潮州菜评价甚高，他曾给潮州菜馆题过一幅字——"桂林山水洞，潮菜色味香"。潮州卤味正是色、味、香俱佳的典范，它的制作极其复杂、严苛、精微，堪与香水调制的过程媲美，用料皆出自然造化，不加一粒味精，因为这与"清而不浊"的理念是背道而驰的。卤水是长情的东西，要日复一日地煮制，如果加入味精，或许可以得一时之鲜，却会坏了一整锅卤水，得不偿失。

我的大姑妈，前半辈子走南闯北，见过不少世面，她平生最痛恨味精，一提到味精就气不打一处来。记得小时候她经常对我说，味精是骗嘴巴的坏东西，还说，如果什么菜都加味精，要厨师干什么？！当时，我对她的观点很不以为然，认为她太过偏激，因为放了味精的菜，就是比不放味精的好吃。但随着年岁和阅历的增长，我越发认同她的观点了。

俗话说，唱戏的腔，厨师的汤。开卤水的第一步是革汤，革的不是一般的高汤，而是顶汤，我把顶汤称为卤水的"身体"。一般人认为，高汤只有一种，而在厨师界，高汤分为三个等级，分别为"顶汤""上汤"和"二汤"。其中，又以顶汤最为鲜美，最受推崇，被尊称为"龙之睛、鸟之羽"。它的鲜味并不是单一的，而是各种食材"众筹"而成的，浓郁、醇厚，富有层次感与幽深感，其中，海鲜味以烤制过的大地鱼和瑶柱带出，风腊味由金华火腿带出，鲜肉味以老母鸡、猪筒骨和梅肉带出，还有猪皮和鸡爪，增加卤水细腻绵滑的胶质。此外，还要加入大量鹅油，鹅油不仅仅可以增香，还可以减少热量散发，使食材更加易熟，保持细嫩脆爽的口感。鹅油冷却后，会形成一层自然的保护层，使卤水珍贵的香味得以封存，不让这些"淘气"的家伙到处乱跑。

开卤水的第二步是调香，潮州卤水的风味，之所以与他处迥然不同，是因为加入了南姜、香茅两种香料。南姜又叫"潮州姜"，又叫"芦苇姜"，由东南亚传入，在泰国叫"暹罗姜"，是冬阴功汤中必备的材料，它具有桂皮香味，味道辛辣，有天然的熏烤芳香。香茅又称"柠檬菜"，是越南菜、泰国菜中最喜欢添加的香料，将它加在卤水中，可使香味变得空灵而清新。此外，还有白豆蔻、干辣椒、八角、沙姜、草果、罗汉果、香叶、黄栀子、白胡椒、桂皮、花椒、蛤蚧、陈皮、甘草、丁香等，每一样香料都有自己的看家本领，或去腥，或增香，或生甘，或调色，个个"才华横溢"，没有一个是"吃闲饭的"，其中，值得一提的是蛤蚧，它不仅可以防止卤水酸败，还有补肺益肾、定喘止嗽的作用。这些香料品性不一，有些性格内向，需提前炒制，炒出浓郁的焦香，有些性格外向，不用炒制，就已香气四溢。这些萍水相逢的香料，相互提携、相互融合，最后成为引人入胜的幽香，我把这种纯净、迷人而又深邃的幽香称为卤水的"气质"。

开卤水的第三步是调味，在这个环节中担当大任的潮汕本地生晒的生抽和琥珀色的鱼露，还要加蒜头和干葱头，大蒜头无须剥壳，红葱头则一定要爆香。鱼露又称"鱼酱油"，是以小鱼虾为原料，经腌渍、发酵、熬炼后得到的一种鲜美汁液，纪录片《风味中国》中称其有"坚果味和类似炙烤的香气。"潮汕地区最早的鱼露，其实是指腌制咸鱼时排出的鱼汁。本地人也将这种鱼汁称为"醯汁"，将腌制的海产品称为"咸醯"。清光绪《揭阳县正续志》这样记载："涂虾如水中花……土人以布网滤取之，煮熟色赤，味鲜美，亦可作醯。"鱼露为咸鲜之物，和咸菜、菜脯并称为潮州三宝。凡事有度，过犹不及。鱼露虽美，但不可贪多，多则发苦，弄巧成拙，一般而言，五斤汤中加入半瓶即可。生抽是颜色较浅的酱油，有浓郁的酱香和酯香，潮菜大厨们认为，酱油是卤水的灵魂所在，酱油不好，其他都是白搭。他们会一般选用揭阳当地生产的生抽，这种生抽由传统工艺酿造，酱味醇正，醇厚柔和，是配制的酱油远远无法比拟的，其味道本真、温和、隽永、持久，我称这种自然朴拙的味道为卤水的"性格"。

最后一步就是调色了，这决定了卤水的"颜值"，很多地方的卤水会直接加入色素，提升卖相，潮汕厨师则遵循古法，加入冰糖炒制的糖色或者黄栀子。老抽也是不能加的，因为，老抽中有焦糖色，熬多几次，卤水会变得又黑又苦，得不偿失。调完色后，天下一绝的潮州卤水便已大功告成，色泽金红，沁人心脾，让人有喝上一大碗的冲动。

卤水几乎汇集了天地精华，不管是卤鹅肉、鸭肉、五花肉、猪头皮、大肠、猪嘴、猪耳朵、猪舌、猪脚、豆干，甚至是萝卜片、苦瓜，只要经过卤水的洗礼，都能成为令人垂涎的美味。甚至有人开玩笑说，把脚上的皮鞋放进去卤上几个小时，都能变成一道美味。

美味永远没有标准答案，卤水的方子并不是一成不变的，每家卤水店都有自己独特的风格，配方是最高机密，对外秘而不宣。不管配方如何变化，当日浸煮的卤菜都应该咸度适中，清香怡人，如果味道太咸，颜色暗沉，像一个人生气的样子，很有可能是第二天回锅所致，不吃也罢。

除了配方，卤水桶也是有讲究的。我的一个朋友新开了间潮菜馆，走的是私房菜的路线，餐位不多，客人对其他菜式的评价都很高，唯独觉得卤味还差点意思，朋友百思不得其解，直到后来，偶遇了一位高人，天机方被道破。原来问题就出在卤水桶上，桶太小，香味不能充分散发，换上大桶之后，果然大有改观。

卤过的卤水，称为卤胆，需要小心保管，因为，它和白酒一样，也是时间的艺术，时间越陈卤出来的肉更加浓厚香醇。老卤水滴滴香浓，非常精贵，坊间就有"一桶卤水一桶金"和"千金难换老卤水"的说法，我听说有些卤水店，每天晚上都会把卤水桶锁起来，生怕被人偷走。

很多人以为，制作卤菜就是把所有的食材一股脑儿全放进去，其实不然，师傅们会根据食材的特点来确定卤制的程序和时间，比如，卤水豆腐擅长吸味，要放到最后卤，卤制前先炸至表皮金黄，待冷却后浸入卤汁，十分钟即可，太久则咸，豆腐的表皮绵软，内里滑嫩，粤菜大师的潘英俊说卤水豆腐里有炖蛋的香味，我细细品尝，还真是那么回事。

与其他地方的卤味相比，潮州卤菜有一个最大的特点——口感香软，老少咸宜，这又与潮汕地区尊老爱幼的传统密不可分，有个潮汕的朋友告诉我，他们家里每次煮好东西吃，首先想的是奶奶能不能吃。这份美德，早已深入他们的骨髓之中，成为文化的基因，世代相传，绵延不绝。

卤鹅自带明星范

父亲有个忘年交，是镇上卖卤味的，留着两撇油亮的小胡子，身上永远带着好闻的卤香味。每年大年三十，他都会送几样卤菜到我家，有卤牛肉、卤鹅翅、卤猪脚和卤猪耳。平日里，我都直呼其名，只有那一天，我才会叫他一声"黄叔叔"。

那会儿，他还是个单身汉，母亲常给他介绍对象。有一回，母亲带他去见一个姑娘，我也跟着去敲边鼓。我记得那姑娘长得挺好看，身上带着一股柑橘的清香。她对我和母亲很热情，可对黄叔叔却不冷不热，压根不拿正眼瞧他。眼看第一次当媒人就要以失败收场，我不甘心，脱口便说："你要是嫁给他，天天都有卤牛肉吃哦！"我以为这句话能打动她，没想到，她竟没有一点反应。后来，听说那姑娘嫁给了一个城里人。

一年冬天，黄叔叔家翻新灶台，到我家来做卤菜，从半夜开始忙碌，一直忙到早上五点。我起床煮粥的时候，他已经摆摊去了，厨房里香气迷人，锅里的卤水余温尚存，勺子一捞，竟捞出三块拳头大小的牛肉。我欣喜若狂，不用刀切，用筷子猛地一叉，咬一大口牛肉，喝一口粥，活像一个暴发户。一连过了几天好日子，我便开始得寸进尺，希望他家的灶台永远不要修好，这样，我就可以天天吃到卤牛肉了。当然，这只不过是痴人说梦，一个星期以后，他家的灶台修好了，我短暂的幸福生活也随之结束了。

或许正因为这段美好的记忆，我对卤味格外偏爱，每每吃到，心中总会发出幸福、温暖的回响。我总觉得，卤水是挺神奇的东西，食材一旦经过卤制，就会变得不同寻常，就像人换上了戏装，上台一亮相，不用开腔，就已经星光熠熠了。

卤味是潮州菜的招牌，卤鹅则是招牌中的招牌。潮汕人喜欢吃鹅，民间有"无鹅肉勿滂沛"之说，这句话听起来颇有些费解，意思其实很简单，就是说一桌菜如果没有鹅肉就称不上丰盛。潮汕人对鹅似乎有一种很特殊的感情，每年过年前都要以整鹅祭祖，因故不能返乡的潮汕游子，总会叮嘱故乡的亲人寄上一只，以解思乡之苦。

制作卤鹅，需先在鹅身抹盐腌制半小时，在新卤水中加入三分之一的老卤作为味引，卤制时，不能用大火，而要用"菊花心火"，如果火力太猛，卤水中的冰糖会煮焦，影响口感。一般的鹅，大概卤制一个半小时，每过二十分钟，就提出来"吊水"，沥干卤汤，反复多次，鹅肉才会柔中带刚，干身爽口。卤制完成后，还要在通风处继续晾挂收汁，这样，鹅肉更加紧致，香味也更加凝聚。它呈浓厚的酱色，浑身散发着诱人的微光和香味，即使不吃，看一眼都会觉得无限美好。

切肉也是有讲究的，经验丰富的厨师总是气定神闲，不紧不慢，伴随着清脆迷人的咔咔声，刀起刀落间，鹅头已经被切成了六块，鹅脖子也切成了六块。为保证口感，鹅肉一般斜切，块块带皮。斩好之后，淋一勺卤汁，加几片芫荽点缀，这道程序用潮州话说叫"芫荽叠盘头"，有锦上添花的美好寓意。

卤鹅浑身是宝，有"八珍"之说，分别为鹅头、鹅肝、鹅掌、鹅翅、鹅胗、鹅肠、鹅肉和鹅红，各个部位，口味迥异，绝不雷同。大抵而言，肉多的部位味甜，脂多的部位味香。鹅头富含胶质，浓香盈齿，棕灰色的鹅肝肥美，粉糯黏口。鹅掌香韧，尤其是掌心突起的肉枕，被称为"掌中宝"，越嚼越香，最受食客青睐。鹅翅酥烂，最好用手抓着吃，一扯就能扯下一大条，让人不由得生出豪迈之感。此外，鹅胗弹牙、鹅肠爽脆、鹅肉香软、鹅红细滑，点上一盘卤水拼盘，蘸上蒜蓉醋，口感柔和，在解腻的同时，还能使味道更加清甜。各个部位，各有所爱，因此，卤味往往会以拼盘的形式出现在餐桌上，这样一来，每一个人都能找到自己心仪的搭配。将鹅肉、鹅肝、鹅蛋与饭相搭配，加上几片香菜，淋上些许卤汁，就成了一道美味的鹅饭，每一粒米都被沁润，吃起来口口生香。

鹅粉肝是我的最爱，和法国鹅肝的一样，它也需要大量填食才能产生，一个完整的粉肝，足有一斤多重，中间的油脂最为珍贵，是香味和口感的保证，为了让粉肝不泻油，保持最完美、最鲜嫩的口感，火候尤为重要，因此，它的制作方法与其他卤味有所不同，要先用淡卤水和鹅油调制成汤，煮滚后，加粉肝和玫瑰露酒，关火，浸至七八成熟，立刻捞起，移至卤油中自然冷却，否则，粉肝容易发黑、变硬。煮好的粉肝是不能马上切的，要等客人下单后才切，还要淋上几勺热腾腾的淡卤汤。这样卤制出来的鹅粉肝，吃起来香滑绕舌，如巧克力一般柔滑细嫩，怪不得法国文豪巴尔扎克见到都兰的美景时会忍不住赞叹："好像满嘴都是鹅肝酱。"

潮汕民间有"稚鸡硕鹅老鸭母"的说法，意思是说鸡要小，鹅要大，母鸭则要老，在所有的鹅中，体形最大，也最有名的是"狮头鹅"。"狮头鹅"原产地为潮州市饶平县浮滨溪楼村，如今以汕头澄海养殖最为广泛。它头大而眼小，头部顶端和两侧具有较大黑肉瘤，形似狮头，威风凛凛，气势不凡，故称"狮头鹅"。老食客们甚爱此物，只要一听到这三个字，口水就会暗流涌动，食指大动。

卤狮头鹅，最出名的是澄海苏南，镇上的贡咕卤鹅至今已经有百年历史了，"贡咕"一词乍听上去颇让人费解，其实它是一个象声词，是卤制过程中气泡顶破油脂层时发出的美妙声响。

和别的鹅不同，狮头鹅身上卖得最贵的不是鹅肉，而是鹅头，四到六岁的公鹅最受热捧，经过五六个小时的卤制，鹅头呈黑金色，皮厚肉坚，皮质胶韧近似牛筋，肉的口感有点像腊肉，其中，又以下巴的味道最佳，香气悠长，滋味无穷，堪称"人间尤物"。售卖老鹅头，一般都会带上长长的鹅脖子，我总会将上面的肉一条条撕开，慢慢品咂。当然，物以稀为贵，老鹅头价格自然也是不菲的，一个鹅头，最便宜也要卖上千元，即便如此，仍然供不应求，如果不提前预订，有钱也不一定买得到。

在潮汕地区，卤鹅随处可见，卤鹅火锅却难得一见，我有幸在澄海吃过一次，印象颇深。锅底用的是卤水，随着汩汩的沸腾声，撩人的香味不断冒出，让人直咽口水。为了保证最佳的口感，桌子上写明了每一个部位的煮制时间。锅是特制的，中间是火锅，两边则是烧烤架，一火二用，构思精巧。在等待鹅肉变熟的时间里，我们烤起了鹅肝。鹅肝易熟，几分钟后，就飘出了迷人的香气，表皮香脆，内部肥腴，在舌尖上慢慢化开，如梦似幻。烤完鹅肝，接着烤鹅肠，卡其色的鹅肠在铁板上慢慢收缩，颜色也由浅变深，夹上一筷，入嘴咀嚼，口感极为脆爽，鹅肠上挂着一条鹅膀，丝丝缕缕的鲜腴，让人心生欢喜。因为这美味的鹅肝和鹅肠，原本枯燥乏味的等待便成了空灵、隽永的诗篇。

第二章 恰似雨后入空林

广州增城、从化盛产荔枝，在一望无际的荔枝林里，生长着一种至鲜之物——荔枝菌，它被称为"菌中之王"，有食客说它自带肉香，我倒觉得像是鸡肉与火腿混合的香味。它生长在荔枝林内潮湿、松软的白蚁窝上，每年仅有二十天左右可以享用。那段时间，采菌人非常辛苦，半夜就要起床，乘着沥青般黏稠的夜色出门，因为凌晨四五点左右采摘到的荔枝菌最为鲜美，一经太阳暴晒，鲜味就会大打折扣。

荔枝菌味殊甘绝，菌伞极滑，像某种鲜美的凝脂，一入口，便融化于舌尖，菌柄柔嫩，清爽无渣，爽脆如少女的笑声。特级荔枝菌的菌尖像收紧的小雨伞，其中，又以嫣红色荔枝菌最为珍贵，只有极简的烹饪手法才配得上它的优雅高贵，一般采用蒸、煮的方式，没有打开伞的用来蒸，打开了伞的则用来滚汤，吃上一口，身体里便会涌起一种莫名的轻盈幸福，仿佛在品尝大地深处的鲜美秘密。

等待时光鲜美

中国人素来追求天人合一的哲学观念，并将这种观念贯穿到生活的方方面面，具体到饮食上，就是以鲜为先，不时不食，追求本味。

民以食为天，味又以鲜为先。古人有云："人莫不饮食也，鲜能知味也。"鲜一直是对于美食的最高评价。对于知味的食客来说，鲜是一种足以让心灵融化的美妙感觉，是舌尖上的天籁。

我对鲜的最初记忆，应该是外婆带我去溧阳县城吃的那碗小馄饨。依稀记得，小店在长街的拐角处，透过玻璃窗可以看到店里坐满了人，气温很低，热气将煮馄饨的师傅团团围住，旁边有两个胖胖的大妈在包馄饨，她们用筷子将馅料刮进馄饨皮，轻轻一捏，一只馄饨就成形了。我脚下好像生了根，呆在那里，定定地看，口水滴到胸口，几乎要滴出一个洞来。外婆心知肚明，微笑着摇了摇头，拉着我走进店去。店里很暖，热乎乎的空气让我手上的冻疮一阵阵发痒。外婆掏出一块手帕，取出一张张皱巴巴的旧钱，买了一碗，一口一口地喂我。馄饨只有拇指般大小，馅更是少得可怜，汤却极为鲜美，用我们老家的话说，叫"鲜得掉眉毛"，那种近似于灵魂出窍的美妙体验让我至今难以忘怀。由于时间过于久远，我甚至常常产生了一种错觉，分不清这到底是现实还是梦境。或许，鲜美带给人的幸福感觉原本就接近于梦境吧。

"五味之始，以淡为本。"粤菜简约清淡，追求的是淡中之鲜，鲜中之甜。鲜是粤菜的灵魂，是入口时的惊艳，甜则是隐隐约约、不绝如缕的余味。鲜与甜的完美融合，便是粤菜征服味蕾的秘密所在。

我从小吃的是苏锡菜，浓油赤酱，口味甚甜，这种甜与粤菜的甜是大相径庭的。苏锡菜中的甜，大多是调料的作用，而粤菜则更强调食材本身的甜。各种美好的味道交织在一起，最终在齿间化成隐约的鲜甜，那种清爽、空灵的感觉，让人无比幸福，仿佛成了一片轻盈的羽毛。

"花木管时令，鸟鸣报农时"，节气是天地的呼吸，是自然的节拍，在不同的时节里，大自然悄然孕育着最鲜美食材，只有紧跟时间的脚步，才能品尝到最美的风味，就像茫茫人海中的两个人，只有在最恰当的时间相遇，才会擦出爱的火花。

大自然是最仁慈、最大方、最守时的馈赠者，顺应四时，循季而食，一直是岭南人古老而又朴素的智慧。"三月黄鱼四月虾""春天喝碗河蚌汤，不生痱子不长疮""春鯿秋鲤夏三犁（鲗鱼）隆冬鲈""七九见河豚，八九见刀鱼，清明螺蛳赛肥鹅""北风起菜心甜"……这些耳熟能详的俗语，代代相传。食材应时而变，口味也是如此，大体而言，夏秋菜式又以消暑祛热为主，冬春菜式则以营养滋补为主。

和北方的四季分明不同，岭南地区的时节变化总是悄无声息，日子过得飞快，像搞批发似的，除了一闪而过的短暂冬季，其他几个季节的交接一点仪式感都没有。在这里，时间主要是以美食的方式在舌尖流转，一道当造的新菜登上餐桌，才发现一个季节已经不辞而别，另一个季节已经悄然而至。"春有百花秋有月，夏有凉风冬有雪。莫将闲事挂心头，便是人间好时节。"宋代僧人释绍昙的诗句，用在美食上，也是极为妥帖的。一道美食谢幕了，这有什么关系呢，还会有另一道在前面等待着你，这样一想，心里便永远充盈着美好的希冀。

广东人大多温善随和，甚至还有些大大咧咧，他们一点也不注重衣着，经常穿着大裤衩，趿着拖鞋满街地跑，可对美食却万分挑剔，无怪乎大家开玩笑，"对广东人而言，什么都是浮云，唯美食和拖鞋不可辜负。"如果你问他们，何为人间至味？他们往往会用一句话打发你——鸡有鸡味，鱼有鱼味，这句话朴素而又玄妙，因为越简单的味道，往往越难企及。

粤菜的大厨们善均五味，对酱料讲究备至，他们认为，调味最关键在于一个"引"字，上好的酱油，应该鲜得自然，增香而不夺味。"味入味出"是烹饪的关键所在，即无味使之入，有味使之出。厨师们就像是食材鲜味的贴身保镖，他们像保护火种一样，小心翼翼地保护着它们。为了保持食物本身的鲜甜，厨师们喜欢白切、白灼、清蒸等最为自然朴素的方式。对于生食的古风，岭南人也视如珍宝。《粤东闻见录》曰："粤人多有鱼生之会。取鱼之初出水者，去其皮鬣，洗其血腥，细剑为片。红肌白理，轻如蝉翼，两两相比。沃以热酒，和以椒盐。入口冰融，号为甘旨。"

又比如吃火锅，岭南人称之为"打边炉"，不但叫法和四川、重庆等地不同，吃法也大为不同，川式火锅以麻辣著称，有着强烈的味觉冲击，如同舌尖上的重金属摇滚，而打边炉，则以清淡见长，像一曲舒缓怡人的《平湖秋月》。

岭南人通常以清水或高汤为底，其中，最具风味的还是顺德。顺德人最喜欢用粥水打边炉，本地人称这种粥"毋米粥"。做法是用大火煲米三四个小时，待水米交融之后，再用细渣格隔掉米渣，粥水细腻绵滑。粥体有一定的黏稠度，半透明，有光泽，用这种粥打底，可以涮海鲜、肉片，粥水像一件轻薄的外衣，将食材本身的鲜香紧紧包裹，让食材始终保持嫩滑的口感，如一个不受岁月侵扰的女子，肌肤水灵，眼眸清澈，内心单纯。吃到最后，粥底吸收了食材的精华，美味而又养生，喝上一口，会让人生出"香于酪乳腻于茶，一味和嘈润齿牙"的感慨。

万物皆有本性，烹饪绝非用调料掩盖其本性，而是借助火力唤醒其本味。因为，食物本味和人的真性情一样，珍贵而又可爱。《吕氏春秋》中有云："以味为本，至味为上。"清人袁枚在《随园食单》中有言："一物有一物之味，不可混而同之。"清代，曾经有一位叫红杏主人的人写过一本粤菜书，书名就叫《美味求真》。调味的目标，不是掩盖本味，而是抛砖引玉，引出食物的本味。过多的调味，反而会败坏味蕾，让舌尖惊慌失措，意乱情迷。我认识一位佛山本地的老太太，她对食物特别挑剔，用完餐后如果觉得口干舌燥，老想喝水，就会把那家餐厅列入黑名单，再也不会去帮衬了。

哲学家费尔巴哈说："人就是他所吃的东西。"美食家布里亚·萨瓦兰也说："告诉我你吃什么，我会告诉你是什么。"食物，就是一面镜子，追求什么口味，便是什么性情，岭南人的饮食，选材讲求正气，以性平味甘为上，食物滋养身体，也在无声无息中造就了性格，性平，使得他们心态大多平和，味甘，则是乐观豁达，时时寻找快乐，苦中也要作乐。

一个人幸福与否，决定权不在别人，而在自己，凡事和自己较劲，是不幸的根源，学会和自己妥协，才是幸福的起点。"天塌下来当被盖""慌失失，得个橘！淡淡定，有得剩！""食得咸鱼抵得渴"……这些都是广东人经常挂在嘴边的俗话，也是他们幸福的秘笈。

淡极始知花最艳，人间本味是鲜甜。在我看来，对本味的迷恋，体现的是一种清简隽雅生活美学。不事雕琢，便有清水出芙蓉的品质，不尚铅华，便会有疏云映淡月之意趣，至真则至鲜、至简则至美，这是美食的本义，也是生活的本义。

菌笋本是清虚物

俗话说，一样米养百样人，一样树开百样花，食物的味道千差万别，即便同是鲜味，也有着细微的差异。

菌蕈凝结了山川草木之气，鲜味脱俗，向来是食家们的心仪之物。宋人汪彦章专门写过一首《食蕈诗》，其中，"中涵烟霞气，外绝沙土痕"一句，我尤欣赏。菌蕈似乎总带着神秘的色彩，是可遇而不可求的，它的生命周期极为短暂，早上还水灵灵的，到了下午，就变干发蔫了。

广州增城、从化盛产荔枝，在一望无际的荔枝林里，生长着一种至鲜之物——荔枝菌，它被称为"菌中之王"，有食客说它自带肉香，我倒觉得像是鸡肉与火腿混合的香味。它生长在荔枝林内潮湿、松软的白蚁窝上，每年仅有二十天左右可以享用。那段时间，采菌人非常辛苦，半夜就要起床，乘着沥青般黏稠的夜色出门，因为凌晨四五点左右采摘到的荔枝菌最为鲜美，一经太阳暴晒，鲜味就会大打折扣。

荔枝菌味殊甘绝，菌伞极滑，像某种鲜美的凝脂，一入口，便融化于舌尖，菌柄柔嫩，清爽无渣，爽脆如少女的笑声。特级荔枝菌的菌尖像收紧的小雨伞，其中，又以嫣红色荔枝菌最为珍贵，只有极简的烹饪手法才配得上它的优雅高贵，一般采用蒸、煮的方式，没有打开伞的用来蒸，打开了伞的则用来滚汤，吃上一口，身体里便会涌起一种莫名的轻盈幸福，仿佛在品尝大地深处的鲜美秘密。

六月的岭南，天气变幻莫测，早上还是烈日当空，到了下午，突然就会风起云涌，豪雨大作，天地仿佛连在了一起。雨来得快，去得也快，雨过天晴，空气湿热，在雨中躲藏起来的鸟儿们，重新回到枝头，唠起嗑来。这个时候，一种可爱的精灵开始在幽暗的林间悄然生长。这便是西水菌，它因出现在西江水暴涨的时候而得名，采摘期十分短暂，仅端午过后十余天时间，因采摘后三小时内食用口感最佳，故又被称为"三小时精灵"。最鲜嫩的西水菌，灰褐色的菌盖尚未打开，白色的菌柄细细长长，如一支支用旧的毛笔。本地人认为，生长在竹林间的西水菌味道最好，与走地鸡一起煲汤，鲜香盈溢，清甜隽永。明人张岱所说的"香气拍人，清梦甚惬"大抵就是这种感觉了。

中山出产早禾菇，文献记载，"亦名早菇，早禾湿蒸而出者，六七月间有之。"可烩可炒，也可用来煲冬瓜，皆是不可多得的美味。

德庆山间的大松菌，带着一股淡雅的清香，可清炒，也可煮粥，清炒的大松菌口感松脆，煮粥则格外爽滑。宋人陈仁玉所撰的《菌谱》中有言："凡物松出，无不可爱。"我深以为然，细细品咂，仿佛可以品到隐藏在鲜味之下的远山气息，有微甜的松脂清香，灼日的暖香，又有雨后潮湿松软的泥土的味道，与我爱喝的锡兰红茶颇有几分相似。

和菌蕈一样，笋也是素中至鲜，历来为文人雅士们所称道。《诗经》中就有"加豆之实，笋菹鱼醢""其籁伊何，惟笋及蒲"的诗句。唐代诗人白居易曾有诗云："紫箨坼故锦，素肌擘新玉。每日遂加餐，经时不思肉。"大文豪苏东坡更是把笋当成了自己的心尖肉，他说："无竹令人俗,无肉令人瘦,若要不俗也不瘦,餐餐笋煮肉。"他爱笋爱到了极致,一看到满山的竹子,就能闻到笋的香味儿。清人李渔也是爱笋之人,他在《闲情偶寄》中将笋放在蔬食类的首位,并说:"论蔬食之美者,曰清,曰洁,曰芳馥,曰松脆而已矣。""此蔬食中第一品也,肥羊嫩豕,何足比肩?"

笋不仅味鲜,而且极美,去壳以后,玲珑可爱,如同少女娇嫩的白足。冬笋比春笋更加脆嫩鲜美,价格要贵好几倍,只有过年的时候,父亲才舍得买上几支,切成极薄的片,用来点缀其他的食材,我总是一片片挑着吃,不消灭干净绝不罢休。在所有的做法中,我最喜欢的是咸肉炒笋,清鲜和浓郁两种风味交织,爽脆与香韧两种口感交错,让牙齿无比兴奋,那种美妙的感觉,用语言是很难形容的。

林语堂先生在《生活的艺术》一书中说:"笋烧猪肉是一种极可口的配合。肉借笋之鲜,笋则以肉而肥。"笋虽味美,却是刮油的寡物,父亲曾跟我讲过一件陈年旧事,几十年前,我们镇上曾经有一个男人,因家中断粮,饿得眼睛都绿了,见到桌子都恨不得啃上一口。不过,他生性乐观,很喜欢讲发松的话,见人就说:"唉!镇上怎么也不死人呢?如果死了人,我就可以蹭一顿饱饭吃了。"一天晚上,他饿得睡不着,悄悄溜进了一家饭店的后厨,想找点东西填肚子,找来找去,只找到一把在水中涨发的笋干,不顾三七二十一,立刻狼吞虎咽起来。饿了那么多天,终于吃到了东西,他心里有一种说不出的踏实,可没想到,回家没多久,肚子便疼如刀绞,在床上不停翻滚,没等到天亮,就去世了。大家都为他惋惜 —— 镇上虽然死了人,可他终究还是没能蹭到这顿饱饭。

岭南地区，盛产佳笋。英德的西牛麻竹笋就十分有名，清代道光时曾有这样的记载："麻竹长数大，大者径尺，概节多枝丛生回枝，叶大如履"，西牛麻竹笋皮呈淡黄色，有"剥皮黄金"之称，粗大肉厚，口感鲜嫩、爽口，无渣，叶子还可以包粽子。我妻子的弟媳是英德人，有一次给我做了西牛麻竹笋焖五花腩，口感极为脆爽，近似于响螺片。当地人不仅吃笋，还喜欢吃笋衣，如果把竹笋比作初生的婴孩，笋衣则是包裹他的胞衣，乃至嫩至鲜之物，可以焖猪肉，也可以打边炉，吃完以后，鲜味在口腔里持久回荡，仿佛岚气云烟缭绕山间。

广宁有大片的竹海，这里出产的竹笋，品种甚多，如文笋、甜笋、苦笋等，以文笋为上品，当地人常以烧腩肉炆之。《广宁县志》曾记载："四时皆有笋可食，其最佳者文笋。"古时以坑口园岭文笋最为出名，当地的全笋宴，颇有特色。当地人还喜欢吃竹虫，我壮着胆子吃过一次，肥美甘香，有淡淡的奶油味。

怀集也是竹子之乡，以蓝钟镇出产的黄庆笋最为出名，味纯肉厚，滑嫩脆口，未露出土面的笋芽，挖来生吃，像生番薯一样脆甜。此外，怀集的篙笋、德庆高良富笋也很不错。

龙门的西溪笋，薄如蝉翼、肉质爽脆、清甜甘滑。《龙门县志》收录的中山大学报告称："沙迳之西溪有甜竹，以其笋为脯，名溪笋，极爽脆，为最佳之特产，惜所出无多耳。"

佛山地区也有佳笋，南海林岳的土质属于半沙半土，出产的吊丝丹笋，爽、脆、甜，堪称极品。焯水冰镇，松脆无渣，点上芥末，有清醇之美。此外，蚝油炒笋、笋炆鲫鱼、鱼茸竹笋粥也是不错的选择。罗村的大头典竹笋，头大尾小，中间弯曲，呈烟斗状，用花蟹焖之，最是惹味。张槎沙口笋，也深受食客追捧，白灼尤佳。

客家人最爱吃的是苦笋，认为它有清热去火的妙用。他们把苦笋视如珍宝，我却始终吃不习惯。我家附近的几个菜市场卖的笋大多数是苦的，我每次问摊主，这笋苦不苦，摊主总会信誓旦旦地说："不苦！"回家一煮，却苦如胆汁，让人直皱眉头。上了几次当后，我也学聪明了，见到摊位上放了一堆笋，便故意问："有没有苦笋？"当摊主回答"没有"时，我马上说："那赶紧给我来几条！"

一夜春雨竹笋肥。春天是吃笋的好时节，对我而言，没有笋的春天是残缺的，有了笋，才算得上完整。今天笋烧肉，明天肉烧笋，即使天天吃、顿顿吃，我都不会觉得腻烦。时间一久，我的大女儿看不过眼了，笑我是属熊猫的。我朝她呵呵一笑，心想，只要有笋可吃，属什么还真是一点都不重要！

菌蕈和竹笋，皆是不可多得的空灵妙物。粤菜中有一道叫鼎湖上素的传统名菜，则将这些饱含清虚之气的山珍一网打尽，让食客们尽情享受大自然的慷慨馈赠。

此菜历史久远，相传由鼎湖山庆云寺一位老和尚于明朝永历年间创制，原料选取上好的三菇（冬菇、草菇、蘑菇）、六耳（雪耳、木耳、榆耳、云耳、沙耳、桂花耳）以及发菜、笋干、腐竹、粉丝、黄花菜等，用清冽甘甜的鼎湖水浸发、洗净，再加上配料，经汆、煮、烧、炒、煨、焖后，最后以蒸扣的方法成菜，用料精细、色调雅丽、层次分明、鲜嫩滑爽、清香溢口，乃素斋中的最高上素。

一九二七年，西园酒家将这道菜引入广州，并进行了改良，以老鸡、猪瘦肉、火腿骨等为主要原料熬出上汤后，再加水熬制味汤，吸收了二汤的斋料，味道更加鲜美，不过，售价高达二十银圆，贵得令人咋舌。

我有幸在鼎湖山的青碧山水间品尝过一次，味极佳妙，堪称"天厨仙供"。用完晚餐，徒步返回半山腰的酒店，空山寂静，繁星密布，耸立的山峰像是在打坐冥想，金色丝绸般的月光在山涧流淌，风中带着令人愉悦的草木清香……我将脚步放到最轻，生怕惊扰这甜蜜、透明的寂静。一个小时以后，回到房间，带着满嘴的鲜美沉沉睡去，好像密林深处的一朵菌子。

恰似雨后入空林

"四时皆是夏，一雨便成秋。"地处于亚热带的岭南，闷热潮湿，夏长冬短，即使进入了冬季，也经常任性地插播夏天的"广告"，"今天穿羽绒，明天着短袖"这样的怪事时常发生，生活在这片土地上的人一不留神就会上火，清淡饮食原本只是向气候妥协的一种智慧，却在不经意间成了深受追捧的独特风味。

岁月流逝，四季轮回，岭南人不负造化，踏着时令的节拍，让舌尖与自然翩翩起舞，将时光翻译成一道道鲜甜的滋味。

三月春风煮时蔬，在所有的食材中，蔬菜最讲求季节性，也最能品尝到大自然清香。春天一到，天空明净澄澈，阳光柔和而又温暖，风不冷不热，吹在脸上要多舒服就有多舒服，人们卸下了狗熊般臃肿的冬装，变得自由而畅快。充沛的暖阳下，青草们呼啦呼啦地从地里冲出来，苋菜、番薯、枸杞、辣椒、桑叶，纷纷吐出了新叶，柔嫩清新，入口即化，都是我钟爱的早春滋味。

野菜虽然鲜美，但或多或少都有一点怪味儿，不是每个人都接受得了。南昆山的观音菜，味道丰富，打头的是韭菜味，仔细咀嚼又有大蒜和大葱的味道，入口微苦，回味甘甜。恩平人喜欢吃簕菜，这种野菜很不好惹，身上长满了尖刺，摘的时候需要特别小心。《本草纲目》记载簕菜"解百毒"，食味甘醇，芳香浓郁，回味无穷。恩平人认为簕菜鲫鱼汤最为鲜美，有淡淡的薄荷味，还可以用其汁水与椰汁混合，制作糕点，清明时节食用，最为逢时。此外，白花菜、紫贝、仙人菜、银丝菜、香花菜、狗肝菜、鸡肉菜、灯盏菜性情各异，吃上一口，清肺爽喉，通体轻盈，不由生出"天育万物，皆有至妙"的感叹。

初夏，阳光正酣，白白嫩嫩的茭白开始上市了。在我们老家，茭白是水中八仙之一，池塘里、沟渠边到处都是，我和小伙伴们常常卷起裤脚，踩着柔软的淤泥，折来生吃，口感松软，微微带甜。岭南人也爱吃茭白，一般会做蚝油茭白，用茭白炒五花肉或炒鸡胗也颇常见。

黄瓜口感脆爽，汁水丰盈，饱含着夏日的清香，除了炒黄瓜、拍黄瓜等司空见惯的做法，还有几种别致的地方风味，让我念念不忘。

记得有一年盛夏，我和家人去阳江海陵岛度假，受到了当地朋友的热情款待，除了满桌生猛的海鲜，还有一道令人惊喜的配粥小菜——豆豉黄瓜。豆豉是阳江人的宝贝，以本地出产的黑豆为原料，具有颗粒完整、乌黑灿亮、松软化渣、醇香回甜、鲜美可口的特点。黄瓜切片、过水，在烈日下晾晒，随着水分的散逸，身子慢慢弯曲，最终蜷成一团，像碧螺春茶一般青绿可爱。这道菜的做法很简单，只需将晒好的黄瓜与豆豉入锅同炒即可。刚入口时是柔软的，但咬下去仍然保持着脆爽的口感，豆豉的浓香和黄瓜的清香好像在相互较劲似的，让舌尖愉悦不已。这是下粥的隽品，夹上一筷，呼啦呼啦喝上半碗粥，心里甭提有多美了。

德庆人爱做黄瓜酢，以马圩出品最为正宗。选用的是本地的黄瓜，身材矮胖，颜色为淡黄绿色，肉多且脆，香味浓郁，洗净之后，先以长针穿刺，在黄瓜上扎出密密麻麻的小孔再将黄瓜投入大锅，水煮消毒，装袋压榨。压榨不是一次完成的，按照最传统的做法，要用古老的木榨连榨三四次，先轻后重，循序渐进，最后压上大石头，经过这几道工序，圆滚滚的黄瓜已经变得扁平，色泽晶亮，只需加盐，让其自然发酵即成美味。黄瓜酢酸爽松脆，一口咬下去，仿佛能听到孩子般俏皮可爱的咯咯笑声。

化州笪桥的黄瓜干，又称化州黄金瓜，在粤西地区无人不知，无人不晓，它的制作工艺十分讲究，先要过青，撒粗盐腌制一晚，第二天开始晒制，白天在烈日下暴晒，晚上浸盐水，为了获得最佳的口感，需先在热盐水中浸两三分钟，再放入冷盐水浸泡，反复三四天，并对黄瓜进行多次碾压，这样制成的黄瓜干具有"清甜、脆口、芳香"的特点，除了做成佐粥的小菜，当地人还喜欢将它制成黄瓜香菇花生肉饼。

和黄瓜一样，番茄也是夏日深受欢迎的应季食材，如果把黄瓜比作小生，那么番茄就应该是花旦了。自然成熟的番茄，肥美多汁，酸甜可口，绵软翻沙，比很多水果都要好吃。不过，市面上大多番茄是人工催熟的，开花之后，点上药水，每一朵便都能挂出果来，等果实长到足够大，用蘸了药水的布给它抹一抹脸，三天之后，青色的果实就会翻红，像变魔术一样。不过，这样的番茄徒有其表，口感很差，完全没有肥美的感觉。

我的一位厨师朋友对番茄这种食材情有独钟，自创了一道菜式——番茄蒸瘦身鲩，番茄一定要选自然成熟的，鲩鱼从鱼塘里捞起后，不能马上烹饪，需要放在流动的江水中"吊水"瘦身，一个月不喂食。此菜以酸开篇，以鲜收尾，中间则是柔板般的鲜腴。番茄与鱼的搭配是十分契合的，贵州酸汤鱼中令人着迷的酸味，一部分来自发酵的米汤，另一部分就来自毛辣果——当地出产的一种小番茄。这道菜的做法极为简单，选取不大不小的番茄，铺于瓦煲底部，将鲩鱼切块，薄盐浅渍，搁于番茄之上，淋少许花生油，煲制的过程中，不加入一滴水，也不再加一味佐料。这样的做法，可以最大限度地保留鱼肉的鲜甜，番茄的酸甜吸收了鱼肉的鲜美，在齿间慢慢融化，清新美妙，开胃生津，每一口都让人心生欢喜。

气候决定了物产，也决定着当地人的生活习惯。生活在北方地区的人，每年冬天都必须完成一件大事——囤白菜。汪曾祺老先生曾在文章中开玩笑说："北京每个人一辈子吃的白菜，摞起来大概有北海白塔那么高。"岭南地区的人从来不用为蔬菜发愁，即使到了冬季，餐桌上依然有不少当造的蔬菜。

增城小楼的高脚菜心，因上市的时间比一般菜心要迟，故又称"迟菜心"，它的体形硕大，最高可以长到一米，好像一棵小树，看上去虽然有点老，吃起来却甘甜脆爽，清香怡人。迟菜心的味道，与天气休戚相关，天气越冷，菜味越甜。可用盐水煮，也可用猪油蒜泥炒，前者可以吃到本真的甜味，后者则以香口取胜。

俗话说，人不可貌相，菜也不可貌相。台山广海的区边芥蓝看上去"五大三粗"，口感却格外松脆，在当地有"玉如意"的美誉。有人甚至开玩笑说，如果不小心掉在地上，便会像翡翠一样碎成好几段。区边芥蓝吃起来口感脆爽，叶嫩味甜，不过数量极为有限，当地只有一块叫水井东的地方才可以种植，核心产区的面积不过十亩地而已。

广东人爱吃芥菜，尤其是水东芥菜。和一般的芥菜不同，茂名电白的水东芥菜，非但毫无苦涩之味，反而还有隐约的清甜，肉厚酥松、清香满口，可以加蒜头生炒，也可以用上汤煮之。我觉得，生炒更加脆爽，菜味更浓。最好的水东芥菜产于水东镇彭村周边地区，民间有"水东芥菜甲天下，彭村芥菜甲水东"一说。

南雄人则喜欢将芥菜做成水落菜，和一般的酸菜不同，水落菜腌制时间很短，将芥菜洗净烫熟，入瓦缸封存一周，如果用的是淘米水，则只需两天即可食用。大芥菜收割后洗净，风至半干，待表皮起皱，便可开始制作，将水烧开，冷却至八十摄氏度，将芥菜一棵棵落水脱青，颜色一变即可捞起，这个环节时间的把控尤为关键，太短或者太长，都会影响口感。因为腌制时间短，水落菜只是微微发酸，口感脆爽无比，每一口能品尝到令人愉悦的大地清芬。当地人告诉我，水落菜从坛中取出后，必须立刻烹饪，时间一久，水分挥发，口感和香味就会逊色很多，他们形象地称之为"走风"。最常见的做法是将水落菜、酸笋、腊肠切丁，加青椒、红辣和大蒜，猛火爆炒，一入口，咸鲜腴美的味道便滚滚而来，用来下饭，简直天下无敌。

花果入馔　秀色可餐

在岭南生活，真是挺幸福的事情，这里一年四季鲜花盛开，佳果飘香。好吃的岭南人，自然不会轻易放过这些天赐的妙物，将它们一一搬上了餐桌，螺片上汤扒火龙果花、鲜姜花炒河虾、夜香炒虾仁、清炒芭蕉花、木棉煲汤浸鸡……均是当地耳熟能详的名菜。

在广东，吃花风气最盛的是中山小榄，早在南宋，当地人就开始以菊花为食，每逢菊花盛开，大家便将各种菊艺摆设在一起评比高下，名曰"菊试"，后来又发展为规模盛大的菊花会。小榄人喜欢菊瓣所特制的菊花宴，如三蛇菊花羹、菊花炸鱼球、菊花蒸肉丸、菊花鱼榄、菊花鱼片、菊花鸡、菊花海鲜、菊花焖猪肉、菊花炒牛肉等。我最喜爱的是菊花肉，选用猪的背部肥肉，切成透明状薄片，用糖腌制，外面拌一层半鲜半干的糖渍菊花瓣，吃起来爽脆不腻、清香可口。

夜香也深受岭南人追捧，他们将开而未完全盛开的夜香花摘下，煲汤、煮粥，或者清炒。一进入夏季，冬瓜的地位就会迅速提升，除了可以抱着大冬瓜睡午觉，还可以吃一道消暑的名菜——夜香冬瓜盅。在冬瓜中间挖空，加入鲜莲子、鲜虾、瑶柱、金华火腿、冬菇、瘦肉、火鸭肉丝、蟹肉作为"八宝"，将夜香花插在冬瓜上，吃时清香阵阵，仿佛拾步于夏夜深幽的花径。

岭南盛产佳果，品种多达五百余种，有些水果不仅可以生吃，还可以用来制作美食，荔枝、菠萝、火龙果、无花果、杧果、木瓜等都是餐桌上的常客。

在我眼中，荔枝曾经像天上的仙女一般，是可望而不可即的。记得毕业那年夏天，为了找一份好工作，母亲操碎了心，到处托人帮忙，费尽周折，总算找到了一个"神通广大"的朋友。一天下午，母亲带着我登门拜访，托人办事，当然不能两手空空，母亲听说那个人既不抽烟，也不喝酒，便决定带些水果去。初夏时分，正是水果大量上市的季节，其中，价格最贵的是荔枝，一斤要卖二十多块，母亲狠了狠心，买了五大串。她舍不得坐车，拎着荔枝，带着我，顶着炎炎烈日步行了大半个小时。我从没吃过荔枝，便跟母亲说口渴，母亲却装作没有听见。后来，找工作的事没有办成，母亲还时常惦念着那串荔枝，她说，早知道吃一颗尝尝就好了。原来，母亲也从来没有吃过荔枝。多年以后，我到了广东工作，才发现荔枝一点也不稀罕，如果不怕上火，完全可以当饭吃。

以荔枝入菜，最负盛名的当数广州增城，我有幸在增城品尝过一次荔枝宴，荔枝炖鸡、碧绿荔枝炒虾和荔枝红茶糕，都很合我的胃口。令我印象最深的是百花酿荔枝，"百花"指的是用新鲜的河虾剁成虾胶，将荔枝去核，酿入调好味的虾胶，点缀一小粒红椒，隔水蒸四五分钟即可上桌，色美味佳，清甜怡人。

凤眼果入菜，是顺德初夏的时令美食。外地人知道凤眼果的很少，其实在广东，凤眼树也不太常见。因广东人的庭院中多种龙眼，少种凤眼。

凤眼，又名苹婆，《西游记》中描述唐太宗设盛宴招待取经归来的唐僧师徒四人，其中，就有苹婆种子的身影，其叶硕大，有清香，可以包粽子，也可以做叶贴。每年四月，是凤眼果的花期，凤眼花起初只是羞涩地躲在树叶之下，小小的花朵，如一顶顶镂空的白色皇冠，惹人怜爱。几天之后，便热烈起来，树叶的每一个缝隙里都开满了白色的小花，一串串，一簇簇，如同一帘幽梦，风一吹过，如雪一般簌簌落下。凤眼果的果实很像饺子，在初夏的熏风中，"饺子"一天天变大，颜色也由青变红。每天下班，看到满树的红果子，我心里总会涌起一种莫名的幸福感。终于有一天，果荚炸裂开来，露出了神采奕奕的果实，果仁外面带着一层透明的光泽，很像粤剧中花旦的眼睛，含情脉脉，妩媚至极。

凤眼果进入顺德人的食谱已经近千年，采摘之后，可以即刻生吃，也可以用来做糖水。凤眼果焖鸡是一道传统名菜，只需经过简单的烹饪，鸡肉便鲜嫩爽滑，甘香四溢，尤其是凤眼果吸收了鸡肉的鲜美，吃在嘴中，既有板栗的清香、莲子的软糯，品咂之余，还会生出蛋黄的味道，别有一番风味。

陈皮，堪称粤菜厨师做菜常用的一道"秘密武器"。陈皮几乎是百搭，做菜时加入少许，不仅可以去腥，还有正气的作用。

江门新会是陈皮最正宗的产区，一到采摘季，空气里便弥漫起茶枝柑令人宁静的馨香。陈皮是挺娇气的东西，不仅与品种有关，还与土质关系密切，我有一个朋友，起初对此很不以为然，专门从新会移植了一棵种到自家的院子里，花开得很多，果子也结得饱满，可晒出来的陈皮，总觉得差点意思。

新会陈皮，位列广东三宝之首。《本草纲目》载："柑皮纹粗，黄而厚，内多白膜，其味辛甘，……今天下以广中（即今新会）采者为胜。"清康熙《本草逢源》亦有"橘皮苦辛温无毒，产粤东，新会，陈久者良"之述。其质轻而柔软，不易折断，香气特异，醇而浓郁，味甘凉香，微辛但不甚苦。

陈皮的味道，就是时间的味道。随着时间的推移，陈皮的味道也在发生着奇妙的变化，三年的陈皮，有花香，五年以上的，是陈香，到了十年以上，才会有沁人心脾的药香。这个时候，陈皮的颜色，就像阿嬷穿旧的香云纱，气味也像阿嬷一样身上的味道那样沉静，令人心安。存放时间越久，陈皮的价格越贵，坊间有"一两陈皮一两金，百年陈皮胜黄金"之说。新会当地有一种沿袭多年的风俗，女儿出生时，家里会储存一批果皮，等到女儿出嫁，作为她的嫁妆，这份不同寻常的嫁妆里，有时间芳香的气味，更有父母深沉的爱。在我看来，这是世间最美的嫁妆。

陈皮入菜，由来已久，陈皮水鸭汤清香润肺，尤为经典。陈皮骨香酥可口，是下酒的隽品。陈皮粉也是一宝，将陈皮粉淋在去皮的番茄上，便成了一道美味，番茄酸甜多汁，陈皮甘咸清香，吃上一口，便听得吱呀一声，心门好像被一抹清新的风吹开，灵魂深处感到一阵轻微的凉意。

做鱼要服顺德人

"羊羹虽美,众口难调。"一个人的偏好,在吃这件事上表现得最为顽固,同样一道菜,有的人甘之如饴,有的人却谈之色变。我们单位新来了一位同事,东北人,某日闲聊,她告诉我们,从小到大,有两样东西她绝对不吃,一样是鱼,一样是鸡。我们一听,立马笑了,因为她不吃的,恰巧是粤菜中的两大"台柱"。

岭南地区水系发达,大大小小的河涌,仿若藤蔓一般交错,早在汉唐时代,就形成了"饭稻羹鱼"的饮食方式。

作为粤菜发源地的顺德,尤其擅长做鱼,顺德人吃鱼的历史可以追溯至唐代,文献中有"天天鱼做菜,隔日鱼煲汤"的记载。顺德的厨师告诉我,他们不仅关注鱼的品相,还会关心鱼的心情,鱼经过长途旅行,惊魂未定,被称为"惊魂鱼",需静养一段时间,方可还魂。

顺德最有特色、最为美食家们推崇的是"鱼生"。中国古人将鱼生称之为脍,有"食不厌精,脍不厌细"之说,这种吃鱼之法在唐代以前颇为盛行,诗圣杜甫就特别喜欢这道美味,曾写下"无声细下飞碎雪,有骨已剁嘴春葱"的千古名句。明清以后,鱼生日渐式微,从中国人的餐桌上消失了,如今,只在少数几个地区得以沿袭,其中,又以顺德为最盛。

徐珂的《清稗类钞》中说:"闽粤人之饮食——食品多海味,餐食必佐以汤，粤人又好啖生物，不求上进火候之深也。"屈大均的《广东新语》称："粤俗嗜鱼生，以鲈、以䰾、以草白、以黄鱼、以青鲮、以雪龄、以鲩为上。"民国时期还有人专门赋诗："冬至鱼生处处同，鲜鱼密切玉玲珑。一杯热酒聊消冷，犹是前朝食脍风。"

制作鱼生，貌似简单，其实一点也不简单。做鱼生的鱼，是十分讲究的，不能太大，也不能太小；不能太肥，也不能太瘦，养殖一年半左右的最好，需吊水一个月，不喂食，去泥腥。制作鱼生中最重要的一个步骤是放血，血放得好，鱼肉才会透明，如同青橘饱含水分的果肉，如果放得不好，鱼肉里有血丝，就会有腥味儿。顺德的厨师们精谙此道，他们先在鱼头切一刀，再在鱼尾切一刀，然后放回到水中，鱼因为疼痛，会不停挣扎，挣扎得越猛，血也就流得越快，这样的肉，吃起来弹性十足。

鱼生的温度也大有讲究，如果天气炎热，片鱼的刀也需冰镇，以免破坏鱼肉的口感。桌子上放十几只青釉的小碟子，分别装着蒜片、姜丝、葱丝、洋葱丝、椒丝、豉油、花生碎、芝麻、指天椒、香芋丝、炸粉丝、香茅，还有花生油、盐和蔗糖，其中，花生油最好是一个月内榨成的。每个人可以根据自己的口味来搭配，因为搭配不同，每一片鱼的味道都是不同的。与日式的鱼生不同，调料中是没有芥末的，因为芥末的味道过于霸道，反而会掩盖了鱼肉本来的鲜甜。每次开吃之前，还会有一个仪式，食客们一边拌料，一边说："捞起！"捞起捞起，风生水起，取的是好意头。

鱼一定要现杀现片，晶莹剔透，薄如蝉翼，口感很奇妙，开始是薄荷般清凉，然后是柔软、鲜嫩，再后来是微微的清甜，完全感觉不到一丝腥味，只有鲜美的味道在舌尖尽情地欢腾、蹿跃。

顺德本地的老人最爱吃鱼生，夏日的晚上，村口榕树下的大排档生意火爆，经常可以看到光着膀子、趿着人字拖的老人，边喝烧酒边吃鱼生，不时发出爽朗的笑声，他们吃得那么开怀，那么陶醉，我不由心生羡慕，很想坐下来，和他们对饮几杯。

油盐清蒸鱼，也是经典的顺德美食，口感滑嫩，鲜甜至美，配料仅油盐和几丝陈皮，连一般做鱼常用的葱在这里也完全没有用武之地。这道菜成败的关键有两点，一是选材，一是火候。鱼捞起来后，也需要"瘦养"几日，烹制时要用大水大火，利用充足的水蒸气，在最短时间内将鱼蒸熟。鱼如果蒸得不熟，会有腥味，蒸得太熟，肉质又不够细滑，这样的鱼，在顺德是没有市场的，食客们最多只会吃上一口，便不再下筷。吃完鱼后，鱼骨中间应该有一缕未曾凝固血丝，这是火候恰好的标志。蒸鱼之法中，还有一样至关重要，那就是豉油，鱼味甚淡，需点豉油食之，市面上有专门的蒸鱼豉油出售，不过，大厨们是看不上的，他们个个都有自己的独门配方。粤菜大师林潮带先生曾告诉我，将鲮鱼或者鲫鱼慢火熬制的浓汁加到豉油之中，可以获得鲜甜怡人的口感，此外，加入生花生油，要比熟花生油香味更加浓郁。

在过去的顺德，有一个终身不嫁的女性群体 —— 自梳女。起初她们大多在缫丝厂做工，后来，日本人造丝充斥市场，本地的缫丝厂纷纷倒闭，为谋生计，只好远赴南洋，在大户人家做帮佣，人称"妈姐"。她们精于厨艺，创制了不少菜式，荷香鱼就是其中的代表。鱼是现捞的，米下锅后，便到鱼塘网鱼，顺手摘一块鲜荷叶，饭将熟时，将荷叶包裹着鱼，置于其中，等到饭熟，鱼也熟了，将鱼取出，淋上生抽、熟油即成美味。

用珍贵的食材煮出好味道，是天经地义的事情，而能把不起眼的食材，做出惊艳的味道，才称得上真正的好厨师。顺德的厨师，尤其擅长粗菜精做，平中出奇，一道土鲮鱼，在他们手中就能变化万千，让人叹为观止。

土鲮鱼虽然平常，但在顺德人的心目中地位相当地高。本地有句俗话说："最远去过省城，最靓食过土鲮。"顺德人认为，鲮鱼虽平常，但比食味比石斑之类海鲜，有过之而无不及，尤其到了冬天，水温下降，味道更加鲜美。鲮鱼虽美，但刺甚多，厨师便发明了煎酿鲮鱼这种出神入化的特殊做法，看似平淡，实则大有乾坤。经过精心的酿制，鱼皮之下，早已暗度陈仓，鱼肉与腊肉、马蹄、虾米、陈皮等食材彻底融合在一起，先煎后焖，鲜美至极。

广州最有名的陈添记鱼皮，也由顺德陈村人陈程添开创，主打的就是土鲮鱼，这个小吃吃的全是功夫，因为一盒普通的鱼皮，要用到十几条鱼，调料在去腥的同时，带出了鱼皮的鲜味，加入花生、香菜、芝麻，口感丰富，冰爽、鲜美，每天门庭若市，据说可以卖出一千多份。

我家旁边的碧江村，是一座历史悠久的古村，村里有一道曾经失传的名菜——"茶蔗熏鲮鱼"。这道菜的做法有点特别，以甘蔗条为架，将粗盐炒热，放入红茶、干陈皮和鱼一起焗，不加水，也不加油，一直焗到鱼的水分收干为止，这样制作既有鲮鱼的鲜甜本味，又有焦糖、盐香、茶香、陈皮香气，顺德美食竹枝词这样咏茶蔗熏鲮鱼："望族家肴制作工，茶香蔗润火微红。华南食趣江南味，尽在银鳞数寸中。"

在顺德，鲮鱼的做法可谓花样百出，鲮鱼球、鱼皮角、榄豉蒸鲮鱼、腊肉蒸鲮鱼干、煎咸鲮鱼、鲮鱼粉葛汤、鲮鱼楂、豉汁蒸鱼头、油炸鲮鱼皮、酥炸鱼肚、鱼肠煎蛋、鲮鱼滑等，还有一道特别"溜愣"的美食——鲮鱼鼻，一排排鲮鱼鼻整整齐齐地列在盘中，像扬帆出海的船队。"鲮鱼鼻、鳊鱼腹、鳙鱼头、草鱼尾"，都是老食客们最爱的美食，鲮鱼鼻肉虽小，却是鲮鱼身上最细嫩、最美味的部位，吸上一口，清香流转，沁润心田。

当然，顺德人做鱼，也不是仅有清淡一味，煎焗鱼头就是浓香之物，这道菜不仅要选用肥美滑嫩的鳙鱼头，还需要几枚鸡蛋助力，在蛋液里加少量水和生粉搅拌成糊，放入鱼头拌匀，这样一来，鱼头的香味会更浓郁，回味更悠长。

每次吃鱼，我总会像小时候一样用鱼碎与鱼汁捞饭，当口腔里回荡起轻盈如诗的鲜美味道，我就会忍不住感慨，做鱼还是要服顺德人啊！

水甜自然鱼虾美

清人李渔爱吃鱼,更懂吃鱼。在《闲情偶寄》中,他这样写道:"食鱼首重在鲜,次则及肥,肥而且鲜,鱼之能事毕矣。"鱼的鲜腴不仅与品种有关,还与产地、季节密不可分开。在岭南生活久了,我发现当地人个个都是吃鱼专家,每个人心中都有一份吃鱼的秘密地图,什么时节、什么地方可以尝到最鲜美的味道,他们均了如指掌。

一般而言,江里的鱼会比河塘里的好吃一些,因为水质更甜。浩浩荡荡的西江里,生活着众多鲜美的鱼类。其中,最负盛名的是西江嘉鱼。嘉鱼又名"卷口鱼",因其味美,老百姓称为"水底鸡项"。

嘉鱼最大的特点是老鼠嘴、皮包鳞,它的美名很早就出现在了古籍之中。唐朝的刘恂在《岭表录异》中说它"形如鳟""甚肥美,众鱼莫可与比"。《广东通志》则记之为"其头如鼠,鳞中有脂"。

南宋时期的地理学家周去非在《岭外代答》专门记载了这种鱼的烹调方法:"鱼身多膏,煎食之,深美。其煎也,徒置鱼于干釜。少焉,膏溶,自然煎熬,不必用油,谓之自裹。"煎鱼居然不用额外添油,可见其有多肥美?!

在西江边,嘉鱼最传统的炮制方法是用蕉叶包裹,以火烤熟,蕉香渗入鱼肉,嫩滑可口,别具风味,与河虾同蒸,也甚美味。

嘉鱼很"宅",它生活于西江江底,只有秋末初冬,方才出洞觅食。

屈大均在《广东新语》称嘉鱼为西江河鱼中的君子，因为它不屑与其他鱼类争食而同流，"孟冬，大雾始出，出必于端溪高峡间。其性洁，不入浊流，常居石岩，食苔饮乳以自养。霜寒江清，潮汐不至，乃出穴嘘吸雪水。"如今，嘉鱼已几近绝迹，如果能吃上一次，真可谓三生有幸。

和嘉鱼一样，三黎鱼也颇具神秘色彩。

三黎鱼，又名三泥鱼、鳃鱼、鲥鱼、时鱼、三来鱼，是一种洄游的鱼类。《金瓶梅》中称它："馨香美味，入口而化，骨刺皆香。"屈大均在《广东新语》中则称："顺德甘竹滩，鲥鱼最美。"并诗云："甘滩最好是鲥鱼，海目山前味不如。"

野生的三黎鱼也已几近绝迹，我只吃过人工养殖的，做法大多为腌制后清蒸，在高温的作用下，鳞下的脂肪融化，给细嫩的鱼肉增添了一份丰腴，鲜香盈溢，肥美至极。稍加腌制后，用滚油煎至微黄，也甚美味，表皮香酥可口，鱼肉腴美丰润，鲜味升腾，不绝如缕，如妙韵一般在舌尖持久回荡。等到盘子中只剩下鱼骨，我开始得寸进尺地联想起来，连人工养殖的都如此美妙味，野生的又该是何等地惊艳呢？！

除了嘉鱼和三黎鱼，西江里的名鱼还有鲽鲈、和顺、鲈鱼、西江钳鱼、鳊鱼、笋壳鱼、黄骨丁、石骨鱼和白饭鱼……

鲽鲈，又名龙利鱼，身子扁平，其貌不扬。俗话说："好吃不如饺子，舒服不如躺着。"鲽鲈是很懂得享受生活的家伙，闲着没事，它就懒洋洋地趴在河底柔软的沙床上，活像一块法兰绒布。鲽鲈的最佳食用季节是冬季，用猪油网包裹后清蒸，三五分钟即可上桌，肉细无骨，极鲜。

和顺鱼身材修长，骨多肉鲜，只需最简单的配料，细腻鲜美的味道，便会像烟雾一样在舌尖慢慢地氤氲开来。和顺鱼的鱼头上翘，像刚吵完架，一副气嘟嘟的样子，土名称为"拗颈鱼"，在粤语中，"拗颈"有争论、顶嘴的意思，与北方话中"抬杠"的意思相近，爱讨口彩的岭南人便反其道而行，用"和顺"二字取代之。

笋壳鱼，因形似笋壳而得名，清人袁枚说它"肉最松嫩，煎之、煮之、蒸之俱可；加腌芥作汤、作羹尤鲜。"岭南人最喜欢的是清蒸，细嫩鲜香，吃的时候，不像是吞下去，而像是坐着滑滑梯，滑进了喉咙。

鯿鱼肥而且鲜，用榄角来蒸，最是惹味，鱼肉莹白如雪，清鲜之中带着淡淡的果香味儿。尤以鱼腩最为肥滑，古代名医李时珍谓其"腹肉有脂，味最腴美"，一口咬下去，那种鲜肥迸出的感觉，真是让人心神怡荡。

白饭鱼，其实就是我们常说的"银鱼"，鱼身细长，晶莹洁白，如同玉簪，每年的农历五月到八月味道最美，其肉质细滑娇嫩，味道鲜甜。蛋煎白饭鱼是经典菜式，用初生蛋则更佳。有一位厨师告诉我，一指的小码白饭鱼，嫩且无骨，最受食客追捧。

蓝刀鱼是很常见的，因其在水中嬉游时鱼背呈隐约的蓝色，娇小的鱼身与刀相似，故名"蓝刀"。这种鱼和我老家的柳叶鱼很有几分相似，记得小时候，村里的一个渔民给我织了一张简易的丝网，四个角上各有一根铁丝，系在一根长长的竹竿上。夏天的上午，我总要去捕鱼。我在网中央插一块河蚌肉，找一处树荫下网。我想，鱼和人一样，应该也是怕热的，喜欢躲在阴凉的地方。果不其然，一起网，就能收获几十条，鱼跳虾跃，银光闪闪，让我心花怒放。回家后，立刻将鱼开膛破肚，晾干水分后，入锅油煎，煎至金黄，鱼肉鲜甜怡人，鱼骨香脆可口，连刺都不用吐。有时候，我就在想，如果不当作家，我很有可能会当个快乐的渔夫。

"一夜东风吹雨过，满江新水长鱼虾。"我对虾的最早记忆，与祖母有关，她总说，小时候吃生虾，长大了自然就会游泳，每次去河边洗碗，总会捉上一两只给我，我并不急于吞下，总会让它在嘴里跳上一会，那种清凉而鲜甜的味道，一直留存于记忆之中。或许正因为如此，这也成了我评价虾肉的最高标准。

西江中，长相最为奇特的是石缝虾，因生长于石缝中而得名。西江水底，水流湍急，石缝虾便像长臂猿一样，用一只钳死死钳住石头，腾出另一只钳来吃水中微生物，因此两只钳不一样长短。它的肉质密实，用笼仔蒸最为常见，鲜甜美味，爽口弹牙。

吃石缝虾的时候，我常常想起和妻子恋爱时的甜美时光，记得第一次约会时，吃的就是清蒸石缝虾，她很体贴地帮我剥虾，雪白的手指剥开鲜红的虾壳，还没吃进嘴，心里就已经美滋滋的了。

桃花开，春水涨，咸淡水交汇的珠江口，再次成为美食汇集的天堂。在酥软的春风里，老食客们等待了一年的漕虾终于上市了。广东人虽然奄尖，对漕虾却推崇备至，将它与花中的牡丹相提并论，有"千虾万虾不如漕虾"之说。

初春时节,是漕虾孕育生命的时节,它们洄游到咸淡水交汇处产卵,抱卵的漕虾,美味倍增,白灼是最佳的选择,可以同时品尝到海鲜的肥美和河鲜的细腻。

吃虾最好不用筷子,用手抓一大把置于碟中,剥开虾壳,稍点一下酱油蒜汁,鲜美的春天便在舌尖慢慢化开,苏东坡诗中所说的"桃花春气",大抵就是这种味道了。

母的漕虾比公的更胜一筹,因为有虾子。新鲜的母漕虾,莹净如水晶,与黄灿灿的虾子相映成趣,煮熟之后,也不像一般的虾那样红,而是可爱的粉白,如日本奈良的淡雪草莓。虾子可分为两种,一种深紫色,是从香港海域洄游过来,一种为橙红色,在咸淡水水域生长,深紫的则比较粘口,橙红的虾子比较滑溜,口感更胜一筹。金红的虾膏,肥美绝伦,是一只虾最鲜美丰腴的部分。虾壳细薄爽口,也可以直接食用。

和一般的清明虾相比,漕虾的鲜味是含蓄、淡远的,一般的清明虾,入口清甜,但转瞬即逝,而漕虾的鲜味显得格外从容,它是慢慢地散发出来,入口的一瞬,鲜味并不浓烈,只有一股淡淡的清香,慢慢地,鲜美的味道开始在口腔中升腾,如美妙的钢琴声在空荡荡的教堂里持久回荡。说起来真是有些不可思议,我头天晚上吃了半斤漕虾,到了第二天早上,鲜味仍在舌尖缱绻,舍不得离去。

东莞虎门的麻虾,也是十分有名的,形似弯月,肉质紧致,爽脆鲜甜,可白灼,也可晒成虾干,与白蛤鱼、花鱼相掺,再以面豉蒸之,称为"虎门蒸三鲜",鲜上加鲜,妙不可言。老食客阅虾无数,手法老练,剥去虾头虾线,两指夹尾,用力一挤,凑到嘴边,轻轻一吸,虾仁便乖乖地跳进了嘴里。

时光流转,四季更替,到了中秋前后,食客的"春心"再次被撩动起来,因为,"文庆鲤"最为肥美的季节到了。

文庆鲤产于肇庆市鼎湖区沙浦镇典三村文庆塱,以"身娇肉贵"闻名于世,芡实、茆草、野生马蹄、稻草等水生植物,成就了文庆鲤。这种鱼的特点是黄鳞耸肩,嘴断尾圆,鱼尾金黄,鱼侧腰有闪闪发光的金线,游动时金光闪动,娇艳无比。

烹制文庆鲤无须去鳞,内脏小,含油多,其肉质肥美,尤宜清蒸,绝少用其他方法烹调。清蒸时,不放姜葱,亦不用放油,只加入少许熟盐和陈皮丝,骨骼酥香、鱼鳞柔软,有肥嫩、甘香、鲜甜、柔滑之感。

高要大湾镇古西村的麦溪鲩也是众人仰慕的名鱼,村中有麦塘和白溪塱塘,故合称为麦溪塘。麦溪鲩被当地人称为"水中仙子",刚出水时银鳞闪闪,全身粉白,天生丽质,身材修长,优雅迷人,就像是鲩鱼界的奥黛丽·赫本。以前,我一直以为,麦溪鲩是一个独特的品种,到了这里才知道,麦溪鲩之所以成为麦溪鲩,最大的秘密在于水。普通的鲩鱼移居此处,过上一年半载,就会变成麦溪鲩。因其喜食麻糍,麦溪鲩"鲜甜如蜜、嫩滑似玉、甘香如兰",食之鱼皮腴滑、肉质细嫩、清甜甘香,久煮不老,那种美妙的感觉,难以用语言形容,好像以前从来没有吃过鱼似的。

麦溪鲤和麦溪鲩生长在同一口池塘里，它被称为"鱼中之王"，头细嘴小，背脊凸隆，两侧隐约见金线，腹圆身肥相当肥壮，有好事者将整条鱼立在地上，居然不会倒下，让人啧啧称奇。和一般的鲤鱼不同，麦溪鲤吃起来特别嫩滑、毫无土腥味，鱼鳞细软鲜美，也是风味独具的佳馐。

新会人爱吃司前夜鱼，鱼是当地出产的鳙鱼，健硕肥美，之所以要吃夜鱼，是因为本地人偶然发现，凌晨时分的鳙鱼最为生猛，味道最佳。当地人爱用柴火烹制，刚熟即要起锅，嫩滑、清甜，鲜美无比。

螺，也是"潜伏"在水中的妙物。"清明螺赛肥鹅"，清明前后，是螺肉最肥美的时节。那段时间，我们家几乎天天吃螺，母亲最喜此物。小时候，她去河边洗碗，总会顺便在河埠的青石板底下摸螺，一摸就是半碗，加少许作料，放在饭锅上蒸着吃。我或许遗传了母亲爱吃螺的基因，每次遇见都要一试为快。记得刚到贵阳工作时，小区门口有一档"花和尚"炒螺，店主是个大胖子，光头，爱穿花衬衣，他炒的螺，一半都是火红的辣椒，看上去香艳无比，我忍不住叫了一份。吃完之后，胃里像失火了一般，第二天早上起来，感觉嘴唇木木的，一照镜子，发现从嘴唇到下巴全是红的。

岭南人很喜欢吃螺，他们把淡水螺分成田螺、石螺、山坑螺、福寿螺。其中，四会仙螺因为有清澈的山泉水滋养，比一般的螺更加清爽鲜甜。四会仙螺又叫无笃石螺，以其口感韧、肉味鲜而为各地食客所称道，有"不尝仙螺不算到了四会"之说。

我们老家把吃螺称为"嘟螺"，而在岭南则称为"咀螺"，懂吃的岭南人很不喜欢用牙签挑着吃，因为螺肉没有汤汁包裹，味道会寡淡许多，只有嗞嗞有声地吮吸方能得其真趣。

春夜闲寂，在庭院里支一张小桌，炒一盘螺蛳小酌，清风徐徐，蛙鸣声声，胖乎乎的月亮像气球一样飘浮于半空，这样快活自在的时刻，恍若唐诗宋词中散佚的一页。

与大海最亲近的方式

作为一名标准的吃货，我总觉得，与大海最亲近的方式便是吃海鲜了。老家离海其实不算太远，但我小时候，吃过的海鲜极少，印象中，只有带鱼、剥皮鱼、小黄鱼和海蜇头。初二的班主任姓堵，是城里下放的知青，除了教我们英语，还教地理，我们最喜欢上他的地理课，因为他会讲很多美食故事。我记得，他曾告诉我们，带鱼群是头尾相连的，抓住一条，就可以像拉绳子一样，把傻乎乎的带鱼全部拉上船来。他还曾用不容置疑的口吻告诉我们，海鲜与江鲜的味道完全不同，喜欢吃江鲜的人，绝对不可能喜欢海鲜，反之亦然。对此，我一直信以为真。到广东生活以后，才发现，这话说得过于绝对了，两者皆爱的大有人在，我就是其中一位。

说来真是惭愧，我是到广东后才在惠州巽寮湾第一次见到大海的，也就是在那里，吃到了平生第一顿海鲜大餐。

海面上漂浮着一片片渔排，这是渔民们的"蓝色牧场"。晚上，我们就在渔排上用餐，海浪起伏，渔排也如摇篮一般轻轻摇晃，走在上面，歪歪倒倒，喝醉了一般。海面上，几只海鸥正在觅食，我的心情也跟海鸥一样，在海面上自由飞翔。晚餐极其丰盛，有清蒸鲳鱼、葱姜炒螃蟹、椒盐虾、白灼花螺、粉丝蒸扇贝、炒花甲、炒钉螺，还有杂鱼豆腐汤，像牛奶一般白。海浪的声音，不停冲刷着我的耳朵，像来自天堂的舒缓音乐，一边听涛观海，一边享用海鲜，让我有一种神骨俱清的美妙感觉。

次日中午，在当地朋友的带领下，又吃到了"至尊海鲜荟"，海虾、虾蛄、玉米螺、蟹、青口、沙白、扇贝、生蚝、花螺、鱿鱼等本港海鲜被放入一只大簸箕中一同蒸熟，色彩明丽，诱人无比，别说是吃，只消看上一眼，便会立刻"沉沦"，不能自拔。

岭南地区有着绵长的海岸线，海域辽阔，海产丰饶，其丰饶程度，从唐人刘恂的《岭表录异》中可窥一斑，书中记载了一种独特的捕鱼方式——跳艇。仲春时节，渔民站于高处观察，看到阵云般的鱼群到来时，便划小艇迎上前去，无须撒网，鱼儿就会争先恐后地跳上船来，如骤雨一样，噼里啪啦地击打着船舱。不过，回程的时候，千万不能从鱼群中穿过，否则，鱼获太多，有沉船之险。

这段描述，让我兴奋不已，因为我小时候也曾有过类似的经历。具体哪一年，我记不清了，只记得那是一个夏日的傍晚，我和父亲坐船去外婆家，以前我们都是走路去的，坐船还是第一次。岸上的人，都在高处，好像在戏台上表演一样。河埠边洗菜的老人，路上行走的路人，杨树下的母鸡，还有那些草垛、破败的小院，都让我感到无比新鲜。船开得很慢，快到外婆家时，天光灰暗，暴雨将至，天气闷热无比，我的身子黏糊糊的，就像是裹了薄芡的排骨。河面上，不时闪过一道道白光——鱼儿不断跃出水面，好像在举行跳高比赛。我在心里暗暗祈祷，希望有一条鱼能跳进我们船舱。可是，一直到船靠岸，奇迹都没有发生。我仍心有不甘，慢腾腾地站起身来，刚一起身，眼前就闪过一道白光，船猛地摇晃起来，一条大鱼像陨石一样落进了我们的船舱。这是一条草鱼，身子比我还长，大人们说至少有二十斤重。大鱼张大嘴，愤怒地拍打着船舱，发出砰砰的巨响，我怕它跑了，赶紧扑上去，将它按住，没想到它力气很大，身子猛地一弹，就把我甩到了半米开外，惹得大家哈哈大笑。暴雨终于倾泻而下，我的嘴里、耳朵里全是水，连眼睛都睁不开了。父亲将鱼拖上岸，煮了满满一大锅，连锅盖都盖不上。那天晚上，我一口饭都没吃，光是吃鱼就把肚子吃得滚圆……这从天而降的鲜美味道，令我永生难忘。

俗话说，靠山吃山，靠海吃海，制作生猛海鲜历来是粤菜师傅的拿手好戏，在很多外地的朋友眼中，粤菜几乎就等同于海鲜。或许是在广东待的时间久了，吃了太多海鲜，我现在连说话都有一股海鲜味儿。

海鲜之中，我最爱脆弹厚实的石斑鱼，它们常年生活在石缝中，以吃其他鱼虾蟹类为生。石斑鱼品种很多，最常见的是东星斑和老鼠斑，东星斑颜色鲜艳，被称为"海中带刺的玫瑰"，老鼠斑长相丑陋，贼眉鼠眼，嘟着嘴，龇着牙，好像所有的人都欠它钱似的。长相虽不讨人喜欢，味道却极鲜美，只需清蒸，便可完美呈现清、鲜、嫩、滑、爽五大特点。

我吃过很多次石斑鱼，有几次印象颇为深刻。一次是粥底浸斑鱼，制作时调入了少许牛奶和姜汁，爽滑甘洌，粥水赋予石斑鱼丝绸一般的柔滑，上等的陈皮切成细丝，为鱼肉增加了悠长的甘香。一次是吃蚝皇鲍鱼星斑卷，用东星斑裹住鲍鱼，好像一封来自海洋深处的秘密信札，层次分明的口感，轻盈持久的鲜美，给人以极致的享受。一次是吃朱砂斑，肉质细腻，味道鲜美至极，以前，我们只在吃牛扒的时候，才用刀叉，可在吃朱砂斑也要用刀叉，因为它皮质非常坚韧，吃到最后，我连鱼骨架都不肯放过，直接拿在手里啃，样子很是狼狈。还有一次是吃龙趸，龙趸学名巨石斑鱼，三十斤以上石斑鱼，才能称为龙趸，鱼皮厚韧腴美，鱼肉紧致鲜香。一般会有三种吃法，鱼肉以蒜蓉清蒸、鱼头煎焗、鱼骨煲粥，粥鲜美无比，我一口气喝了三碗，一打嗝，满嘴都是迷人的鲜香。

除了石斑鱼，还有几种鱼让我念念不忘。

黄皮头，学名狮子鱼，因其细鳞金黄、头大而得名"黄皮头"，它看上去不是很和善，牙齿尖利，像个脾气暴躁、怒气冲冲的老太太，但肉嫩刺软、肉质细腻鲜美，一般清蒸或蒜蓉蒸，如果香煎，煎熟的鱼肉呈蒜瓣状，初夏时分食用最佳，烹煮时切不可穿肚，否则鱼油流失，味道会大打折扣。江门台山、深圳大鹏、东莞虎门、广州南沙等地都能吃到，虎门人尤其珍爱它，称其为"虎门第一鲜"，吃的时候喜欢加入豆豉酱蒸之，奇香无比。虎门名菜"蒸三干"，便是将麻虾、黄皮头、蚬干一起蒸，味道无与伦比。

甲鲭鱼，个头不大，却甚鲜美，细小的甲鲭鱼可用于煎焗食法，入口香滑鲜嫩，大黄鲭可用榄角碎蒸，清鲜入味。吃完以后，有一种被春日的阳光照亮的感觉。

飞鱼，通体湛蓝，如蓝宝石一般，胸鳍有着美丽的花纹，宛若蝴蝶，胸鳍特别发达，像鸟类的翅膀。它一会儿跃出水面，一会儿钻入海中,好像真的在"飞翔"一般,常做成刺身,甚为鲜美。

针鱼长相奇特,嘴如同一根颀长的针,身材颀长,因此命名为针鱼,性情凶猛。香煎,爽中带甜。

乌头鱼,又称"新鱼",肉多骨少,以肥美著称,东莞虎门人一般用柠檬蒸乌头鱼,或者盐焗乌头,滴上柠檬汁,焦香、鲜甜。鱼卵可干制成乌鱼子,俗称"乌金",为台湾居民的最爱。

除了鲜鱼,广东人还爱吃咸鱼,民间就有"咸鱼贵过鸡"的说法,最常见的咸鱼蒸肉饼,本地人视如珍宝,外地人却不一定吃得惯。

粤西地区的阳江人给食物取名字颇有创意,让人浮想联翩。当地最有特色的是"咸鱼三味",这三道以咸鱼为主角的菜,名字起得都很有趣,一道叫"一夜情",一道叫"生死恋",还有一道叫"干柴烈火"。

"一夜情",指的是腌制一晚的鱼。它原先的名字叫"一夜埕",以前的渔民打鱼不是当天往返,又没有冷藏设备,为了保鲜,只能将鱼获放入装着海盐的埕中。现在的工艺是放在埕里腌制一夜,第二天拿出来晒干。制作"一夜情"的鱼,主要是红杉鱼,除了单独蒸,还可以与猪腩肉一起蒸,恰到好处的咸味激发出鱼肉的甜味,肉质紧实,香味绕齿,鲜味萦口,吃过一次就会上瘾。

"生死恋"是将咸鱼与鲜鱼放在一起蒸,做法很简单,把切好片的梅香咸鱼和新鲜海鱼一片片镶嵌,配上少许姜丝,两种口感相互交融,产生出别样的风味,清香绕舌,咸鲜无比。

"干柴烈火"其实就是葱爆盖苏文,盖苏文是一种深海鱼,皮似鳄鱼,肉质鲜美,纹理为条状,很难捕捞,上水即死,因此,渔民们只能将其腌制后大火爆炒，肉质又干又硬，嚼劲十足，恍若干柴，吃完之后，余香满口。

除了鱼，岭南人的餐桌上还少不了虾的身影，他们吃虾，一方面是眷恋虾的鲜美，另一方面，是因为意头好，在粤语中，"虾"与"哈"同音，有"哈哈笑"的美好寓意。

上汤焗龙虾是粤菜宴席的常见菜式，也是中西合璧的典范之作，一般选用花龙虾，高汤则用龙骨、整鸡、鸭、金华火腿熬制八小时，将龙虾的鲜美与上汤的醇厚合二为一，洁白如雪的龙虾肉口感脆爽，鲜甜无比。也可以蒸水蛋，水蛋尽情地挽留着龙虾的鲜味，柔嫩、鲜美，每一口都无比惊艳。此外，还有"芝士焗龙虾""龙虾刺身""龙虾汤""龙虾伊面"等。老食客点菜时，还会特意交代服务员选雌龙虾，他们认为，雌性龙虾比雄性龙虾味道要更胜一筹。

三葱爆龙虾是香港唐阁的名菜，制作时要用到洋葱、小葱和红葱头三种葱，葱有浓郁的甜香，不仅可以去腥，还能让龙虾的鲜味更加突出，龙虾肉弹性十足，吃入口中，都会让人产生一种幸福的酥麻感。

湛江硇洲是一座小岛，这里自古就是丰饶的渔场，出产的小青龙非常有名，肉质爽口，肉汁香浓，用白胡椒来焗，味道甚美。开片后，加入蒜蓉粉丝烤，也非常惹味。

蒜蓉与龙虾是一对亲密无间的老友，总是如影随形，香港的大厨们脑洞大开，又邀请了一位神秘的嘉宾——水蜜桃，做成了水蜜桃蒜蓉龙虾。极品的水蜜桃体形硕大，汁水丰盈，几乎可以和灌汤包相媲美，吃的时候，只需撕开一小个口子，插入吸管。将龙虾开片，蒜蓉和水蜜桃捣成酱，涂于龙虾表面，加火烤制，蜜汁渗入龙虾肉，吃起来，有丝丝缕缕的水蜜桃的慵懒甜味，仿佛置身于硕果累累的初夏桃林。

濑尿虾又叫"皮皮虾""虾蛄"，它离水时，身上会有一股水柱喷涌而出，好像婴儿撒尿一般。有一年，我和一帮朋友在珠海万山租船打鱼，鱼没打到几条，却打了十几斤濑尿虾，大的有小手臂一般粗，小的则细如手指，它们像撒娇一样，不停地蹬着透明的脚。中午，在船上吃饭，船家的做法是白灼，清甜鲜美。剩下的几斤濑尿虾，我们带回酒店，让大厨代为加工，用椒盐炒制，肉质爽脆，特别爽口，回味时，似乎还吃到了咸蛋黄的绵长酥香。爆膏的濑尿虾，是最堪回味的，在锅中加少许水，撒一小撮盐，水收干，虾刚熟，虾子饱满紧实，入口一咬，香味四溅，感觉很像台湾的烤乌鱼子。

濑尿虾虽然好吃，但吃起来需要一点技术，否则很容易戳破手指。最简单的方法是将虾的肚皮朝上，置于碟中，一只手用力压住它的肚子，另一只手用勺子按压虾壳边沿，将虾翻过身来，轻轻一扯，盔甲便会乖乖脱落。另一种方法是先给它松一松骨，然后将筷子插入颈部，穿过虾身，用力一扯，便会露出鱿鱼丝一般长条的肉，吃起来有一种说不出的快感。

岭南地区最常见的虾，还有九节虾、罗氏虾、基围虾和白虾，厨师们一般用来白灼。上海的新雅粤菜馆有一道名菜，叫西施虾仁，用牛奶来炒虾仁。惠东有虾干粉丝焖南瓜的做法，十分独特，别处似乎没有。有一年，我去惠东采风，朋友赠送了一袋虾干，个头足足有半只手大，空口即可食用，吃完之后，居然连喝白开水都是鲜的，像喝高汤一样。

油泡虾仁也是我特别喜欢的一道美味，制作时，把鸡蛋清、味精、精盐、干淀粉、小苏打一并放在碗中，搅成糊状，放入干爽的虾仁，入冰箱冻腌，让虾仁入味的同时，提升它的脆爽口感。旺火烧锅，加入猪油，烧至微沸，泡入虾仁，不停搅动，半分钟后捞起，滤油，勾芡，清鲜爽口，唇齿留香。

胡椒焗虾也别具风味，做法并不复杂，将虾腌制入味，用白胡椒焗之，在水分散逸的同时，虾肉贪婪地吸收着香料，最后，几乎变成了虾干，口感结实，每一口鲜甜的虾肉中，都充满着浓郁的胡椒香味。厨师告诉我，用海南白胡椒，香味才够浓郁。

海胆是许多食客心中的珍味，它浑身长刺，样子很像刚从树上掉下来的板栗。美国著名美食评论家露丝·雷克尔曾这样赞叹："一堆堆柔软橙色的海胆卵肥美多汁，芬芳如熟柁果肉。"

初到广东生活时，我对海胆还不甚了解，只闻其名，未见其身。一年盛夏，一帮好友相约去深圳小梅沙游玩，下午灼热，滚滚的热浪让人望而生畏，大家都躲在酒店的空调房里呼呼大睡，一个个懒洋洋的，像炖烂的海参。从窗户里望出去，路上行人稀少，偶尔出现一个，也眯着眼睛，愁眉苦脸，像遇上了什么棘手的事。

太阳落山以后，幸福的时刻也随之到来，人们迫不及待地冲出房间，涌向海滩。我们打着赤脚去海滩边吃晚餐，蒸腾的暑气已被一扫而空，凉爽的海风像鸽子一样钻进衣服，不停拍打着翅膀，让人心情舒爽，胃口大开。

除了各式海鲜，店家还给我们推荐了一份蛋炒饭，这炒饭绵软适口，颗粒分明，香味要比一般的蛋炒饭浓郁得多，大家你争我抢，很快就被一扫而光，后来，又叫了一份，同样如风卷残云，前前后后，竟然一共叫了四份。等到结账的时候，我不禁吓出了一身冷汗——一顿普普通通的消夜居然吃出了一千多块，以为误入了黑店，被人当成了"水鱼"，再仔细一看菜单，那炒饭原来不是普通的炒饭，而是海胆炒饭，每份售价一百二十元。

从那时起，对海胆的印象便深刻起来。再后来，我才知道海胆还可以做成刺身，看上去很像杧果冰激凌，冰凉爽滑，吃上一口，便可品尝到暗藏于大海深处的鲜美味道。在潮汕地区，很多人喜欢吃咸海胆，在最肥美的海胆中加精盐、蒜泥和少许味精，装入瓶中，密封一个月，用腰果蘸着吃，好像吃杧果酱一样。当地人一再叮嘱我，一定要用原味的腰果，因为它最能激发出海胆的鲜香。

"南方之牡蛎，北方之熊掌。"广东人称牡蛎为生蚝，它营养丰富，有"海底牛奶"之美誉。深圳的沙井蚝，色泽乳白，肥美甜润，尤为出名。沙井蚝之所以特别肥美，与养殖的方法密不可分，当地人称为吊养。原来，大约在两百多年前，有一艘载满缸瓦的木船，在沙井附近的海面上被台风打翻，船上的缸瓦全部落在海里，后来当地的人们惊讶地发现海底的缸瓦片上，都寄生了又肥又大的蚝。从那时起，沙井人就开始利用海区养蚝，并特意在收蚝前把生蚝搬到海水较深、饵料特别丰富的"肥育区"去"寄肥"。吃蚝要讲季节，冬前最合时宜。

在沙井，生蚝已有超过一百种吃法，其中，"蚝豉蒸腊肠"最令我神往。

台山汶村蚝、阳西程村蚝、湛江官渡蚝、珠海荷包岛蚝也很出名。台山汶村蚝和阳西程村蚝的特点是体大，白白胖胖，味道鲜甜。湛江官渡蚝，鲜嫩无渣，一口一个，爽利无比。我曾在珠海吃过一次全蚝宴，印象最深刻的是芝士香蚝，肥柔味鲜，感觉不像吃海鲜，倒像是在吃甜品一般。

粉丝生蚝煲也是我很喜欢的一道菜式，先将腩肉香煎，炒出香味之后，铺上泡好的粉丝，再放上胖乎乎的生蚝，将椒末、蒜泥用热油爆香，与生抽、蚝油、盐、白糖制作调料，均匀地淋于煲中，用小火慢煲，这样烹制的生蚝，格外香嫩，有豆腐般口感，粉丝的味道也出奇地好。

生蚝虽然好吃，但也不是每一个人都喜欢。我有一个朋友从小在海边长大，他一点也不喜欢吃生蚝。起初，我以为他是吃腻了，后来才知道，是因为他小时候很淘气，每次做错了事，父母就会让他跪在生蚝壳上思过，一跪就是一个小时。几十年过去了，他还有心理阴影，一见到生蚝，膝盖就会隐隐作痛。

珠海庙湾岛，水清沙幼，被称为中国的马尔代夫，岛上有一种辣螺甚合我意，辣螺之所以叫辣螺，是因为它尾部有些微的辣味，其长相平平，壳表面为灰绿色和黄褐色，但味道非同寻常，肉质比一般的螺脆爽，入嘴时略苦，有芥末般的口感，但苦中带甘，甘中带鲜，丰腴细腻，充满变化，是一次奇妙的味觉之旅。

将军帽，是伶仃三宝之一，它之所以叫这个名字，是因为样子很像清朝将军的帽子，我第一次吃是在珠海格力东澳大酒店。酒店占据了岛上风光最好的一角，房间是落地的大玻璃窗，外面，是一望无际、水清波恬的大海，正午的光斑，随波起伏，如银色的小鱼在蓝绿色的海面上欢快跳跃，在这里的环境下品尝美味，本身就是一种心旷神怡的享受。将军帽是第一道菜，味道令人惊艳，肉质脆弹紧实，有点像鲍鱼，但比鲍鱼更加清甜爽口，三下两下就被消灭干净了。

珠海斗门莲洲镇、中山黄圃大魁水道一带，咸淡水交界处，盛产沙蚬，所产之蚬，壳呈黄绿，故称之黄沙蚬。在高温之下，蚬壳打开，露出嫩白的身子，其味，甘而鲜美，清明前后最为肥美。

新会睦洲镇也盛产黄沙蚬，又肥又嫩，在这里，黄沙蚬有一个更生动的名字，叫"卜卜蚬"，因为，在蒸煮的过程中，发出"卜卜"的响声，好像情侣接吻的声音一样。

潮汕地区盛产薄壳，清代嘉庆版《澄海县志》曾记载称"薄壳聚房产海泥中，百十相粘，形似凤眼，壳青而薄，一名凤眼鲑。夏月出佳，至秋味渐瘠。邑亦有薄壳场，其业与蚶场类。"

潮汕当地流传着许多与薄壳相关的有趣俗语，比如，"吃薄壳找不到脚屐"，意思是说薄壳吃完之后，壳堆成了一座小山，连自己的鞋子都找不到了。还有更夸张的一种说法，叫"食薄壳找不到奴仔"，"奴仔"是小孩的意思，大人忘我地吃薄壳，壳把孩子都埋在了里面。这当然是潮汕人的幽默，但也足见他们对薄壳的热爱程度的确非同一般。

"夜昏东，眠起北，赤鬃鱼，鲜薄壳。"薄壳的炒制，讲究厚油大火快炒，以求最大限度地保留鲜甜的本味，在高温之中，薄壳像细小的花朵一样怒放开来，起锅前还会加入香味浓郁的九层塔，有了九层塔的加持，薄壳更加惹味，吃到嘴里，些微的鲜甜，如星子在夜空闪烁。

薄壳，又叫"海瓜子"，一年四季都可以吃到，但以农历七八月最"当时"，这个时节的薄壳肉最厚味最鲜，母的膏黄诱人，公的则肥白圆润。我有幸在惠来隆江吃过一次最当时的薄壳，印象深刻，壳中的肉圆滚滚的，像花生仁一样可爱，极为肥嫩鲜美，一颗有平时吃的三颗那么大，小小的成就激励着我，一连吃了三盘，方才心满意足。俗话"秋风起，蟹肥薄壳瘦"，到了秋天，薄壳的肉就小得可怜。

割薄壳、洗薄壳是十分辛苦的工作，收获的季节一到，工人们凌晨三点就要开工，光着身子潜入海水，将一袋袋薄壳运送到船上。潮汕地区有现成的薄壳米卖，用阴阳火煮成，在滚水之中，壳肉像跳伞一样，从壳中一个个争先恐后地跳出来，漂浮于水面，一大堆薄壳，也只能煮出小小的一碗薄壳米。薄壳米的做法很多，最香口的要数咸蛋黄焗薄壳米，在薄壳米中加少许生粉小火炸酥，控油备用，咸蛋黄轻油慢炸，加入薄壳米同炒，外酥里嫩，入口咸香，回味鲜甜。

香港人爱吃跳螺，可白灼，也可用酱汁炒。葱油螺片，是我极喜爱的菜式，螺片切得极薄，如玉兰片，葱香隐约，口感爽脆，十分怡人。花螺也是常见之物，广东人称"东风螺"，宜白灼、点芥末。

狗爪螺的样子很特别，外形长得像狗爪，肉质鲜嫩，软滑中带着嚼劲，有浓郁的海水鲜味。

响螺也深受岭南人的宠爱，因渔民常用其壳作吹号，故得其名，它长于深海，鲜香爽脆，可与鲍鱼媲美，秋冬季节最为肥美，是煲汤的绝佳食材，一道花胶响螺瘦肉汤，滋味醇厚，鲜美无比。粤人还给响螺取了一个别名——"粉蝶"，有道传统菜叫菊花螺片，广东人就美其名曰"粉蝶穿花"，意境绝妙，引人遐想。

潮汕人爱吃深海大响螺，这是十分名贵的食材，之所以金贵，是因为它不能人工饲养，须人工潜入海底捕捞，可遇不可求。它生长得十分缓慢，长到一斤半重，需要五到八年，出肉率也很低，净肉只有百分之二十左右，汕头南澳出产的大响螺壳薄肉厚，品质最佳。

潮州菜中，大响螺最经典的做法是明炉烧，旧时，渔民们捞到响螺，就是直接扔进柴火之中，食用时敲碎螺壳。烹制前，先将活大响螺洗净（留原壳），竖直，让腹腔的水流出，接着横放，在其厣口上灌入姜、葱、川椒、绍酒、味精、酱油和上汤调成的汤汁腌制。约半小时后，将大响螺放在炭炉上，用中火烧烤，烤时再将汤汁从厣口逐渐加入，并将螺身稍微转动，约烤四十分钟至熟（这时螺厣会自然脱落）。将螺肉取出，切去头部硬肉，并剔除螺肠，然后斜切成约两毫米的大片，把螺肉片和螺尾砌成螺的形状，盛入餐盘的一边，另一边用蜜柑片和火腿片分别摆上。上席时跟芥末酱、梅膏酱各一碟。

另一种常见的吃法是白灼，为获得最佳的口感，需要堂灼，因为传菜的过程会影响口感。制作的方法，看起来颇有些暴力，要直接敲开螺壳，去掉螺头和螺尾，将螺盏切片，切片时，讲究滚刀、厚切，像牛扒一样厚，小的响螺一般只切一片，大的也不过两三片，切得太小，口感会逊色很多。切好的响螺片，用高汤迅速灼熟，十几秒即可，淋上热鸡油，封香，以保持最佳的口感。

这道菜色泽奶白，脆嫩爽口，清甜无比。美食家蔡澜曾说，几十年前，他父亲在香港吃一片要三百港币，现在的价格约一千一片。不过，价钱虽然高昂，仍有许多食客趋之若鹜。我的一位厨师朋友告诉我，他在广州的酒店工作时，有一个老板甚爱此物，几乎到了痴迷的程度，每次都要指定他做，一口气吃上三片方才觉得过瘾。

值得一提的是，响螺浑身是宝，螺头也是美味，可以加橄榄煲成橄榄螺头汤，也可制成春菜煲。螺尾一般用来油炸，极香，最适宜佐酒。潮菜大师朱彪初在《潮州菜谱》一书中，曾提到"螺尾最香，一定要摆上。如食客见无螺尾，食后就不付钱，这是潮州人的规矩。"

粤西的湛江地区海产丰富，当地盛产一种让很多人又爱又怕的美食——沙虫，沙虫又称"海肠子"，人称"海底味精"，生长在沿海滩涂，退潮以后，妇女们便会去沙滩上挖沙虫。当地最经典的做法是蒜蓉蒸沙虫，用沙虫来煮粥，口感鲜甜，跟生蚝同煲，鲜美无比，还可以做成刺身，不过，一般人接受不了，别说下筷，看一眼都会觉得心惊肉跳。炸沙虫，也是颇为常见的，酥脆香口，口感很像薯条。说实话，第一次吃沙虫是需要一点勇气的，但吃了第一条，就忍不住想吃第二条了。迷人的鲜味在舌尖此起彼伏，好像海浪不停地冲刷着沙滩。

湛江的干瑶柱也名声远扬。粤菜的汤水之所以清亮透鲜，干瑶柱就是秘密武器之一，干瑶柱俗称干贝，有些体形很大，装在透明的塑料盒里，乍一看，还以为是杏仁饼呢，其色泽浅黄，温润诱人，鲜味浓郁悠长，除了煲汤，还可以用来蒸水蛋，这是我大女儿非常喜欢的菜式。有一次，我们一起去看俄罗斯国家歌舞团的芭蕾舞表演，在剧院旁的酒楼用餐，她一个人包圆了瑶柱蒸水蛋，最后，还像小狗一样将碟子舔得一干二净。进了剧院，刚一落座，旁边一对和善的老夫妇，就笑意盈盈地跟我们搭话。老太太告诉我，刚才看到我和女儿一起吃饭的场景，感觉特别温馨，想到了自己的女儿。她女儿远在美国，已经好多年没有回家团聚了。

顺德有一道传统名菜，叫桂花炒瑶柱，此菜脱胎于桂花炒鱼翅，所用的材料有豆芽、粉丝、鸡蛋、火腿、瑶柱、鲜蚬肉，出品色泽明快，干湿有度，鲜香爽口，中间的桂花，并不是真的桂花，而是炒碎的鸡蛋，这道菜真正的灵魂是瑶柱，因为它的加入，晶莹剔透的粉丝变得鲜美无比，让很多人误以为吃的就是鱼翅。

台山下川岛也盛产海鲜，我在那里吃过醉蟹和白灼墨鱼仔，至今难忘。

六月，海水正蓝，我们驱车前往下川岛，一路上走走停停，上岛时已是掌灯时分，天光昏暗，调皮的海风吹在身上，已经没有白天的灼热，灯光轻轻推开夜色，古铜色的月亮悬挂在夜空，海面上闪烁着柔和而浪漫的光芒，游客们出来觅食了，他们大多光着脚——听当地人说，岛上的小狗很调皮，经常把游客们的鞋子叼走，有时候，还会把鞋子埋在沙滩里呢。

餐厅里人头攒动，海鲜微腥的味道，飘拂在小岛的每一个角落，我们放下行李，便开始下楼享用晚餐。

最惊艳的一道菜是醉蟹，未经煮过的花蟹，壳咬起来很脆，像锅巴一样。蟹肉的感觉，有点像果冻，在舌尖慢慢化开，汤汁中虽然加入了辣椒、酱油和醋等味道浓郁的佐料，但丝毫没有掩饰肉本身的清甜，轻轻一咬，鲜美的味道便滚滚而来，我忍不住闭上眼睛，感受它难以名状的美妙。

席间，餐厅的老板跟人聊天，听说他们要出海捉墨鱼仔，我们便死皮赖脸地跟着他们上了船。小船随着海浪起伏，像是童年时玩的跷跷板，咸腥的海风卷起我们身上的衣服，旗子一样猎猎作响。无边无际的黑暗，让我们的小船更显渺小。船在漆黑的海面上开了十来分钟，到达了一处渔排，闪闪烁烁的灯光下，已经围满了墨鱼，这些圆头圆脑的小家伙，误把这里当成了休闲广场，正欢快地跳着华尔兹呢。老板眼疾手快，一网下去，墨鱼仔们就迷迷糊糊地被捞了来。

船往回开的时候，我们一路都在咽着口水。回到酒店，马上煮水，几分钟后，鲜嫩至极的白灼墨鱼仔就上桌了，用牙签挑一个，蘸一下豉油，塞进嘴里，肉质极其爽脆，不一会儿，它就像气泡一样消失了，再喝一口啤酒，满嘴的鲜味与冰爽的啤酒一起在嘴里翩翩起舞，那种感觉，妙不可言，永生难忘。

珍馐每自海洋来

"法酝必从吴浙至,珍馐每自海洋来。"岭南地区海鲜云集,除了本地的生猛海鲜,还有许多"海上来客"。有一份统计显示,广州海味干货批发零售量占全国的百分之七十以上,是全国最大的海味干货集散地。

翅肚鲍参是公认的名贵食材,也是衡量一顿宴席豪华与否的标志,它们之所以价格昂贵,一方面是因为食材高档,另一方面是制作工艺繁复。

粤菜厨师深谙调羹之妙,尤其擅长侍候这些名贵食材,他们收入颇高,一位厨师朋友告诉我,三十多年前,普通人的月薪才几百块,香港大厨的月薪就已经过万了,即便广东本地的厨师,也能拿到三四千块。

红烧大群翅是粤菜中的一道经典菜式,也是各大酒楼招揽食客的头牌,翅取自大鲨鱼,翅针透明软化,味道鲜美、韧中带脆、浓而不腻。

清代胡子晋《广州竹枝词》云:"由来好食广州称,菜式家家别样矜。鱼翅于烧银六十,人人休说贵联升。"《清稗类钞》中亦载:"广东之酒楼,可谓冠绝中外。……菜以鱼翅为主要之品,其价每碗自十元至五十元。十元以下不能请客也。翅长数寸,盛以海碗,入口即化,鲜美酥润，兼而有之。然以群乐、南园两家为贵。"

"食落自己个肚，胜过起大屋。"这是当时民间流传甚广的一句顺口溜，吃鱼翅的幸福，胜过修建豪宅，这无疑是食客们对鱼翅的最高褒赏了。

粤菜中鱼翅的做法，并非一成不变，而是随着季节变化的。旧时，广州的大酒楼春天吃蟹黄生翅、夏天吃清汤生翅、秋天吃滑鸡生翅，冬天则吃红烧包翅。我最喜欢吃的是蟹黄大生翅，色泽黄白，鲜美嫩滑。蟹黄香糯，让汤汁更加浓稠，鱼翅滑溜，好像随时都会从嘴里逃走似的。

在潮汕地区，鱼翅同样是高档宴席中不可或缺的大菜，最常用的是金钩翅，取自各种鲨鱼尾鳍部分，翅身饱满，翅针粗而糯滑，为翅中上品。传统的潮州菜中，最受欢迎的是红烧鱼翅，现代人则更喜欢上汤鱼翅。汤汁浓腴肥美，隐隐约约有火腿香味，为了突出食材的本味，味道一般较淡，吃的时候需佐以浙醋。

鱼茸翅羹也极受食客们的青睐。我认识一位潮菜师傅，小学没有毕业，大字不识几个，做菜却极有天赋，他在传统的手法上做了改良，所用的鱼不是一种，而是三种，分别为桂花、黄脚立、红杉，三者的鲜味相互缠绕，氤氲舌尖，妙不可言。制作时，先将鱼煎香，将肉一点点拆出，桂花鱼鱼皮上的黑色部分一一去除，然后放入高汤，加上发好的鱼翅和最嫩的白菜芯，这道菜很花功夫，不算前期的涨发，光是后期的制作，就要花费一上午时间。

鱼翅虽然美味，但价格不菲，平民根本消受不起，聪明的小贩们

粤菜记

便向酒家拿些零散的翅头翅尾，加入冬菇、木耳、猪肉丝，并在高汤加入马蹄粉或豆粉等煮成了碗仔翅。如今，这是香港和澳门常见的街头小吃之一，不过，香港的碗仔翅里没有鱼翅，以仿鱼翅代替，澳门则会加入真鱼翅。

鲍鱼也是众所周知的名贵食材，坊间有"一口鲍鱼一口金""千金难买两头鲍"之说。明清时期，鲍鱼就被列为八珍之一，大者似茶碗，小的如铜钱，据说，清朝沿海各地大官进京朝圣，大都会进贡鲍鱼，一品官吏进贡一头鲍，七品官吏进贡七头鲍，以此类推。

"无翅不成席，无鲍难言鲜。"红烧鲍鱼和蚝油鲍鱼是"谭家菜"的两道招牌菜式，美食家唐鲁孙曾有过这样的评价："谭府的红烧鲍脯滑软鲜嫩，吃鲍鱼边里如啖蜂窝豆腐，吃鲍鱼圆心，嫩似熔浆，晶莹凝脂，色同琥珀一般，真乃极品。"二十世纪三十年代广州四大酒家之一的"南园"也擅烧制鲍鱼，坊间有言："手掌咁大只鲍鱼，食到嘴都嘟。"如今，名气最大的阿一鲍鱼，创始人杨贯一原本是大华饭店的清洁工，他在制作手法上大胆创新，同时，又沿用瓦煲、木炭等最传统的烹饪工具，创制出新的经典。

鲍鱼有干鲍和鲜鲍之分，干鲍又分为"淡干鲍"和"咸干鲍"两种，干鲍很硬，有人开玩笑说，可以像砖头一样砸死人，因此，涨发就成了最关键的步骤，这也是粤菜大厨们引以为傲的看家本领。我认识一位叫阿烽的粤菜大厨，总想跟他偷学几招，可这个家伙守口如瓶，从不泄露半句。有一次，我们一起喝酒，他喝高了，总算把自己的独门秘方一股脑儿全告诉了我。

干鲍的泡发可快可慢，慢发的味道和口感更佳，鲍鱼越大，用时越长，特级鲍鱼的泡发，约需一周时间。只有足够的耐心，才能将食材隐藏的味道发挥到极致。

发制前，先将干鲍在太阳下晒五到八个小时，用矿泉水浸泡一晚上，第二天早上取出，持续冲水一小时，洗刷干净。

在烧开的矿泉水上蒸十五分钟，立刻放入密封的保温桶焗之，第二天重复，不过，这一次的水有了鲍鱼的鲜味，可以用来调鲍汁，不能倒掉。此道工序需不断重复，直到鲍鱼吸足水分，有了圆润的神采，吃起来才够 Q 弹。

泡发完成后，加入甘甜适中的旧庄蚝油、冰糖、老母鸡、鸡腿、猪里脊肉等与鲍鱼同煲，这个步骤十分关键，需连续煲四十八小时，中间不能停火，一旦停火，就会影响鲍鱼的口感。四十八小时以后，鲍鱼一起熬煮的食材早已经筋疲力尽，变成了一堆肉泥，而它却越煮越精神，用手一按，弹性十足。

将鲍鱼移入瓦煲，用慢火继续煲，同时，不停搅拌，直至起胶。炼好鸡油，将鲍鱼浸入，密封一个晚上。鸡油不仅可以滋润鲍鱼，使其更有光泽，还能让它更加软身。经过鸡油的加持，鲍鱼就像金元宝一样，光芒四射，看上一眼，就会心生怜爱。

接下来便要调鲍汁了，每个厨师的配方都不尽相同，一般的用料有鸡鸭、猪蹄髈、猪龙骨、猪肉皮、火腿、干贝、海米等。深棕色的鲍鱼汁，浓稠鲜亮、光彩夺目，诱人至极。

鲍鱼一般是按位上的，在雪白的碟子里占据了一角，鲍汁自然流淌，宛如一幅山水小品，大片大片的留白，颇有马远画作的简远意趣。

很多人吃鲍鱼时，喜欢直接从中间切开，其实，这是欠妥的，最好的还是顺应鲍鱼纤维"打长切"，由外而内，慢慢切开，让舌尖感受肉质的细微变化，享受渐入佳境的感觉。

鲍鱼的品种很多，最让食客们神往的是日本青森县的网鲍、吉品鲍及禾麻鲍。除此之外，极品鲍鱼还讲究个大、肉丰、有溏心，香港人尤爱溏心鲍鱼。鲍鱼肉厚，外层风干后，变成了保护层，细菌不能侵入，其内部便不致腐败，反而因其内部尚未完全干透，在贮藏过程中，逐渐组织自溶而形成溏心。那一口状若琼脂、丰腴鲜美的溏心，像牛皮软糖一样粘牙，令人心醉。

香港利苑有一道堂煎法国鹅肝伴三头鲍，让两种高级的食材置于一碟，口感交错，趣味横生。我向一位曾在利苑工作多年的大厨请教，他告诉我，这其实是个营销策略，如果一个人独享一只三头鲍，就吃不了太多东西了，切开后直接上桌，又不够档次，故特邀风味浓郁的法国鹅肝来"伴奏"，不仅保证了档次，还丰富了口感，可谓一举两得。

鲍鱼炆鸡，是岭南地区颇为常见的一道菜式，不过，这道菜所用的鲍鱼是鲜鲍，鸡则是走地鸡，在热力的作用下，两种食材像交换礼物一样，交换着彼此的香味，你中有我，我中有你，最终浑然一体。起初，我以为这道菜是将生料在砂锅中煲成的，后来才知道并非如此，先要将鸡腌制入味，在铁锅中炒香，鲍鱼改刀，横竖各三刀，入锅慢火煎至金黄，捞起备用，蒜头、红葱爆香，加鸡和鲍鱼，加入提前调好的鲍汁，在锅中煮至入味，最后，放入砂锅中煲，直至煲出热气腾腾的浓烈干香。打开煲盖,改过刀的鲍鱼如孔雀开屏,鲜美的鲍鱼汁,像芡汁一样深情地裹在食材表面,看上去美艳动人,吃起来干香弹口。

燕窝是金丝燕的窝,如果从窝巢来识别,可分为官燕、毛燕和草燕,按照形状来划分为燕盏、燕条、燕饼、燕碎、燕丝等。它是极润泽的食材,凝聚了天地之间的清新之气。

屈大均著《广东新语》中说:"海粉性寒,而为燕所吐则甘,其形质尽化,故可以清痰开胃。凡有乌、白二色,红者难得。盖燕属火,红者尤其精液。"红燕窝,就是我们今天所说的"血燕"。怀集出产燕窝,采摘者在陡峭的悬崖上攀爬,如履平地,不过,如今已停止采摘。

旧时的达官贵人很喜欢吃燕窝。清人况周颐的《眉庐丛话》中记录了一则趣事,说嘉庆皇帝派人到和珅府上抄家,府上正好煮了燕窝,还没来得及享用,官兵们便呼啦呼啦地喝开了。他们都不知道吃的是什么东西,有人说,这是绿豆粉丝,还有人说味道这么好,肯定是洋粉丝。

燕窝具有清痰开胃的功能。夏日的午后,暑气升腾,天空像镜子一样闪闪发光,窗户外面,满眼都是梦幻般的绿。午睡成了抵挡炎夏的最佳方式,倒在床上,随随便便就能睡上一两个小时。午睡醒来,整个人昏昏沉沉,如水蜜桃一般慵懒,这个时候,喝上一小碗清新滑爽的凉冻燕窝,五脏六腑好像都被清洗了一遍。这种美好的感觉可以持续整个下午,你会觉得到自己像玉一样润泽,晶莹剔透。据说,吃燕窝可以让女人更美丽,皮肤更光滑,我觉得这是完全可信的。

冰糖炖燕窝是最经典的做法之一,上桌时,一般会附带几种配料,比如红枣汁、椰汁、木瓜汁、杏汁、香芋汁等，每个人都可以选择自己最喜欢的口味。我最喜欢加现磨的杏仁汁，香味浓郁，可以映衬出燕窝的纯净与通透。

牛油果燕窝是新派做法，先将新鲜的果肉挖尽，留壳备用，果肉手工压碎成泥，燕窝洗净先隔水蒸二十分钟，再加冰糖再蒸十分钟，与牛油果肉搅拌装入壳中，点缀薄荷叶，色泽清新如抹茶，口感柔滑如乳酪，浓郁的甜美中隐隐约约带着核桃的香味，吃完之后，感觉自己如同阳光下的湖水，静寂、清澈。

潮州菜中还有一道名菜，叫"鸽吞燕"，将鸽子拆骨去肉，把上等官燕塞进鸽子腹中，放入秘制高汤中隔水慢炖八小时。一打开鼓鼓囊囊的鸽肚，跳出来的是晶莹雪白的燕窝，那种视觉的冲击，让人毫无抵抗之力。吃的时候可先在汤中撒入清香的香芹粒，这时，鸽子的鲜香与燕的清香融于汤，燕窝滑溜，鸽肉软烂，色彩清雅，鲜爽味美。

岭南的女人还爱吃花胶，花胶就是鱼肚，体形大者，被称为"广肚"，最受推崇，晒干后呈金黄色，有雌雄之分，雄花胶，肉质实，胶质重，滋补功能好。花胶表面，有两条纹者，为雄性，越大，越厚，价格越贵，可以用来炖汤，也可与燕窝同炖，做成甜品。

我的朋友阿烽，借鉴蜂巢芋角的做法，创制了蜂巢花胶。花胶先用清鸡油浸制，表面裹上熟澄面，入锅油炸，起锅时，金黄、通透，宛如蜂巢，入口酥香松脆，回味时，则是迷人的细滑软糯。

花胶品种甚多，金钱鳖鱼胶、房胶、蜘蛛鱼胶、白花胶、赤嘴鳖鱼胶皆是名品。它和陈皮一样，放置时间越久，功效越好。女人坐月子时，吃花胶不仅可以增强免疫力，还可以促进乳汁分泌，把初生的婴儿养得白白胖胖。大黄花鱼的鱼肚称为金龙胶，也是贵重之物。在潮汕地区，老人弥留之际，神志不清，说不出话来，家人会切一两片金钱鳘鱼胶煮水，老人喝下以后，立马就能醒过神来交代后事。

如果说燕窝和花胶是女人的补品，海参则是男人的补品。海参的种类很多，其中，有一款体形硕大的，且其腹部两侧各有一排粗壮的刺，类似母猪的乳头，故称"猪婆参"，又可细分白猪婆参、花猪婆参和黑猪婆参，是制作脆皮婆参的原材料，以黑猪婆参，最受青睐。

猪婆参需要泡发四五天，经过多次泡发以后，在高汤中炖，入蒸笼蒸，然后反复淋热油，直到它口感变脆，再加鲍汁，最后加老抽调色。吃的时候，首先感觉到的是表面的脆爽，接着是肉质的厚实，最后是里层的纤维感，层次分明，令人着迷。

我们家常做的是海参汤，第一步是泡干海参，先用冷水泡一天，煮开后换水，两三天之后，海参吸足了水分，变得温柔可亲，仅仅三只海参，就可以将一只海碗挤得满满当当，将其捞起，切片备用。炖半锅排骨汤，汤中不放入任何作料，像一张白纸，等待五彩的画笔填充。将小半条大地鱼过油，与瘦肉一起剁成肉碎，加油、盐、酱油、生粉等配料，用手挤成圆球，一颗颗投入煮沸的排骨汤中，加入海参，煮一两分钟，最后，加入虾仁和香菜，一锅鲜美无敌的海参汤就大功告成了。

"欲食海上鲜，莫惜腰间钱。"大人们将这些名贵的食材视如珍宝，为了那一口鲜美，不惜花费重金，孩子们却似乎没有太多好感。我的大女儿心直口快，说话向来不带拐弯。前年，我的长篇小说《风叩门环》在《十月》杂志发表以后，收了一笔丰厚的稿费，便带她去吃了一顿奢侈的海鲜大餐，本以为她会赞不绝口，没想到，小丫头撇了撇嘴说："鱼翅的口感像粉条，鲍鱼的口感像牛舌，花胶像白木耳，海参的口感像未煮烂的猪皮。燕窝是最好吃的，因为很像我喜欢吃的西米露。"

这个没心没肺的小丫头虽然对名贵的海味没有什么好感，对大盆菜却情有独钟。大盆菜里食材丰富，排列有序，层次分明，最上面有鲍鱼、花胶、海参、大虾、发菜、瑶柱、烧鹅、鸡块、猪手等，色彩明快，争奇斗艳，下面是鹅掌、腐竹、猪皮、冬菇，最下面是娃娃菜、莲藕、萝卜或者鸡腿菇，海鲜和肉类需要提前预制，焖制入味，摆盘之后，最后淋上诱人的鲍汁，热气上升，浓汁下流，像派利是一样，把浓郁的鲜香派给了每一样食材。底部的白萝卜最擅吸味，它贪婪地吸收着所有食材的精华，变得肥腴鲜美，成了最大的赢家。盆菜除了美味之外，还像寻宝游戏一样充满隐秘的乐趣，每个人都会眼疾手快地将喜欢的食材夹到自己碗里，嘴角露出不易觉察的得意微笑。

大盆菜不仅美味，还有着福财满盆的美好寓意，又有上下和睦、不分彼此的意思，尤以香港新界和深圳下沙两地最为盛行，每逢新居入伙、祠堂开光或新年点灯，新界的乡村均会举行盆菜宴，一摆就是上百围，蔚为壮观。用美好、丰盛的食物庆祝相聚的时光历来是中国人的传统，热气腾腾的大盆菜，包裹着深情厚谊，寄寓着对于幸福生活美好的向往。

打冷曼妙如仙境

"打冷"是潮汕人餐桌上最令人着迷的景致之一，不过，这个叫法并非起源于当地，而是出自香港。二十世纪五十年代，香港地区有潮汕人卖消夜和卤味，他们挑着箩筐沿街吆喝"担篮啊……"，叫卖声像潮剧里的老生一样，拉得老长老长，在街头巷尾悠悠回荡。外人听不懂潮州话，久而久之，"担篮"变成了"打冷"，虽为讹传，却似乎更具风味，更逗人食欲。

打冷品类众多，我最惦念的是生腌。生腌被戏称为"潮汕毒药"，意思是一吃就会上瘾，一辈子都休想戒掉。有一个玩笑说，某人酷爱生腌，头天晚上痛风发作，第二天还要拄着拐杖去吃。

潮菜素来讲究食材，生腌更是如此，不新鲜的食材是根本没有资格生腌的。将食材处理干净后，放入酱油、芫荽、姜、蒜头、白酒等腌料煨之。食材不同，大小各异，腌制的时间，也不尽相同，这是很考验厨师的，时间太短，入不了味，腥味太重；时间太长，肉质不佳，当地人称为"涝肉"，软绵绵的，没有弹性，活活糟蹋了好东西。值得一提的是，即使端上桌后，生腌味道也是在变化之中的，我的经验是一上桌就吃，时间久了，咸味加重，鲜味会随之消散。

虾蟹是生腌的当红花旦，唐人刘恂在《岭表录异》中就曾记载岭南人吃生虾的细节："南人多买虾之细者，生切绰菜、兰香蓼等，用浓酱醋先泼活虾，盖以生菜，然以热馀复其上。就口跑之，亦有跳出醋碟者，谓之'虾生'。鄙俚重之，以为异馔也。"我最爱的是野生红虾，红虾由白酒和醋腌制，入口是极温柔的，如同爱人的舌尖，鲜美的味道围住舌头，如涨潮时海水从四面八方漫过小岛。可以直接食用，也可以蘸酸梅汁，潮汕人有"生腌游过酸梅汁"的说法，我试过几次，确实非同凡响。

生腌螃蟹也是颇常见的，潮汕本地的赤蟹，是青蟹中的极品，膏满脂丰，色鲜味美，最堪回味，果冻般的蟹膏缠绵于舌尖，简直让人幸福得不知所措。

冻蟹也是我喜欢的妙物，李渔在《闲情偶寄》中曾这样描述："凡食蟹者，只合全其故体，蒸而熟之，贮以冰盘，列之几上，听客自取而食。"大多数食物，热的比冷的好吃，但红蟹却是个例外。红蟹壳薄肉甜，但肉质相对松软，含水量大，口感略逊，冰冻后食之，方称得上佳美。为避免蟹脚脱落，要先冻后蒸，蒸熟之后，自然冷却，放入冰箱，先冷藏半个小时，再急冻十分钟，迅速锁住蟹肉的鲜甜。冰镇的时间尤为重要，它会直接影响蟹肉的口感，一入口中，处于休眠状态的鲜味便会立刻苏醒，在舌尖慢慢化开，令人心神荡漾。

汕头本港捕捞的红蟹煮熟之后美艳动人，身上有十字架印记，剥开蟹壳，蟹膏艳红，光芒四射，简直美得让人不敢直视。冻过的红蟹，肉质坚实、清甜甘香，有浓郁的大海气息，点江米红醋，肉质更甜。红蟹四季皆有，但以初春时节最为肥硕，大小也要适中，并非越大越好，老食客们认为，两到三斤的红蟹味道最为鲜美。

腌血蚶是潮汕人年夜饭必备的菜式，有红红火火的美好寓意，最出名的是饶平大澳的珠蚶，吃完之后，壳并不会直接扔掉，而要放在大门口，寓意着进出有钱，元宵过后，还要扔进井中，寓意"钱源不绝"。

腌血蚶是个技术活，讲求眼疾手快，倒入将开未开的水中，水一冒泡立刻捞起，这时，蚶壳微微开启，蚶肉半生不熟，最为脆嫩、鲜甜，加入盐、酱油、蒜头、红辣椒、芹菜等腌制半天，即可食用。当地人认为，血蚶的血是最美味的，吃得酣畅淋漓，一个个都成了"血盆大口"，外地人看起来有点恐怖，但他们却觉得滋味无穷，乐不可支。

相较而言，我更喜欢腌花螺，先将花螺煮至断生，去除肠子，腌制时加入鱼露、酱油、香油，撒少许小米辣椒和香菜碎，如果冰镇一段时间，口感则会更加脆弹。

"鱼饭"也是打冷的妙品。很多外地人第一次吃鱼饭，都会问店家，怎么迟迟没有上饭，殊不知鱼饭不是鱼加饭，而是以鱼为饭，最初是渔民们在船上的食物，当然，他们只吃最便宜的鱼，好鱼是要到岸上换钱买米的，在潮汕当地，有一种鱼，就叫"换米鱼"，鲜甜嫩滑，可用酸梅煮，也可加豆酱蒸。

对渔民而言，米曾经是非常金贵的东西。金贵到什么程度呢？我有一个朋友，跟我说起小时候的一件事，有一年，他哥哥过生日，一家人喝粥，母亲给哥哥捞一碗干粥，其他人喝的都是粥水，一粒米都见不到。

潮汕地区以前生活着大量的疍民，据《潮阳县志》记载："东晋隆安元年已有人家渡海至达濠，以煮盐捕鱼为生。"宋代诗人杨万里的诗作《蜑户》曾这样写道："天公分付水生涯，从小教他踏浪花。煮蟹当粮那识米，缉蕉为布不须纱。"

旧时，没有冷藏技术，潮汕地区的渔民对于鱼获的处理一般有"一鲜二熟三干四咸五腌"五种方法。"鲜"是趁鲜贩卖；"熟"是煮成鱼饭；"干"是晒成鱼干；"咸"是制成咸鱼；"腌"则是腌成鱼鲑或鱼露。

渔民们最传统的鱼饭做法，是将鱼打捞起来后，不开膛，也不去鳞，不去鳃，直接用盐水煮，一直煮到眼珠突出。现在，鱼饭做法已经有所改良，开膛去肚，但仍不去鳞去鳃，潮汕人认为，鳞可以保护鱼肉的鲜味，鱼的鲜味是最珍贵的，但它又像水中的月亮，是极为脆弱的，只有以盐水煮之，方能挽留其本真的鲜甜。

和所有的菜式一样，食材的新鲜程度决定了鱼饭的品质，鱼一出水，鲜味就开始消散，潮州话里有一个词叫"就涝"，是顺着涨潮刚刚运回来的意思，因此，制作鱼饭是需要和时间赛跑的。打捞之后，立刻冰镇锁鲜，运上岸后，将鱼头尾相交，排列成花环的形状，放入疏眼竹箩之中，直接用盐水煮之。煮完之后，盐水不能倒掉，它就像老卤水一样珍贵，盐水越老，煮出来的鱼鲜味越浓郁，越纯正。

鱼饭的品种主要有巴浪鱼、花仙、乌头鱼、秋刀鱼、青鲈鱼、黄墙鱼、红鱼、吊景、阔目鱼、姑鱼、迪仔鱼、那哥鱼、红鱼、红心鱼、竹签、大眼鱼、马面鲀、马鲛、南昌鱼、海鲈、剥皮鱼、乌尖鱼、红方鱼、银鱼仔……千人千面，百鱼百味，每一种鱼的口感和味道，都是有差别的。

巴浪鱼是最常见的，表面青蓝，肉质紧实，久煮之后，特别有嚼劲。秋刀鱼脂肪肥厚，肉质坚实，与巴浪有些相似，但体形比巴浪更加修长。鹦鹉鱼比巴浪鱼、花仙鱼肉质更细腻，红杉鱼鲜甜味美。红花桃，又叫梅童鱼，色泽比红杉鱼艳丽，像化了浓妆，准备去约会的姑娘一样，其肉嫩刺软，肉味鲜美，口感更佳。海鳗是海中的运动健将，肉质脆爽，弹韧腴美，香煎最美。乌头鱼，肥美丰腴，每一口都是胶原蛋白。那哥鱼，外表丑陋，肉质细腻甜美，但刺很多，让人又爱又恨。斗仓，又叫白仓，身体银白，呈菱形，肉多脂多，主要活动于近海与深海之间，肉质鲜嫩，甘香无比，深受推崇，价格不菲。

我妻子的二舅很喜欢吃鱼饭，他告诉我，每次吃鱼饭，他总会想起一个卖大块糖的老头。寒冷的冬日，北风呼啸，生意清淡，老头似乎一点也不在乎，他在脚边生了一点煤油炉子，炉子上放着一只黑乎乎的小锅，锅里是半条巴浪鱼饭，加了少许的水，火开得很小，咕嘟咕嘟地冒着泡，鱼的香味在风中飘散，让过路的孩子个个口水横流。老头一边炖鱼，一边喝着自酿的米酒，他每次夹鱼只夹一丁点，在嘴里回味许久，脸上露出极享受、极满足的表情，感觉不像在吃鱼，倒像是用筷子点豆酱一样，吃完半条鱼，一个下午的时光也已悄然逝去，他收了摊，晃晃悠悠地回家去了。

鱼饭可冷可热，我个人觉得，最好还是"打冷"，伴随着温度的下降，鱼的肉质会更加紧致，鲜味也更加凝聚，尤其是撕开鱼皮时带出的那一层晶莹剔透的鱼冻，最是撩人。以鱼饭佐粥是最惬意不过的事情了，不绝如缕的鲜味在粥水中晕开，那种曼妙的感觉，如梦似幻，仿佛进入了云蒸霞蔚的缥缈仙境。

普宁豆酱是鱼饭的灵魂，潮汕人吃鱼饭，一定要蘸此物，吃完之后，满嘴都是迷人的鲜甜，感觉不是鲜的叠加，而是鲜的立方，那鱼好像在嘴里重新复活了一般。

持螯何须待秋风

常言有云:"蟹肉上席百味淡。"蟹之味美,世人皆知,我平生第一次领略是吃面拖蟹,具体是七岁,还是八岁,已经记不太清楚了,只记得那是一个酷热无比的夏日午后,平原上闪烁着刺眼的白光,村庄的高处被知了占据,扬扬得意的叫声像网一样将村子牢牢罩住,大人们都在午睡,村子里空空荡荡,好像荒废了一样。我跟着几个年纪较大的孩子偷偷溜出家门,在河边的浅滩上捉螃蟹。

捉螃蟹是个技术活,螃蟹洞一般有前后两个门,前门比较好找,后洞大多藏在茂密的草丛中,十分隐蔽,我们会先用石头将后门堵死,然后用树枝从前门塞进去乱捣一通,过了一会,被浑水呛到的毛蟹就会怒气冲冲地跑出来,它不会一直往前跑,跑一会儿,就停下来,观察一番,好像要思考一下接下来该往哪个方向跑似的。我们便趁机将它按住,哐当一声,扔进铁皮水桶。不过,有时候,也会发生意外,鼓捣了半天,洞里居然钻出了一条蛇来,吓得我们头皮发麻,尖叫着四散而去。

傍晚时分,天光渐敛,河面上弥散着灰蒙蒙的暮光,我们收获满满,大大小小的螃蟹一共活捉了十几只。回到家,洗净螃蟹,一切对开,将面粉和鸡蛋调至糊状,裹住螃蟹,扔进油锅,一直炸至金黄酥脆。伴随着美妙的噼啪声,香味在厨房里弥漫开来,大家忙乎了一下午，早已急不可耐，挤在灶台边，像鹅一样伸长脖子，不停地咽着口水。吃的时候，不用筷子，直接用手抓着，嘴里发出咔嚓咔嚓的脆响，那份浓郁的鲜香，至今让我难忘。后来读张岱《陶梦庵笔记》，书中有云"不施油盐而五味俱全者，唯蟹与蚶"，我不禁会心一笑，估计他和我一样，小时候也是吃过不少面拖蟹的吧。

我们老家盛产大闸蟹，故有"秋风起，蟹脚痒"之说，但在岭南地区，一年四季都可以品尝到甜美的蟹肉。岭南人在很久很久以前就知道了蟹的美味，据《周礼》载，"交趾有不粒食者""煮蟹当粮哪食米"，而且有"生食之"的习惯。随着时间的推移，烹蟹的手法愈加多样。《岭表录异》中这样记载岭南先民烹蟹之法："水蟹，螯壳内皆咸水，自有味。广人取之，淡煮，吸其成汁下酒。黄膏蟹，壳内有膏如黄酥，加以五味，食也有味。赤蟹，母壳内黄赤膏，如鸡鸭子黄，肉白如豕膏，实其壳中，淋以五味，蒙以细面；为蟹饦锣，珍美可尚。"民间的谚语，详细记录了吃蟹的时间表——正月吃重壳，二月有靓水（水蟹），三四吃奄仔，五月青蟹多靓仔，六月黄后有大蟹，十一二月吃膏蟹。做法最主要是蒸和炒，一般而言，肉多则蒸，肉少则炒。

在岭南地区，最受欢迎的是咸淡水交汇处的青蟹，一位从业多年的厨师告诉我，水的咸度与蟹的鲜度是成反比的，水越咸，鲜味越淡；水越淡，鲜味越浓。青蟹成长的不同阶段，为食客们提供着不一样的隽永风味。

先说水蟹，水蟹就是童年时期的青蟹，壳多肉少，水分充盈，蟹钳的关节透明如青玉，透过青青的蟹壳，似乎可以看到汁水在蟹腿中来回晃动，用它来煲粥，清甜怡人。汕尾人喜欢用生地熟地与水蟹煲汤，据说，这道汤不仅美味，还可防止脱发，帮助饱受谢顶之苦的中年人"收复失地"，让荒芜的头顶再次郁郁葱葱。澳门有一位厨师，更是发挥奇思妙想，将水蟹舂碎，取其汁水，浸润猪肚尖，为这种寻常的食材赋予了无与伦比的鲜甜。

农历三四月份，是吃奄仔蟹的时节，奄仔蟹常被人误以为潮州菜中的生腌蟹，其实，它是尚未成熟的母蟹，用我们老家的说法，叫"大小娘"，即待字闺中的妙龄姑娘。此时的蟹壳很脆，如同薄冰，一咬即碎，蟹肉甜美嫩滑、质如软玉，有蜜香味。蟹黄水红柔滑，似流动的黄油，口感温香，将其冰冻后，翻过来隔水清蒸，最具风味，也可用油盐焗之，出品以台山、番禺和斗门为佳，兼具淡水蟹的鲜嫩肉质和咸水蟹的丰腴多膏。奄仔蟹分为青、白、黄、黑四种，以黑奄仔蟹数量最少，味道最美。

重皮蟹，又称重壳蟹，它有两层壳，一层硬，一层软，在发育过程中，重皮蟹慢慢脱掉硬壳"铁甲"，保留软壳"红袍"，比一般的螃蟹多了一件华美的"丝绸"内衣，这是蟹生长过程中最肥美的一段时间，蟹体结实丰满，脂肉囤积，肉厚膏黄，色泽光亮，肉质嫩滑，脂膏香软糯滑，充溢着海水的鲜咸，尤其是那一层软壳，集蟹的全身精华，弹牙爽口，奇鲜无比，隐隐约约有一股芝士的香味，是老饕们向往的神品。

"四时天气促相催，一夜熏风带暑来。"进入七月，岭南地区暑气升腾，白光四溅，酷热难当，令食客们魂不守舍的黄油蟹开始上市了，它被称为"百蟹之王""蟹中黄金"。

黄油蟹也是青蟹，青蟹产卵时喜欢趁涨潮时爬到浅滩淤泥。潮水退去，一些青蟹成了滞留的旅客，在太阳猛烈地炙烤之下，青蟹体内的红色的蟹膏渐渐化为流汁，散布全身，蜕变成了黄油蟹。黄油蟹有养殖与野生的区别，野生的，称为"海油"，乃稀有之物，一千只青蟹中，据说最多只有三五只，具体又可分为头手、二手和膏油三种，其中，以头手最为珍贵，整只蟹充满黄油，更夸张的是，甚至在蟹壳上都会有点点香艳的"油珠"。它的关节都是黄色的，轻轻一折，便会流出花生油一般的汁来，好像不是从水中捞出，而是从油中捞出来的一样。

俗语道："七月八月吃油蟹。"七月八月，黄油蟹油膏甘香、肉质细嫩，为最佳食用季节，等到秋风一起，就不见踪影了。论产地，以香港流浮山、深圳福永、沙井、白石洲最佳，台山都斛的黄油蟹品质也属上乘，当地人称之为"油奄蟹"。制作时，厨师要小心翼翼，动作温柔，充满怜爱，先用冰水将蟹慢慢冻晕，再上锅清蒸，如果蟹身有一丁点残缺，体内的黄油就会流失，香味自然也会大打折扣。

剥开蟹壳的一瞬间，是最激动人心的，每一次面对满壳金灿灿的蟹油，我总会忍不住"啊"地惊叫一声——那种惊喜的感觉就像阿里巴巴第一次闯进强盗的秘密仓库一样。与膏蟹相比，黄油蟹的味道略淡，但更鲜美，不绝如缕的鲜味，给人带来无与伦比的满足。每次吃黄油蟹，我都会留一些蟹黄，第二天用来炒饭，让这份美好的感觉得以延续。

黄油蟹是贵重之物，坊间有"一匙黄油值千金"的说法，一只黄油蟹在酒楼要卖到一千元以上，一般人是消费不起的。记得欧阳应霁在《香港味道》中曾写过一个有趣的小故事，说有一个贪嘴的小男孩，攒了一年的零花钱，就是为了能独自品尝一只黄油蟹。我觉得，这个小男孩是一个干大事的人，长大以后，或许也能成为一位美食家。

"蟹封嫩玉双双满，壳凸红脂块块香"，天气转凉，蝉声渐退，膏蟹开始上市，这个季节的膏蟹，脂膏几乎整个覆于后盖，膏质坚挺，腿粗肉满，雌蟹的膏为橘红色，雄性的膏为金黄色，相较而言，雌蟹要美味得多，蟹膏如流油的高邮咸蛋黄，咬上一口，口腔里便会充满咸蛋黄与松子复合的香味，让人黯然销魂。蟹肉呈蒜瓣状，可以用手撕开，一条一条地吃。湛江吴川吴阳镇的芷寮蟹，蟹肉雪白，蟹膏金黄，顶部膏结如子，有"米蟹"之称，被称为中国四大名蟹，早在宋代已视为蟹中上品。苏东坡当年尝过此物，曾写下"没看黄山徒对目，不吃螃蟹空负腹"的佳句。珠海的南水、淇澳两岛和斗门五山出产的膏蟹味道特别鲜美，其蟹肉厚膏多，膏好像要把蟹盖奋力顶开一样，故有"顶角膏蟹"之称。有一次，我用顶角膏蟹下酒，蟹壳里藏满香糯鲜美的脂膏，仅用一只蟹壳，就下了二两白酒。

东莞虎门的膏蟹也是十分出众的，"虎门潮水接牂牁，春淡秋咸蟹总多。水肉金膏随月满，精华更奈稻花何。"这是屈大均在《广东新语》中对虎门膏蟹的动人描述。虎门人喜欢用它来制作蟹饼，将蟹切开洗净，用鲜猪肉、鲜蛋、姜葱调味料，拌匀剁烂，加入三两片捣碎的九层塔，以碟盛之，入锅蒸熟，蒸过之后，还要略加烤制，烤走多余的水分，产生微微的焦香……蟹香、肉香、蛋香和九层塔的清香融为一体，堪称舌尖上的鲜美风暴。

几乎同时上市的，还有花蟹，最常见的方式是姜葱爆炒，一位厨师告诉我，要想获得最佳风味，火力一定要大，因为，大火可以锁住鲜味。炒制时，要加入少许白酒去腥，我喜欢加本地出产的石湾玉冰烧，有米香味与蜜香味。鲜和甜是这道菜征服味蕾的关键，我发现，鲜和甜，是略有不同的，鲜来得快，去得也快，甜则相反，来得慢，去得也慢，可以带来持久的美好与愉悦。

潮汕地区的牛田洋和桑田盛产青蟹，当地曾有一种很有趣的捕捞方式——"踏窟掠蟹"。退潮时，渔民们用特制的木屐踏出窟窿，涨潮时，青蟹出来觅食，误把这些或深或浅的窟窿当成了温馨舒适的旅馆，潮水退去以后，可以直接用网捞，像舀水一样简单。

在潮州菜中，蟹的做法有很多，我最喜欢吃的是冬瓜蟹肉羹，这是一道清雅鲜美的传统菜式，先将花蟹隔水蒸十分钟，取出蟹肉，这时候的蟹肉最为甜美，冬瓜切丁，在高汤中放入冬瓜、蟹肉，入姜片去腥，最后将姜片撤走。将冬瓜捣碎，加少许的盐和白糖，最后淋蛋清、香油，勾薄芡，出品清新悦目，不绝如缕的清甜滋味，舒爽怡人。

干炸蟹塔也是潮州菜中的一道传统名菜，将蟹蒸熟后，手工取出蟹肉，蟹壳则剪成三厘米左右的圆形，将肥猪肉、瘦猪肉、马蹄、韭黄切成细粒，虾肉做成虾胶，加入蟹肉搅拌均匀，以蟹壳为托，捏成宝塔的形状，先上蒸笼蒸制，再撒上干雪粉，入锅油炸，成品外焦里嫩，鲜香无比，吃上一口，心里便会立刻升腾起欢乐的火焰。

香港最有名的是避风塘炒蟹，风格粗犷，与传统的粤菜大相径庭，所谓"避风塘"，是渔船暂避台风的场所，庇护的港湾。香港有铜锣湾、油麻地、香港仔西、官塘、鲤鱼门等十一个避风塘，其中，最大的是铜锣湾。二十世纪六十年代开始，渔业资源锐减，头脑灵活的渔民便驾船来到铜锣湾，支起炉灶，用渔家特殊的烹调方式经营特色美食，形成一个人气爆棚的"水上街市"。

生猛新鲜是避风塘美食的最大卖点，辛辣味浓是避风塘口味的最大特点，如今，避风塘炒蟹选用的大多是越南大肉蟹，肉质饱满，生猛有力，配料丰富，面包屑、豆豉、盐、干辣椒、鲜红辣椒、玉米淀粉、小葱、植物油、蒜等，热锅宽油，猛火爆炒，上席时，蟹壳呈现出宝石红，油光四射，艳压群芳，蟹肉金黄澄亮，面包屑酥脆迷人，焦香、蟹肉香、蒜香、椒香混于一体，让人唾沫翻腾，如涨潮一般，一发而不可收。取而食之，甘口焦香，脆而不糊，一直吃到肚子滚圆，像一只蜘蛛，仍舍不得放下筷子。

澳门人喜食水蟹粥，澳门的蟹生长于咸淡水交界处，肉质丰美，鲜香诱人。水蟹粥，其实并不单用水蟹煲成，而要用到三种蟹，让鲜味叠加，米则选用日本珍珠米和泰国香米，加入腐竹和干瑶柱熬煮四小时而成，米粥也已从纯白熬至诱人的微黄，粥底绵密，汇集了三种蟹的精华，绵柔鲜甜，惊艳无比，用我们老家的话说，叫"打嘴巴都不肯放下"。

第三章　暖心最是家常味

　　人间烟火气，最抚凡人心。热气腾腾的厨房里，黑如张飞的煲仔一字排开，底部，淡蓝色火焰翩翩起舞，老师傅像领兵打仗的将军一样来回巡视，眼疾手快地淋油、转煲。一般来说，要转上、下、左、右、前、中、后七次，才能让煲中的米饭受热均匀。

　　过了一会儿，灶上的煲仔，已经没有了最初的阵形，一个个东倒西歪，怎么舒服怎么躺，样子虽不雅观，却是产生锅巴必不可少的程序。锅巴，广东人叫"饭焦"，是煲仔饭的灵魂所在，煲制的过程中不能掀开盖子，经验丰富的师傅只能用手摸，用眼看，用耳朵听，耳朵一定要分外灵敏，通过煲内不绝如缕的噼啪声，判断锅巴是否已经形成。一块上乘的锅巴，色泽金黄，脆而不焦，咬下去，会发出嘎嘣嘎嘣的连绵脆响，香酥可口，妙趣横生。

　　揭盖子，倒酱汁，刺啦一声，浓郁的香味便像海浪一般席卷而来。红宝石般的腊肠，琥珀色的腊肉，还有碧绿的青菜，美得像色彩明艳的静物画，面对这样的色、香、味俱全的美食，再坚硬的心，也会生出似水的柔情。

暖心最是家常味

"往昔,如微光闪烁的林中空地。"每次读纳博科夫的这句诗,总让我想起遥远的童年时光。

在我很小的时候,两位亲人相继离开了人世,祖父是在我一岁的时候去世的,三岁那年,祖母也没了,我成了一个无人管束的野孩子,整天在镇上晃荡,晒得黑不溜秋,用我母亲的话说,活像是煤炭公司的老板。小镇水网密布,几乎每年夏天都有孩子溺水身亡,老人们都说河里有水鬼,甚至还有人添油加醋地说,水鬼肚子太饿,就会跑上岸来,把孩子拖下水去。父母担心我出事,索性将我一个人反锁在家。

在散文集《外婆家》中,我曾有过这样一段描述 ——"如果时光倒转,你从我们村经过,一定会看到两间草莓般鲜红的平房。如果你放慢脚步,说不定会看到一根小人,又黑又瘦,紧抓着窗户的铁条,两只小眼睛可怜巴巴望着窗外,活像动物园里的猴子,没错,那就是我了。不过,我的境遇比猴子还惨,游客们会给它香蕉或者苹果,而我的礼物只有风和蝴蝶。"

或许正是因为这段被囚禁的经历,从小,我就是一个很不安分的人,四五岁,当我还像章鱼一样甩手甩脚走路的时候,就已经想着离家出走了。年纪稍长,我便开始虚拟的旅行 —— 对着一张残破如韭菜饼的《中国地图》,一次次想象外面辽阔、绚烂的世界。上中学的时候，我最喜欢德国作家赫尔曼·黑塞，在漫漫的长夜里，一遍遍读他的《流浪者之歌》……二十岁那年平安夜，我终于如愿以偿，离开了故乡。

离家的那天早上，天地之间大雾迷离，故乡的一草一木仿佛都带着愁绪，父亲什么话也没说，母亲则反复叮嘱我，一定要好好吃饭。都说儿行千里母担忧，我却一点也不领情，觉得她太啰唆——我只想早一点逃离，逃离那个破败、乏味、令人窒息的小镇，最好永远不再回来。

火车像铁皮桶一样发出哐当哐当的声响，窗外的一切都让我感到新鲜，每经过一座城市，我的心里都有一种说不出的激动，风景虽然陌生，可它们的名字，却像老朋友一般亲切。故乡越来越远，我却没有一丝感伤，相反，逃离的兴奋与喜悦充溢着我的每个毛孔。当火车到达贵阳，我觉得自己重获了新生。

想家的感觉是突然到来的。一个冬夜的夜晚，我加完班，在单位楼下吃了一碗怪噜炒饭，步行返回出租屋。天气寒冷，星星显得特别精神，路上行人稀少，地上铺了一层细雪般的月光，阴湿的风源源不断地灌进我的脖子，我缩着脖子，竖起衣领，样子滑稽，活像一只腊鸭。为了抄近路，我穿过一个破旧的小区，小区里尽是年代久远的红砖房子，陈旧而又简陋，透过蒙尘的窗户，看到橘黄的灯光下，有一家人正在围着回风炉吃饭，他们像火苗一样聚在一起，一边吃着热气腾腾的火锅，一边喝酒，房门半开，辣椒的香味和清脆的笑声源源不断地传出来……室内的热气窗户玻璃上蒙着一层水汽，让屋子里的景象模糊而遥远……这不过是人世间最平凡不过的场景，却让我无比感伤——仿佛听见母亲在千里之外唤着我的乳名，喊我回家吃饭。

暖心最是家常味！家不仅是我们生命的起点，也是我们味觉的起点。童年形成的口味，不仅会陪伴我们一生，还会成为我们评判美食的最高标准——越接近记忆中的味道，越觉得好吃，越让人满足。

家常菜朴素、简单，用的都是最简单的食材，也没有繁复的制作工艺，却格外温暖人心，因为，它是一种爱的表达——中国的父母很少把爱放在嘴上，而是将它们毫无保留地倾注于食物之中。

在家常菜中，猪肉扮演了最重要的角色。中国人吃猪肉的历史相当久远了，从距今约八千多年的"磁山遗址"出土的猪骨遗骸可以得知，我们的先民已经开始养猪，并形成了一定的规模。

吃猪肉的历史虽然悠久，但普通人也不是想吃就能吃到的，相反，在很长一段时间里，它几乎稀罕得像一个传说，即使在我小的时候，也是极少吃到的。那时候，只要一见到肉，我的两只眼睛就会立刻放出光来，睁得大大的，好像探照灯一样，我最盼望的就是有客人到来，因为那意味着有肉可吃了，吃的时候，还会用汤汁拌饭，连碗都舔得干干净净，一滴都舍不得浪费。当时的我觉得，所谓幸福就是天天能吃到肉。

村里有一户人家，曾经让我羡慕不已，因为他们天天都可以吃肉，午饭时分，从他们家门口经过，我都会把脚步放到最慢，吸上几口带着迷人肉香味的空气。我一直不太明白，他们并不比我家富裕，可为什么每天都有肉吃？多年以后，我才知道其中的原委——他们的准女婿祥伢，是在镇上的杀坊里杀猪的，每天晚上都会趁人不注意，切下一块肉悄悄扔到窗户外面的草丛里。他切的是猪颈肉，手法老到，切口平滑，所以，一直没有被人发现。每天天亮之前，他的准岳父就会将肉捡回家去。不过，人算不如天算，有一次扔肉的时候，正好有人经过，肉没长眼睛，恰巧扔到那个人身上。东窗事发之后，祥伢丢了工作，婚事当然也吹掉了。他终身未娶，整天借酒消愁，喝醉了倒地就睡，我们经常在草丛里见到他的身影。

在我们老家，猪肉的做法似乎并不太多，最常见的是红烧肉、红烧狮子头和瘦肉汤。所谓"红烧狮子头"是将肉剁成石榴米大小，塞入油面筋中红烧，这是宴席上才能吃到的美味，平时可没这个口福。所谓"瘦肉汤"，就是将少许的瘦肉剁碎，淋上作料，放在饭锅上蒸熟，等起锅时，像泡麦乳精一样，倒入滚烫的开水，让肉的鲜味融化于清澈透亮的汤水之中。

和所有的小孩子一样，小时候，我也非常期待过生日，不是因为生日蛋糕，而是可以吃到我最期待的父亲做的红烧肉。父亲有一个好友是乡间的名厨，尤其擅长做红烧肉，父亲的手艺就是跟他学的。肉总是切得很大块，颜色酱红，油光闪烁，好像正嬉皮笑脸地看着我。一口咬下去，口感软糯，喷香的肥油像一群受惊的野兔一样在嘴里横冲直撞，让我心花怒放。可以说，大口大口地吃红烧肉，就是我对"满足"这个词最早、最真切的体会。

在岭南地区，红烧肉似乎并不多见，这里最盛行的是酥烂可口、荡气回肠的扣肉。

扣肉是一道跨越地域和菜系的家常菜。扣是"反扣"的意思，走菜之前，将碗迅速倒扣，转眼之间，碗底的主角便像变戏法一样登场了。扬州盐商童岳荐《调鼎集》中曾这样描述："扣肉：肉切大方块加甜酱煮八分熟取起，麻油炸，切大片，如花椒、整葱、黄酒、酱油，用小瓷钵装定，上笼蒸烂，用时覆入碗，皮面上。"

客家的梅菜扣肉，无疑是扣肉家族中的佼佼者，可以称得上扣肉中的"状元"，它不仅是客家游子魂牵梦萦的味道，也是回忆深处一段美好而温暖的旧时光。逢年过节，厨房便开始热闹起来，柴火熊熊燃烧，不时发出鞭炮般的炸裂声，热气升腾，弥漫全屋，宛如仙境。梅菜扣肉的迷人香味，从锅盖的缝隙里飘出，让孩子们的口水流了一地。一位客家的朋友告诉我，幼时的很多记忆都已经模糊，但一家人围在厨房里等待扣肉隆重登场的美好场景，他一辈子都不会忘却。

在客家人眼中，五花肉和梅菜干是一对令人羡慕的神仙眷侣。经过长时间的加热，肥肉慢慢化开，油脂躲进梅菜，与此同时，梅菜的香味沁入肉中，鲜香四散。惠州横沥土桥梅菜芯尤其出名，色泽金黄，香味浓郁，清甜爽口，有古诗描述称："苎萝西子十里绿，惠州梅菜一枝花"，其中，又以三叶一芯最贵，口感最佳。

梅菜扣肉肉皮酱红透明，香味撩人，一端上桌，食客们的眼睛仿佛立刻被点亮了，猪肉肥瘦相间，肉皮呈虎皮皱纹，软糯香甜，肥肉滑溜，入口即化，瘦肉甘香醇厚，滋味浓郁，梅菜油光闪闪，夹而食之，肥而甘，咸而鲜，油润饱满，幸福而满足。大家的嘴唇闪闪发光，快乐得像个孩子。

中山的沙溪扣肉、湛江廉江的石角扣肉、韶关曲江的大塘扣肉也声名远扬。沙溪扣肉除了柱侯酱、南乳、红糖、生抽、五香粉之外，当地人还会加入"沙溪蒌叶"调味，香味独特，风味别具，配料则常用芋头，过油炸香，吃的时候肉富芋味、芋有肉香，将煮好的五花扣肉捞起，切成双飞。所谓双飞，就是两块为一组，中间不切断，这样，就可以在两块五花肉之间放一片淡紫色的芋头，芋头软糯细滑，吃的时候，感觉像是在舌尖慢慢融化。

除了大碗的扣肉，客家人还喜欢将肉化整为零，酿入其他的食材，让它吸收不同食材的体香。最常见的是酿豆腐，据说，这道菜源于一路迁徙的客家人对于故乡的思念。古时中原人有包饺子的习惯，迁徙到岭南后，没有面粉包饺子，他们便就地取材，用豆腐代替面粉。制作时先把水豆腐炸成金黄色，酿入香菇、碎肉、葱蒜，放入砂锅，小火焖制，上得桌来，热气腾腾焦黄的豆腐，被透明的芡汁包裹，那种油润光亮的感觉，美如蜜蜡。豆腐的外层焦脆，内部香软，肉汁渗入豆腐，吃起来别有一番风味。

南雄芋头泥酿油豆腐同样令我难忘。南雄产的油豆腐，豆味十分浓郁，而手工磨成的芋泥，柔软香滑，两相交融，美妙无比。制作时，将芋泥、香脆的小虾米，还有腊肉碎、蘑菇、香菜等，一并塞进油豆腐的怀中，再放入砂煲焗熟，吃上一口，满嘴浓香，回味无穷。

在客家地区，"有无酿不成席"的说法，除了酿豆腐，还有酿辣椒、酿茄子、酿莲藕、酿萝卜、酿腐皮、酿豆角、酿猪红、酿鸡蛋、酿冬菇、酿葱白、酿田螺、酿蟹钳等，品类繁多，不胜枚举。

最有意思的应该是酿春了，客家人把蛋称之为"春"，鸡蛋叫鸡春、鸭蛋叫鸭春、鹅蛋叫鹅春。对客家人来说，蛋有着特别的寄寓，民间有句俗话叫"吃个蛋，脱个难"。制作酿春时，要先准备鸭蛋和猪肉馅，将蛋打入碗中，屏住气，用小汤匙轻轻划开薄薄的蛋黄膜，将肉一点点酿进去。将水烧开，放入酿春，小火慢煮，待蛋白凝固后，加入粉丝，最后撒上切碎的枸杞叶，色彩十分明快，美到让人不忍下筷。酿春是客家的孩子过生日才能吃到的美食。我有一个朋友是惠州的客家人，在她的记忆中，每次过生日的时候，母亲都会为她做这道菜，如今，自己的女儿过生日，她也会为女儿做这道菜……食物的记忆，绝不仅仅是味道的记忆，更是爱的记忆。

有一些酿菜，因为工序太过繁复，如今已经失传，比如，酿豆芽和酿鸡蛋，这是旧时顺德大户人家的奢侈食物，所谓酿豆芽是先把绿豆芽掏空，酿入金华火腿丝。据说，以前的有些大户人家的家婆很苛刻，看不惯新入门的新婆，就故意让她酿豆芽。酿鸡蛋也是十分烦琐的，先要在鸡蛋上打一小孔，取出蛋清和蛋黄，再一针一针酿入食材。

猪肉汤也是客家菜中的一道美味。河源紫金，有一道美味叫八刀汤，是当地人最爱的早餐。它其实就是猪杂汤，不过，不是一般的猪，而是紫金本地吃黑麦草、番薯叶长大的蓝塘猪。选取猪身上八个最精华的部位——猪心、猪腰、猪肝、猪肚、猪肺、瘦肉等食材一起烹制，加少许的盐花、胡椒粉、味精，倒入山泉开水里煮制，其间不搅拌，以免影响口感，煮好后盛进葱花垫底的大汤碗即可。这道汤，讲究的是即切、即煮、即食，新鲜滚热，汤鲜味美，每一次咀嚼，都会有源源不断的香味在口腔中扩散，喝完一碗，感觉整个人元气充沛。

此外，我在东莞石龙吃过一种特别的客家汤水，叫咸姜水，它又被人戏称为"东莞乱炖"，这原本是石龙地区产妇补身子的补品，除了姜和酒酿之外，还有猪肝、煎蛋，甚至黄酒、鲜奶，其中，姜是最重要的食材，一锅要放六斤，汤汁浓郁，酒香四溢，带一点微微的甜味。

酸酸甜甜的咕噜肉是在海外最受欢迎的一道粤菜。咕噜肉，又名咕咾肉，据说，当时在广州市的许多外国人都非常喜欢吃中国菜，尤其喜欢吃糖醋排骨，但他们没有吐骨头的习惯，为此，机智的厨师便发明了这道菜，酸甜可口，外酥里嫩，吃起来果味浓郁，一碟可下三碗饭。

咕噜肉的配料有米醋、片糖、茄汁及喼汁等，其中，最重要的是喼汁，它又称英国黑醋或伍斯特沙司，是一种起源于英国的调味料，色泽黑褐，酸甜微辣。糖醋汁包裹着咕噜肉，十分莹润可爱，碟子上不能见到汁，才是正宗的做法。五花腩则一定用高度白酒腌制，方能肥而不腻。如今，厨师们不断改良，在咕噜肉中加入百香果汁，让酸味更加自然，同时还可解腻。香港的一些酒家，会加入杏脯，让这道菜的口感变得更加丰富。顺德陈村的厨师们还会将咕噜肉冰镇，让口感更加清新爽利。

顺德有一道传统名菜，叫大良野鸡卷，二十世纪二十年代由大良宜春园酒家董程师傅创制，虽菜名中有"野鸡"二字，其实和野鸡并没有什么关系，用的是肥肉和火腿肉，形似金钱，色泽金黄，香脆可口，肥而不腻。当地的酒楼常与炒牛奶相拼，口感一脆一软，相映成趣，令食者齿颊留香，兴味盎然。

在我的记忆中，小时候，吃猪手似乎一直是件大事，倒不是食材多么贵重，而是制作过程颇费周折，光是去毛就是一件折腾人的苦差，去完毛后便放入洋锅，搁在煤炉上炖，咕嘟咕嘟，从早上一直"唠叨"到晚上，方能炖出黏稠的胶质，端上桌时，酱色的肉皮会像波纹一样来回地晃动，筷子轻轻一划，便像花一样徐徐绽放。

全国大部分地方的猪手大多煮得软糯无比，几乎可以像胶水一样糊嘴，而粤菜中的白云猪手则以脆爽见长，猪手雪白，瓜英、锦菜、红姜、白酸姜、酸藠头制成的五柳料点缀其间，如暴雨过后乍现的彩虹，色彩清新，口感爽脆，酸甜怡人，毫无油腻之感，吃上一口，夏日里昏昏欲睡的舌尖便立刻清醒过来。

之所以叫白云猪手，据说与一个民间的传说有关。相传，很久以前，广州白云山上有座寺庙，庙里有个小和尚很贪嘴，经常趁老和尚下山化缘之际偷食肉。有一天，小和尚又在山门外偷煮猪手，猪手刚刚煮熟，恰逢老和尚化缘归来。小和尚怕触犯戒律受长老惩罚，连忙将猪手丢到旁边的小溪中。次日，猪手被一位樵夫发现。他捞回家中重新煮制，以糖、醋、盐拌而食之，发现这种做法非常美味。此后，这种吃法流传开来，因这种吃法来源于白云山，故取名"白云猪手"。

在岭南地区，猪手还有另一种经典的做法，叫酝扎猪蹄，以佛山老店得心斋的出品最为有名，得心斋已经有三百多年的历史了，食家们认为这里出品的酝扎猪蹄，堪中带爽，肥而不腻，和味甘香，举世无双。

酝扎猪蹄最重要的制作工艺自然就是酝和扎。这里的酝，就是卤的意思。先将猪脚开皮，抽去脚筋和骨头，将肥肉和瘦肉相间，包入猪脚皮，用水草扎紧，这道工序，称为"翻草"，需用牙齿咬住水草，左手举着猪蹄，右手用力捆扎。将扎好的猪蹄，放入卤水中慢火浸煮，卤水中有桂枝、草果、大茴、小茴等二十几味中药，吃的时候，切薄片，口感爽脆，近乎火腿，是我最爱的菜式之一。

此外，还有一款新年的意头菜叫发菜蚝豉焖猪手，寓意"发财好事要到手"。顺德人爱吃麒麟猪手，将猪手、萝卜、酸姜片放在一起吃，口感十分丰富。

"一轮磨上流琼液，百沸汤中滚雪花。"豆制品也是家常菜的主角之一。英德九龙盛产豆腐，其中，最受欢迎的是"水黄头"。黄豆先要用十几米深的地下水浸泡，以传统的石磨磨浆，加石膏粉冲浆，让豆浆在木格自然凝结，并挤掉多余的水分。一般的豆腐，至此就已经大功告成了，而"水黄头"的制作还需增加两道工序，先将每块豆腐用纱布包好，用黄栀子水浸染，再以火焙制，表面的颜色如黄色的僧衣，切开后，内部雪白、口感嫩滑、豆香饱满，当地人喜欢加红葱头和肉碎来煮，我则喜欢在里面加一些瑶柱，让山海相遇，演绎出别样的风味。九龙的腐竹也很出名，选用的是本地黄豆，这些黄豆生长于青山绿水之间，香味饱满，制作工艺沿袭传统，由柴草烧制，在阳光下自然晾晒，色泽淡黄，香滑爽口，我在当地吃过一道鱼头焖腐竹，腐竹的褶皱里藏满了鱼肉的鲜甜，味道极好。

五花肉豆干煲，是一道潮州菜，做法极其简单，却是我十分珍爱的一道美味。豆干，看起来是平淡无奇的，但和其他食材一邂逅，便会迸发出奇妙的鲜香。制作时，五花肉和豆干都需提前煎好，煎五花肉的时间要略长一点，出油越多，口感就越香韧，豆干要煎至金黄，这样就不易煮散，还能获得外酥里嫩两种口感，将五花肉铺于煲底，加入豆干和适量的酱油、蒜头和白砂糖，以文火慢煲，起锅时加葱，豆干被猪油浸润，五花肉被豆香熏陶，两者相互成全，香味十分浓郁，最让人惊喜的是，豆干的内部仍保持极其滑嫩的口感。如果能选用豆香浓郁的普宁豆干和本地的土猪肉，那就更完美了。

绉纱鱼腐是罗定人的家常菜，因皮薄有皱褶，外表恍若轻纱，故得其名。据史料记载，罗定绉纱鱼腐相传始创于元朝大德年间，距今已有七百多年的历史了，制作时要从鲮鱼脊肉上刮出鱼青，加入配料和鸡蛋液，搅拌均匀捏成丸子，放入油锅炸至金黄色，最后烹制成菜。看上去，它好像一个个大豆泡，一点也不起眼，但吃起来，却美味绝伦，鲮鱼之鲜、蛋液之滑融为一体，软滑可口，甘香味浓。这道菜不仅好吃，意头也很好，因为"鱼腐"的发音与"愈富"相谐，是当地人的宴席上必不可少的压轴菜式。

英国作家吉卜林曾说："气味比起景物和声音来，更易使你的心弦断裂。"这话说得真好，无论你走过多少地方，品尝过多少美味，最眷恋的，终究还是家里的那一口熟悉的味道。

"家人闲坐，灯火可亲。"一家人聚在一起，有说有笑，其乐融融地吃饭，就是一天中最温暖、最美好的时刻了。只是，越平常的东西往往越容易被我们忽视，在家的时候，觉得一切都是理所当然的，一切都是恒久不变的，离家以后，才会开始怀念，怀念那遥不可及的温暖。

米饭也能馋死人

"今天下四海九州,特山川所隔有声音之殊;土地所生有饮食之异。"南米北面的主食格局,在中华大地上已经延续了几千年。气候决定物产,物产决定口味,口味还会影响性格。吃米的人,性格一般温和细腻,而吃面的人,性情则比较豪爽。

一方水土一方人,对南方人而言,吃米不仅仅是口味的问题,更是身体的需要。一位年近九十的老中医告诉我,他曾诊断过一个特殊的病人,这个病人整天精神萎靡,肌肉酸痛,四处求医,却连病因都查不出来。老中医见到他第一眼,就感觉他身体里缺少"米气",仔细一问,他果真已经多年粒米未沾了,便叮嘱他每天多吃几碗饭。几个月后,这位病人果然完全康复了。

岭南壤土沃衍,盛产佳米。岭南人的先民,充满了奇思妙想,他们在米饭加入丰富的食材,赋予米饭非同凡响的味道与口感。早在唐代,段公路的《北户录》就记载:"广之人食品中有团油饭。"团油饭,又称盘游饭,"凡力足家有产妇三日、足月,及子孙晬,为之饭,以煎蝦鱼,炙鸡鹅,煮猪羊、鸡子、羹饼、灌肠、蒸脯菜、粉餈(糍)、粔籹、蕉子、姜柱、盐豉之属,装而食之是也。"据说,苏东坡被贬岭南后,第一次吃到团油饭,甚为惊喜,忍不住击掌叫好。

如今,在岭南地区的饭品中,人气最旺的是煲仔饭。据专家们考证,煲仔饭起源于顺德的五更饭,本是当地妇女产后所吃的食物,因在五更时分做成而得名。

煲仔就是小瓦煲、小砂锅的意思,佛山是著名的南国陶都,有"石湾瓦、甲天下"的美誉,这里出产的煲仔声名远扬,在东南亚一带尤受追捧。我先前了解不多,有一年,接待中国台湾著名作家张晓风,吃完饭,她突然问我在哪里可以买到煲仔,想带几只回去送给朋友。原来,台湾同胞们认为用佛山石湾出产的瓦煲煮饭,比用金属饭锅做出来的要香得多。

据考证,二十世纪三十年代,第一煲煲仔饭开始出现在广州的餐馆,一直深受追捧,久盛不衰。煲仔饭家族庞大,品类据说多达百余种,最常见的是腊肠煲仔饭,比较特别的有凤尾鱼春煲仔饭、蚬肉煲仔饭和鳗鱼煲仔饭。

腊肠煲仔饭的出现,据说是有一点偶然的,相传,从前有个广州人用瓦煲煮熟了一锅饭,但没有下饭的菜。就在这时,他家的猫刚好叼着一根腊肠回来,于是他灵机一动,横刀夺爱,一把将那根腊肠抢下,洗净之后,放到饭里面一起焗熟了。在火力的作用下,腊肠中香浓的油脂渗入米中,米饭与油脂融合,米香中带着肉香,肉香中带着米香,绵密可口,腊味与"煲仔饭"就这样奇妙地相遇了。

人间烟火气,最抚凡人心。热气腾腾的厨房里,黑如张飞的煲仔一字排开,底部,淡蓝色火焰翩翩起舞,老师傅像领兵打仗的将军一样来回巡视,眼疾手快地淋油、转煲。一般来说,要转上、下、左、右、前、中、后七次,才能让煲中的米饭受热均匀。

过了一会儿，灶上的煲仔，已经没有了最初的阵形，一个个东倒西歪，怎么舒服怎么躺，样子虽不雅观，却是产生锅巴必不可少的程序。锅巴，广东人叫"饭焦"，是煲仔饭的灵魂所在，煲制的过程中不能掀开盖子，经验丰富的师傅只能用手摸，用眼看，用耳朵听，耳朵一定要分外灵敏，通过煲内不绝如缕的噼啪声，判断锅巴是否已经形成。一块上乘的锅巴，色泽金黄，脆而不焦，咬下去，会发出嘎嘣嘎嘣的连绵脆响，香酥可口，妙趣横生。

揭盖子，倒酱汁，刺啦一声，浓郁的香味便像海浪一般席卷而来。红宝石般的腊肠，琥珀色的腊肉，还有碧绿的青菜，美得像色彩明艳的静物画，面对这样的色、香、味俱全的美食，再坚硬的心，也会生出似水的柔情。

在岭南，煲仔饭乃寻常之物，四季皆有，我总觉得在寒冷的冬日品尝最为畅快。岭南的天气变化莫测，让人捉摸不定，季节之间没有什么过渡，前一天可能还像夏天一样炎热，第二天，就直接入冬了。屋外，天色阴沉，寒风袭人，让人缩手缩脚，屋内，则热气升腾，暖如阳春，一进屋，热气扑面而来，紧缩的身子随之变得松弛。每一窝煲仔饭，都像是一只小炉子，半透明状的腊肠，油润鲜香，米饭莹润，软糯丰腴，带有稻花的清香，温暖而熟稔味道，萦绕于心，让人充实，像沐浴着冬日幸福的暖阳。

台山黄鳝饭，从严格意义上讲也是煲仔饭的一种。据说最正宗的黄鳝饭，出自台山水步，选用的是当地的优质大米，先将黄鳝放入开水中煮，捞起过冷河，去骨撕肉，将米洗净，滤干水分，用大号瓦煲将水煮开，倒米入锅。在锅中猛火烧油，将蒜蓉、姜丝爆炒放入鳝肉中翻炒，置于饭上，文火慢煮。黄鳝饭上桌后不可马上掀开盖子，最好等上几分钟，吃的时候要将黄鳝和饭捞匀，这样，米饭会更香，有韧性，不粘口。薄薄的一层锅巴，香脆而不沾口。黄鳝饭的饭油而不腻、鲜香四溢，饭粒干身，黄鳝肉香甜鲜，越嚼越香。

阳江当地最有名的饭是白沙鹅乸饭，这是阳江人从小吃到大的美食。所谓鹅乸，指的是母鹅，取一年以上的黄鬃鹅，将鹅肉切成细粒，加入佐料，与瘦肉末一起入锅，猛火爆炒后放在砂锅中与饭同焗，起锅时，加葱花，松软喷香，令人心醉。除了鹅乸饭，阳江人喜欢吃的还有海胆饭、膏蟹饭、马鲛饭、大乌饭等，闭上眼睛想一想这些惹味的食材，就会让人口水直飙。

一碟白米饭，加上几块烧味、几条娇绿的青菜，香港人叫"碟头饭"，也就是其他地方的"盖浇饭"。这是一道平民化的食物，源于广州，盛于香港，最初叫"咕哩饭"，"咕哩"在粤语中是"苦力"的意思。据一位老厨师回忆，抗战胜利后，广州饮食业十分发达，各大酒楼每日都有很多剩饭剩菜，酒楼的伙计觉得弃之可惜，便收集起来，以最低廉的价格卖给做苦力的人。如今，碟头饭是许多香港上班族的第一选择，其中，以隔夜的烧肉做成的"豆腐火腩饭"人气最旺，香港航空公司甚至还用"豆腐火腩"来命名飞机。

东莞最有特色的饭是荷包饭，屈大均《广东新语》记曰："东莞以香粳杂鱼肉诸味，包荷叶蒸之，表里香透，名曰荷包饭。"食之，清香四散，软润鲜爽。

鹤山有一道柚子皮炒饭，柚子皮需经过特殊处理，切成细丁，与火腿粒、隔夜饭同炒，每一粒炒饭都带着柚子皮的清香和火腿肉的咸鲜，清爽香甜，芬人齿颊。

客家人喜欢将茶与饭融为一体，做成擂茶，擂茶又名三生汤，客家人热情好客，以擂茶待客是传统的礼节，无论是婚嫁喜庆，还是亲朋好友来访，即请喝擂茶。民间也有"无擂茶不成客"的谚语。

有一年，去惠东高潭采风，吃过一次最正宗的擂茶，印象颇深。高潭人称擂茶为咸茶，除了放茶叶外，还有花生、芝麻、炒米等配料，皆是香口之物，我一连吃了三碗，仍觉得意犹未尽。

全中国的人似乎都热爱炒饭，岭南人自然也不例外，其中，最值得一说的是香港的食神炒饭，由香港食神戴龙先生首创，据说最初灵感源自一位女明星用的香水，其造型别致，如一条锦鲤，上铺一层橘红色的晶莹蟹籽，可爱到不忍下筷。一口下去，蟹籽、虾仁和米粒，一起发出美妙、持久的交响。周星驰吃过之后，大为赞赏，为此还专门拍了一部叫《食神》的电影。在香港，戴龙的食神炒饭最贵要卖五千港币一份，但识货的食家仍然觉得物有所值，为什么？因为戴龙师傅对食材挑剔到了极致。炒饭用的大米选择的是美国进口大米，洗米水选择的是法国的泉水，鸡蛋还要早上刚产下来的，而最重要的是要用晒足一百八十天的古法酱油。除了原料的绝对新鲜，炒制、装盘乃至送达食客面前的时间，也都经过了精确的计算，保证食客能够品尝到蛋炒饭中的镬气。这是一道让人怦然心动的美食，一上桌，就会成为焦点。

顺德是世界美食之都，全民皆厨，这里的炒饭有着自己鲜明的特色，用的是隔夜饭，炒饭之前，先取一只鸡蛋，打破蛋壳，捞出蛋黄，与饭粒充分搅拌，让每粒饭都裹上蛋汁，将切丁的顺德鱼松，倒入锅中同炒，米饭干湿有度，粒粒分明，味道鲜香佳妙，惹人回味。

每年大寒，北方飞雪漫天，岭南虽不似北方那般地冻天寒，但本地人没有取暖的习惯，湿冷入骨，比较难熬。我们单位有一位同事从新疆调来，一下子很不适应，见人就龇着牙喊冷，恨不得裹着被子上班。在一年最寒冷的日子里，顺德人家都会做一道传统美食 —— 生炒糯米饭，在顺德，这道饭寓意着温暖，吃了糯米饭，可以从年头到年尾"暖笠笠"。和其他地方的炒饭不同，顺德人是将生糯米直接倒入锅中，加少许浸泡过海鲜干货的水，持续翻炒至熟，然后再加入腊味。整个过程不加一滴油，完全靠腊味中的肥油渗出，每一粒米都被浓香的油脂幸福地包裹着，变得神气活现，暖香和味，每吃一口都是美好的惊喜。

汕头南澳盛产紫菜，唐代孟诜在《食疗本草》中对紫菜这样描述："生南海中，正青色，附石，取而干之则紫色"，紫菜中最好吃的叫头水紫菜。我的两个宝贝女儿，特别喜欢吃炭烧紫菜，她们将紫菜整片塞进嘴里，咔嚓咔嚓，好像是把纸塞进复印机一样。这两个贪嘴的家伙很喜欢去南澳，因为在那里，紫菜有一种特别的吃法 —— 炒饭，其用料丰富，有虾米、瑶柱、香菇、瘦肉、腊肠、鸡蛋、菜脯，物料可以根据自己的喜好增减，当然，最重要的还是紫菜，为了获得酥脆蓬松的口感，紫菜需要先经过油炸。米饭最好用隔夜的，水分蒸发，口感松散，起锅时加入些许金不换，每一口都能尝到紫菜的鲜味与米饭的清香。

如果你去澳门旅行，有一道必尝的美食——葡式海鲜饭，葡式海鲜饭由番茄、洋葱及多种海鲜炖煮而成，一般会加入肉蟹、蚬、鱿鱼、虾、青口等，番茄最好选择自然成熟的，肥美多汁，在嘴里融化，鲜妙无比。番茄就像媒婆一样，热情地穿针引线，番茄的酸甜和着海鲜的鲜甜相融，浓稠鲜美，与声名远扬的西班牙海鲜饭相比，海洋的气息更加浓郁。

我们老家的人很喜欢吃泡饭，尤其到了夏天，几乎以此续命。故乡的夏天炎热无比，白天是外面热，屋子相对阴凉，到了晚上，则完全相反，屋子像刚失过火似的，每一样东西摸上去都是滚烫的，一干活，身上便会啪嗒啪嗒滚下大颗大颗的汗珠，炒菜做饭成了一件让人望而生畏的苦差，聪明的主妇们会在中午多做一点饭，傍晚时分，将开水倒入中午的剩饭中，便做成颗粒分明、清淡爽口的泡饭。太阳一下山，我们便在门口的场院上浇上井水，搬了小桌椅，一边乘凉一边吃泡饭。

夏日里最美的是夜晚，月牙挂在树梢，像一片黄西瓜，吃着吃着，天已黑透，星星像一群好奇的孩子，从黑色的幕布外面一颗一颗拱进来，很快布满了整个天空，蛙鸣在夜色中遥相呼应，包围着整个村庄，宛如一个遥远的旧梦。我们洗完澡，便迫不及待地把褐色的老竹床搬出来，摊手摊脚地躺在上面纳凉，听大人们讲鬼故事，吓得头皮发麻，连解手都不敢去。有时候，我就在竹床上睡着了，半醒半睡间，还听到大人们的说话声，听起来，像是从很远的地方传来，听着听着，我又睡着了……

或许正是因为童年的这段美好的记忆，第一次在香港吃到利苑酒家的贵妃泡饭，我觉得分外亲切，好像在异乡的街头欣逢多年未见的故友。贵妃泡饭的制作极为讲究，要用龙虾汤打底，不是让龙虾在汤里"洗澡"，而要先将整只龙虾香煎，再用木槌捶碎后熬制，才能产生醇厚香腴的口感，熬制的时间也是极讲究分寸的，不可太长，也不可太短，太短则有腥味，太长则颜色发黄。泡饭中有香菇、榨菜和虾肉，不同的口感，可以带来隐秘的欢乐与满足。起菜前倒入金黄色的炸米，嗞嗞作响，既增加了泡饭的焦香，又让泡饭的口感更富层次。

吃着这浓郁、鲜美的泡饭，我好像回到了孩提时代，重温了故乡夏日的美好记忆。时光的脚步，一路向前，谁也无法挽留，但我们却可以借助美食不断探访往日的时光，重温遗失在时间深处的美好与温暖。

法国作家普鲁斯特说："幸福的岁月，是失去的岁月。"我却始终相信，被时光偷走的美好可以由美食一一归还。

爱情如菜　婚姻如汤

岭南人爱喝汤。

对于很多地方的人来说，羹汤不过是锦上添花的东西，但对岭南人来说，却是不可或缺的，这是由独特的气候环境所决定的，史书上有这样的记载："岭南之地，暑湿所居。粤人笃信汤有清热去火之效，故饮食中不可无汤。"有意思的是，在这里，不仅人要喝汤，动物也要喝汤，广州动物园的工作人员每个星期都会给黑猩猩煲两次汤。

清人李渔深谙羹汤之妙，他说："饭犹舟出，羹犹水也，舟之在滩，非水不下，与饭之在喉，非汤不下，其势一也。"或许是受了李渔的影响，我每次去粤菜馆吃饭，总会先叫上一窝顺德拆鱼羹。

据说，拆鱼羹源于对鱼翅羹的"向往"，鱼翅羹虽鲜美绝伦，但价钱昂贵，聪明的顺德厨师便创造了这道拆鱼羹，并被列入顺德鱼食八法之一。

在这个世界上，一个出身贫寒的人，要想获得成功，就必须付出更多的努力，一样普通的食材要想幻化成令人惊艳的味道，就要不嫌工艺的繁复。拆鱼羹以鲩鱼为主料、鱼汤为底，鱼起肉，肉煎赤，蒸透候凉、拆骨取肉、汤煲滚后，加入事先备好的木耳丝、粉丝、胜瓜丝和鱼肉，用盐、古月粉、麻油校正味，埋芡成羹。

煎鱼是至关重要的环节，鱼骨煎透，汤色乃白，鲜味自出。这道菜看似平常，却很考厨师的刀功，鱼肉要直刀切丝，细如丝发，胜瓜则要切得略粗一些。本地出产的胜瓜是我尤其偏爱的，它不仅有脆爽的口感，还有着迷人的清甜。一道拆鱼羹，如果感受不到这份脆爽与清甜，那肯定是失败之作。

除了普通的拆鱼羹，顺德人还爱吃菊花拆鱼羹，这是从失传的顺德名菜菊花水蛇羹中找到的灵感，用菊花的花瓣，配上清甜的鲩鱼蓉，清新、嫩滑、爽口。澳门的拆鱼羹，在传统的基础上进行了改良，加入榄仁，为其增添了松子般的香味。

南雄地区的人平时喜欢吃一种特别的菜羹，香芋切成小粒，文火煮融，将菜切碎，猛火煮滚，芋浆的浓香与蔬菜的清美熔于一炉，用它拌饭，是许多南雄人童年的美好记忆。

在粤菜的羹品中，最有名、最奢侈的估计要数太史五蛇羹了，此羹由南海人江孔殷发明。江孔殷曾当过广东道台，候补广东水师提督，辛亥革命后，退出政坛改为从商，常于广州大宅"太史第"宴客，多有来自外省、外国者，遂以蛇羹入馔，以祛南方湿气、瘴气。太史五蛇羹以包括眼镜蛇、金脚带、银脚带、水蛇、锦蛇或过山乌的五蛇熬成蛇汤。蛇汤与上汤需分别熬制。蛇汤加上年份足够的陈皮与竹蔗同熬，汤渣一丝不留。食材为精选的上等鸡肉、干鲍、鳖肚、木耳、冬菇等。上汤需用老母鸡十只，猪肉二十斤，加上金华火腿，熬成味厚香郁的浓汤。汤料熬成后，尽弃不用，再以此汤烩汤肉，配以鲍鱼丝等。此外，还需备老嫩适中柠檬叶，快刀密切，撒入其中，最后加上现摘的白菊花瓣。整个过程极其繁复，一丝不苟，体现了对于食料的尊重，成了饮食界津津乐道的美谈。

在古人关于美食的记载中，羹与汤经常结伴而行，似乎是同一种东西，其实，两者是有区别的，羹需勾芡，汁水浓稠，而汤则相对清淡稀薄。

制汤不外三法，一为"滚"，二为"炖"，三为"煲"，与大部分地区的滚汤不同，岭南人最钟情老火靓汤。岭南人煲汤是很讲究的，首先对炊具有讲究，要用厚厚的砂锅。汤要慢慢地煲，一般要煲四五个小时。

"宁可食无馔，不可饭无汤。"岭南人将汤的食补功能发挥到了极致，空气干燥的季节，会煲"菜干煲猪肺""雪耳木瓜煲排骨"或"无花果粉葛煲赤肉"；如果火气旺盛，会煲制性甘凉的汤料，如"鸡骨草煲老鸡""凉瓜赤豆煲龙骨"；如果身体寒气过剩，会煲制性热的汤料，如"鲜人参煲老鸭""冬虫夏草煲乳鸽"等。

香港作家亦舒曾说："女人煲得一手靓汤，不愁没有出路。"在很长一段时间里，会不会煲靓汤，是岭南地区检验一个主妇贤不贤惠的标志。她们了解每一种食材，也尊重每一种食材。比如猪的不同部位，就能煲出很多种老火汤。猪肺加上白菜干南杏北杏同煲，有止咳润肺的功效；猪肚加上白果腐竹，煲出的老火汤不仅味道鲜美而且有营养；猪骨与甜玉米、红萝卜、马蹄同煲，清润祛除湿气；猪脚和猪手用眉豆或者黄豆来煲，能补钙益智；猪尾巴和杜仲同煲，有补腰健肾的功效；猪舌头，用夏枯草煲，清热解毒；猪瘦肉更是煲老火汤必不可少的材料，可使汤更香甜。

时至今日，煲汤是岭南主妇们的一种美德，一种似水的柔情，她们是煲汤的高手，更是经营婚姻的高手。汤已不再是食物，而是一件爱的艺术品，滋养着一家人的胃，呵护着一家人的心。

有人说:"爱情如菜，婚姻如汤"，只有慢慢地煲，细细地酝调，才能煲出靓汤。周末的早晨，岭南的主妇们总是特别忙碌，她们一边收拾屋子，一边煲汤，嘴角带着平和、知足的浅笑，这样的画面怎能不叫人心生美好?！

潮汕牛肉的秘密

有些事情,看上去稀松平常,细究起来却颇有意思。比如,潮汕地区并非牛的主产区,可这里的牛肉火锅却不知不觉红遍了大江南北。短短半年间,我家门口一条两三百米的街道上,就相继开了三家,生意十分火爆,每次去都要等位。

论历史,潮汕牛肉火锅算不上特别悠久,据专家们考证,它兴起于二十世纪四十年代,最初的做法是加入沙茶酱,用浓汤做锅底,现在,则以清鲜为美,用牛骨清汤打底,呈现牛肉最本真的味道。煮到最后,牛肉汤清美无比,添上一碗,加几颗芹菜粒,香味缠舌,经久不散,感觉不像在喝汤,倒像是在喝香水一般了。

很多外地朋友问我,潮汕牛肉好吃,到底有没有什么秘密?我觉得,可以说有,也可以说没有。

"鲜"字当头,一有百有。走进牛肉火锅店,最先看到的便是切肉的明档,架子上挂着各个部位的牛肉,肉质是否新鲜,顾客一目了然。切肉的大多是小伙,他们不紧不慢,动作像外科医生一样娴熟。有一回,我看见一个眉目清秀、身材高挑的姑娘切牛肉,雪白的手指在鲜红的牛肉间轻盈翻飞,不一会儿,就切出一片片玫瑰花瓣般的牛肉。

潮汕牛肉火锅店一般选用西南山区的黄牛,年龄在两岁左右,它们从小爬坡上坎,遍尝野草,肉质极好。牛的屠宰不用电击的方式,而是保留最传统的工艺，屠宰完成后，会在四小时内送到店里，这时的牛肉尚未排酸，颜色鲜红，富有弹性，口感最佳。老食客们深谙此道，他们会提前到店，一边喝工夫茶，一边恭候鲜牛肉的大驾光临。

潮汕牛肉之美，还在于"细"。牛的各个部分，口感差异很大，涮的时间也不尽相同。一头牛身上涮火锅最好的牛肉集中在脖子和背脊上，稍次一点的肉是肩部、腹部，最后是臀部。潮汕的厨师通过精细的分类，不同的切法，把不同部位的口感发挥到了极致，堪与日料媲美。

老食客们个个都知道，牛身上最好吃的肉，首推脖仁，它位于牛肩胛靠近头部的位置，平时运动最为频繁，脂肪分布于瘦肉之中，像腊月里的漫天飞雪，肉质细嫩，鲜甜爽口，堪称逸品。一头牛，最多只能切出一两斤。吊龙是牛脊上的长条肉，类似于猪肉的里脊，运动少，肉质柔嫩，香滑无渣。在吊龙侧边有两条肉，本地人叫吊龙伴，因为肥肉较多，口感会更香，其中最珍贵的叫"龙虾须"，样子很像龙虾的触角，口感丝滑，是可遇而不可求的。匙仁在脖仁的下方，肉中穿插着细筋，鲜嫩无比。匙柄，柔韧有弹性。肥胼，每一片都带着黄色的牛油，吃起来，十分香口。胸口朥，起先的是白色的，冻过以后颜色会发黄，看上去很是油腻，但令人惊奇的是，烫过以后，口感却十分脆弹，仿如软骨。三花趾是前脚牛腱子芯，五花趾是后脚牛腱子芯，肉质结实，肉中带筋，很有嚼劲。嫩肉，听上去很诱人，其实是有些迷惑性的，它就是臀腰肉，是最普通不过的肉。

除了牛肉，牛杂也各有各的妙处。牛舌，老嫩适中，脆韧弹牙，中间的部分口感最佳。黄喉是牛的食道，看起来很不起眼，但也脆爽怡人。牛百叶熟得极快，用筷子夹住，在底汤中起起落落，"七上八下"即可，如果烫得好，口感脆爽，一旦煮过了头，就会变得索然无味，像是在嚼猴皮筋。

大多数的牛肉店，都喜欢将牛肉薄切，汕头有一家叫"一时书院"的私房菜馆却反其道而行，采用的全是厚切，每一片的厚度接近一厘米，体形接近于牛排。

店主洪哲彬是一位设计师，也是一位口味极其刁钻美食家，他告诉我，厚切才是对牛肉的尊重。底汤用的水是矿泉水，水温始终保持九十度左右，等到牛肉的颜色变淡即可食用，这时的牛肉富有弹性，汁水丰盈。一块厚切的牛肉可以将嘴塞得满满当当，那种满足的感觉，简直像把整头牛塞进了嘴里。

潮汕牛肉丸比牛肉成名要更早一些，在周星驰的电影《食神》中，就有用牛肉丸来打乒乓球的搞笑情节，其实，这只是戏剧夸张而已，牛肉丸的确有弹性，但凡事有度，过犹不及，一味地追求弹性并非好事，那些能弹到天花板的牛肉丸，我是不敢吃的。

牛肉丸始于客家，盛于汕头。据说，早期在汕头卖牛肉丸的小贩大部分是客家人，他们挑着小担，串街走巷，沿街叫卖。后来，口味刁钻的汕头人对它进行了改良，发扬光大，终成经典。

好的牛肉丸首先在于选材，最好选用牛后腿包肉及前胸等大块肉，一只牛身上只有四分之一的肉可用。肉中筋膜会影响口感，必须手工剔除干净。将大块的鲜肉摆在大砧板上，用两根三斤左右的特制的方形铁棒，用力捶打，左右开弓，千锤百炼，直到肉浆粘手不掉下方可，整个过程，颇富节奏感，好像在打架子鼓。打好的肉浆，放入木桶，加入盐、味精、干蒜头油、特制鲽鱼干、干贝粉等调料，双手顺着同一方向搅拌、拍打上劲，同时加入带冰的冰水，成胶，放入冰箱中冰镇，最后，手工挤入温水慢火煮之，粉红的牛肉丸慢慢变成了诱人的淡紫色，看上去很像去皮的芋头。牛肉丸除了加紫菜煮汤，还可以切薄片油煎，脆弹香口，用来下粥，堪称一流。

牛肉丸一般可分为牛肉丸和牛筋丸两种，牛肉丸采用纯鲜肉打制，肉质细嫩，口感松脆，牛筋丸是在牛肉里加入嫩筋，使味道更香，弹性更强，口感爽脆，咬上一口，鲜香的汁水便如喷泉一般喷涌而出，那种飙汁的感觉，能让舌头感受到轻微而幸福的酥麻。

香港成记牛什粉面店的牛肉丸十分出名，几十年来一直坚持手工制作，口感松软，配方也有独到之处——六成牛筋取其爽，四成牛肉取其滑，一小块肥猪肉取甘甜，再加上冬菜、芹菜增味鲜香。煮牛筋丸的汤底，也极讲究，需加入几十斤牛骨，用慢火熬好几个小时。

如果在家里煮牛肉丸，需先自然解冻，冷水下锅，水开后转成小火，两三分钟后即出锅，时间一久，香味会随之消散。

大多数潮汕人会点沙茶酱，他们把沙茶酱当成了"牛肉丸"形影不离的另一半，这种馥郁的酱料源于印尼，原名"沙嗲酱"。潮汕厨师进行了改良，有着大蒜、洋葱、花生米等特殊的复合香味、虾米和生抽的复合鲜咸味，以及轻微的甜、辣味，口味曲折复杂。潮汕人认为，沙茶酱可以最大限度地激发牛肉丸的香甜，吃起来更爽，更有余味。

不过，也有人认为，吃牛肉丸不应该点沙茶酱，因为味道过于浓郁，掩盖了牛肉本身的鲜味。持这种观点的人认为，旧时的牛肉，主要用耕田的水牛，主人舍不得吃，只有等病了或者老了以后才吃，肉质比较柴，膻味很重，而现在主要选用两岁左右的黄牛，膻味甚轻，无须外援，自成佳肴。

记得有一回，几个朋友在一家牛肉火锅店小聚，酒过五巡，人已微醺，气氛变得热烈起来，有两个特别较真的朋友为吃牛肉丸到底要不要点沙茶酱争论起来，他们争得面红耳赤，谁也说服不了谁，希望我来主持公道，我却只是淡然一笑。正所谓"食无定味，适口者珍"，在我看来，这样的争论是毫无意义的，食物带来的快乐是最私密的，连自己都说不清楚，旁人又怎么可能说得清楚呢？！

甜食约等于宠爱

几乎所有的小孩都迷恋甜味，我自然也不例外。我叔叔是镇上的名医，诊所开在老街最热闹的位置，每次感冒发烧，我总去找他开药，药外面包着一层薄薄的糖衣，我舍不得立刻吞下，总会先在嘴里含上一小会。

记得有一天下午，他给我开完药就被人叫走了，诊所里只剩下我一个人。我翻箱倒柜，找出一盒包着糖衣的药，贪婪地吮吸着上面的甜味，本想把它们一举消灭，可万万没想到，刚吃一半，就觉得脑子昏昏沉沉，像旧冰箱一样嗡嗡作响，赶紧扶着桌子，在长条木椅上慢慢躺下。后面的事情我一点也记不清楚了，醒来已是后半夜，小镇正在甜蜜酣睡，路上一个人都没有，我晃晃悠悠地往家里走去，感觉自己像一个孤独的梦游者。

还有一次，因为几颗糖我差一点被人骗走了。记得那是一年冬天，我去外婆家做客，一天早上，外婆给了我一块钱，让我和两个表姐上街买早餐吃，街上人很多，差点把我挤扁了。走到供销社门口，我见到一个老头，样子很像外婆的表弟。外婆的表弟有鹅卵石一样光滑的额头，个子很高，下巴很尖。我见过他两三次，印象不太深，只记得大致的轮廓。我叫了那老头一声公公。他愣了一下，马上露出和善的微笑，热情地邀请我去他家吃饭，我没心动，对一个孩子来说，吃饭真是一点诱惑力都没有。见我表情木然，像钉子一样钉在那里，他便又说："我家里有很多糖，你跟我回去吃糖。"我一听，立刻动了心，就要跟他回家。他一把拉住我的手，两个表姐吓坏了，一下子不知所措，死死地拉住我的另一只手，我感觉自己要被他们撕成两半了。他们像拔河一样，僵持了好一会，大表姐眼看就要坚持不住了，突然灵机一动，假装喊了一声"大大"，那老头真以为有大人来了，赶紧松了手，一转眼，消失在人群之中……这件事，已经过去了三十多年了，两个表姐到现在还记得，常拿这件事来取笑我。

我们老家不是产糖区，甜食是挺稀罕的东西，只有过年过节才能放开了吃，潮汕地区的孩子，要比我幸福得多，作为曾经的蔗糖重要产区，这里的甜食品类极其繁多。

潮汕人将摆宴席称为"做桌"，一般会上两道点心，一咸一甜，以甜收尾。喜宴比较例外，头菜是甜，最后压桌尾的也是甜的，前者清甜，后者浓甜，寓意从头甜到尾。

制作甜菜的工艺主要有反沙和糕烧。反沙，简单地说，就是将白糖在锅中溶化之后，裹住食材，待其冷却后，白糖又变成了细幼的糖沙，如同裹上了一层厚厚的白霜。

最常见的食材是芋头和番薯，它们如同一对密友，常常结伴而行，制作时切成条状，潮州人将它们称为"金柱""银柱"，芋头最好选口感粉滑的荔浦芋头，除了白糖，在制作时，还可加猪油和少许葱花和柠檬皮增香，让口感更加丰富，香味更加飘逸。

这道甜品看似简单，其实是颇考功夫的，火的老嫩决定了最后的出品，如果火太嫩，则无法反沙，如果火太老，糖又太硬，发焦，不但没有酥脆的感觉，还会有些发苦。食材加入的时机，也有讲究，白糖全部溶化，锅里开始冒出白色的大气泡，方是最佳的时机。

相较而言，反沙芋头口感更好一些。芋头是分两次炸的，第一次炸三分钟，捞起来，自然凉却，再炸一分钟，这样制作，芋头才够酥松，香味才够浓郁，口感细腻，入口即化。

糕烧是潮州菜中的另一种甜菜制作的工艺，先将原料初步加工，放入糖浆中文火烧煮。潮州菜中的名菜金玉满堂，其实就是糕烧番薯和芋头。糕烧番薯选用红心番薯做原料。将番薯去皮切块，用白糖腌制，再放入糖浆中熬煮，吃上几块，心中便会回荡起温柔的旋律。

揭西人的宴席上有一道芋糖玻璃肉，所谓玻璃肉，其实就是用白糖腌制的肥肉。最好选用臀部的肥肉，经过一天一夜的腌制，肥肉变得晶莹剔透。将做好糖渍的番薯芋头、玻璃肉在糖浆中煮制，最后盖在番薯芋头的表面，清香入喉，甜沁入心。

对于喜爱甜食的人来说，潮州菜中的另一道甜食，也是不能错过的，那就是福果芋泥，这道菜的做法与闽菜颇为相似。芋泥我们很容易明白，那么福果是什么呢？其实就是白果。这是一道十分耗时耗力的菜式，简单地说，将芋头选取的中间部分，蒸熟后磨成淡紫色的粉，加入糖和猪油一起炒，炒的过程要很有耐心，避免结块，猪油不能一次放入，要分三次放入，一直要炒到芋泥软滑，香气四溢为止，白果在糖中熬煮，熬至透明如玉后，加入现磨的杏汁。芋头本身有着令人愉悦的香味，福果则软糯甘香，加上浓郁的杏汁香味，吃起来，还有淡淡的奶香味，绵密顺滑，只要你的舌尖轻轻一碰，就会被它征服。福果芋泥在潮汕菜中很有地位，在潮汕人的喜宴中，一般是最后压桌的，是最经典的"尾甜"。除了福果芋泥，还有一道南瓜芋泥，将炒香的芋泥放入南瓜同蒸，南瓜粉糯，芋泥细滑，吃上一口，甜沁入心，幸福的感觉飘荡在心中，就像成熟水果的香味弥散在林间。此外，还有厨师对传统进行改良，创制出一道芋泥燕窝，口感一流，当然，价格也水涨船高，远非福果芋泥和南瓜芋泥可以比肩。

"深夜一炉火，浑家团栾坐。煨得芋头熟，天子不如我。"古人的这一首打油诗，道出了芋头的佳妙，读来令人垂涎三尺。在潮州名菜甜绉纱肉中，芋头之美同样得到了充分展现。这道菜的主要原料有猪五花肉、槟榔芋头，所谓绉纱指的是肉皮的质感，猪肉入锅，煮到软烂，取出后，用针戳孔，抹干，涂酱油着色备用。生油入锅，加热，放入猪肉，炸至金黄，去油，切片，开水煮后，再用清水反复漂浸，去除油腻。在砂锅中，加糖、加水、加肉，焖制半小时。用熟猪油慢炒芋泥，边炒边加糖，让其均匀吸收。放入猪肉一起蒸二十分钟，倒扣于碗，白糖加水煮沸，调薄芡，淋于肉上，吃起来软烂甘香，让人满足。

潮汕地区还有一道有趣的甜食，名字乍一听很是让人费解，叫"炸来不及"。这道菜的做法很简单，香蕉去皮后切段，再从中间切开，放入冬瓜册，挂蛋糊，煎炸后，金黄诱人，淋上糖浆，撒上炒熟的白芝麻，口感甚美，有吃奶酪的感觉。据说明末清初时，有一个人家来了客人，准备了一桌子的菜，但没有蔬果，这个时候再去买已经来不及了。厨师在厨房转了一圈,最后把目光停在一串香蕉上,他灵光一闪,创造了这道菜式。客人吃过以后,甚觉惊艳,好奇地问这叫什么菜,主人便一五一十道出原委,客人听说这道美味是因为时间来不及而做出来的,干脆就取名"炸来不及"。

作为一个甜食爱好者,我总觉得,甜与其说是一种味道,不如说是宠爱自己的一种方式。没有什么食物比甜食更能让人迅速获得幸福的感觉了,每次吃甜食的时候,我都会快乐得像是个孩子。或许,不管多大,每个人心里都住着一个孩子,一遇到甜食,就会迫不及待地跑出来。

素菜可不是吃素的

经常下厨的人应该都知道,做好荤菜容易,做好素菜很难。同样一道素菜,潮州菜馆总会做得分外甘美清香,这并非偶然,而是源于潮州菜的一大传统特色——粗菜精做,素菜荤做,不惜工本。一说到素菜,大家马上会联想到斋菜,其实潮州菜中的素菜一点也不素,它讲究的是猛火厚膀芬鱼露,"膀"这个字比较生僻,外地人不太理解,其实就肥猪肉的意思。

潮州素菜中,最令人称道的是护国菜,白瓷碗中的护国菜好似一池青萍,鲜碧可爱,清人眼目。护国菜的故事在当地几乎家喻户晓,传说这道菜的菜名为宋朝的一位皇帝所封。当时宋帝兵败,被元兵追杀,南逃到潮汕,寄身于一禅寺,僧人们在兵荒马乱中无以供奉,只有献上用野菜制成的汤肴。宋帝吃后大赞好吃,并感慨地说:"大宋危难,这小小野菜,也能助朕,就将它封为'护国菜'吧!"

护国菜看似简单,制作起来却相当讲究。现在一般选用甘薯叶,除经络,浸碱水,清除苦涩之味,切过横刀,猛火爆炒,配以北菇、火腿茸,以上汤煨制。经过百转千回的反复调制,甘薯叶这个清新甜美的乡村少女,最终变成了吐气若兰、端庄玉润的贵妃,入得口中,有"举箸凝脂滑,嚼齿留软香"的美妙体验。

八宝素菜也是非常有名的,选用莲子、香菇、干草菇、冬笋、发菜、大白菜、腐枝、栗子八种食材，用上汤精心烹制而成，口感嫩滑、香味浓郁。这道菜也有一个有趣的传说。据说，潮州的开元寺举办斋菜大赛，有一个厨师因为这道菜拿了第一名。和其他厨师不同，在煮制的过程中，他把肩上的毛巾放进去煮了一会，为什么要煮毛巾呢？因为，这条毛巾暗藏玄机，前一天晚上，他家中先用老鸡母、排骨、赤肉熬了一锅浓汤，将毛巾放在里面一起煮，然后再将它晾干。故事或许并不可信，却是潮州菜"素菜荤做"这一特色的生动印证。

潮汕地区，土地膏沃，菜蔬奇美，其中，又以芥蓝为上，其他地方也有此菜出售，但味道与潮州菜馆的相去甚远，不可同日而语。清雍正《揭阳县志》曰："芥蓝：叶如蓝而厚，青碧色，菜之美者。一名芥蓝，以其味与芥类，花与兰类也。"真正了解到芥蓝之美，是我成为潮州婿仔之后。有一年跟妻子回娘家过年，到棉湖走亲戚，马路两边都是卖芥蓝的老人，他们卖的是本地的红脚芥蓝，菜叶青翠，菜梗紫红，择得干干净净，排得整整齐齐，十分惹人怜爱。

潮汕人十分珍爱芥蓝，认为它是最好吃的蔬菜，民间有句俗话："好鱼马鲛鲳，好菜芥蓝远，好戏苏六娘。"当地比较有名的芥蓝有潮州府城的城花芥蓝、揭东炮台的桃山芥蓝、揭西棉湖的红脚芥蓝和惠来的隆江芥蓝等。潮汕民间有一个笑话，叫"桃山新妇惊死大家"，"新妇"就是"媳妇"的意思，"大家"就是"家婆"的意思，说的是一个桃山的女子嫁到别人家，第一次爆炒芥蓝，声响很大，噼里啪啦，好像放鞭炮一样，竟然把家婆吓死了。

芥蓝最常见的做法是清炒，清炒芥蓝特别考验火功，香味和口感，都由火功所决定的，因此特别费油。有一位厨师告诉我，旧时的酒楼，以煤为燃料，火力不够，为增加火力，不仅锅里要用大量的油，还要将一半的油洒在煤上。这样炒出来的芥蓝，嫩得难以置信，牙齿一碰几乎就裂开，也正因为如此，以前，一份清炒芥蓝的价格与一份荤菜的价格相差无几。

除了猛火厚朥芬鱼露之外，炒芥蓝还有几个要素。首先是不能飞水，如果飞水，就不会产生爽脆感，菜味也逊色了许多，但为保持色泽与口感，炒制时，芥蓝又一定要湿身入锅。鱼露有咸味，故不用另外加盐，此外，要放几片大地鱼干提味，刚出锅时镬气十足，清芬回甘，极其脆嫩。我的大女儿平时不爱吃青菜，可吃炒芥蓝却可以吃上一大碗。苏轼《老饕赋》诗中有云："芥蓝如菌蕈，脆美牙颊响"，还真是说得一点也没错。

俗话有云，丈母娘看女婿，越看越欢喜。我的岳母知道我喜欢吃芥蓝，一天三顿，顿顿都会给我炒。有时候，还会加入鲜嫩的荷兰豆，给芥蓝增添一丝轻盈的甘甜。

除了清炒，芥蓝还有很多做法，比如，用牛肉来炒芥蓝，牛肉嫩滑，芥蓝香脆，味也极美。

潮菜厨师最擅长粗菜精做，在他们眼中，食材并没有贵贱之分，只有味道与口感的差异，就像一个慈爱的老师，在她眼中，每一个学生都有自己的长处，关键在于如何将它发挥出来，再调皮的孩子，经过认真调教，都能变品学兼优，再微不足道的食材，只要烹饪得当，同样可以大放异彩。

白菜，是再普通不过的食材了。川菜里有一道名菜，叫"开水白菜"，潮州菜里也有一道看似平淡无奇，却大有乾坤的名菜，名曰"玻璃白菜"。

　　制作玻璃白菜，工序较为繁复。先下熟猪油烧至六成热，放入大白菜，炸片刻即取出，滤油备用，将猪瘦肉分切成块，和鸡骨架一起用沸火焯过，盖在白菜之上，加入汤和精盐，旺火烧十五分钟，慢火烧四十分钟，使之完全烂熟，取出瘦肉、鸡骨架，将吸足肉味的白菜排放入盘，再蒸十分钟，最后勾玻璃芡。

　　你或许会问，一个原本三五分钟就能搞定的菜，花一个多小时值得吗？我想，只要你尝上一口，就会觉得它是值得的，这时的白菜已软烂入味，入口即消，妙不可言，有人开玩笑说，这道菜把普普通通的白菜，做出了龙肉的味道。

　　除了玻璃白菜外，还有绣球白菜、寸金白菜、玉枕白菜，也都是粗菜精做的典范，制作过程中所用的肉，就像一个人做完好事之后，消失于茫茫人海，只留下绵绵不绝的余香。

　　厚菇芥菜也是素菜荤做的代表。芥菜潮汕话中叫大菜，是一道冬季的时令菜，肥美异常，除了做咸菜之外，还有各种美味的吃法。先将大芥菜芯用刀切片，用开水泡灼，加入纯碱，以保持芥菜青绿色，焯半分钟后，用清水漂去碱味，像撕包装纸一样将芥菜外面皮膜剥去。下鸡油，加香菇略炒，待猪油微沸，入芥菜芯泡油约半分钟，猪肉、猪骨略炒，一并加入砂锅，中火焖四十分钟，将所有的肉撤去，继续焖十分钟，原汁勾芡淋入。芥菜和香菇吸饱了鲜美的汤汁，像吃饱了奶的婴孩，带着一脸满足的微笑，菜香浓郁，嫩烂软滑，肥厚的芥菜里，肉香盈溢，咸中带鲜，悦目而又可口。

潮州人似乎对芥菜有一种很特殊的感情。据说，旧时潮州饶平女子还有元宵节坐大菜的习俗，适婚的女子为了嫁个好丈夫，会成群结队地跑到菜地里，坐到芥菜上面，口里默念："坐大菜，明日选个好夫婿！"我们不知道其中有什么必要联系，但听起来倒是很有趣。

潮州的白茄也是别具风味的。明代《澄海县志》记载："蔬菜有茄，有紫、白、青、黄数种，一名落苏，以紫和白两种最好。"如果说紫茄是胖大妈，白茄则是雅姿娘。取细嫩柔软的白茄，滚刀切块，浸于水中。为了锁住其色泽与香味，最好先在火中拉油，然后，爆炒蒜头，在热火朝天时加入白茄，白茄很快就会变得软糯鲜香。潮汕人炒白茄，一定要加入金不换，再加少许瘦肉碎，几滴鱼露，除了淡淡的清香之外，隐约会有海鲜的味道。除了清炒，还可以做成茄子煲，口感软烂，清芬四溢。初秋时节，茄子重新展叶结果，这时的白茄最为甜嫩，比肉还要好吃。秋茄是需要耐心等待的，潮汕地区有一句俗话说："留命食秋茄，留目看世界"，意思是一个人的眼光要尽量放长远一点。

小时候，我一直觉得能吃苦瓜的人是了不起的。苦瓜是个好东西，可以清心泻火，但一点都不好吃。在我看来，全中国能把苦瓜做成美味的，可能也只有潮汕地区了。

苦瓜原产于印尼，因表面有很多肉珠，事事求吉的潮汕人给苦瓜取了一个很好听的名字叫"珠瓜"，南澳岛的白珠苦瓜苦中带甘，能熬出胶质，最受当地人推崇。厨师先将苦瓜去瓤切件，余水待用，腩肉入锅油煎，咸菜飞水，黄豆蒸至绵软，加入火腿，入煲同煮，直到肥腴的肉味被苦瓜充分吸收，苦味消退，口感软烂。煮的时候，不盖煲盖，这样，苦瓜就不易发黄。吃的时候，将一片苦瓜和一块腩肉同时塞入口中，感觉尤为美妙。

春菜与苦瓜有相似之处，也是自带苦味的。为了让春菜入味，切之前最好先用刀背拍打菜梗，加入香菇、虾米、五花腩和姜，制作时，先将五花腩爆香，加春菜焖，慢慢煲，一直煲到颜色微黄，这时的春菜性情大变，只有香味，没有苦味。如果隔顿或隔夜吃，会更入味，更好吃。此外，还有一道咸骨春菜煲，用腌过的猪扇骨代替五花腩，也很惹味。

潮州菜的选材很广，有很多菜，其他地方不吃，潮汕人却视如珍宝，比如麻叶。黄麻和红麻以前在潮汕地区多有种植，潮歌《怨你阿爹娶后人》中就曾这样唱："前母打仔用麻骨，后母打仔用柴槽；麻骨打仔渐渐化，柴槽打仔毒过蛇。""麻骨"就是麻秆，是十分松脆的东西，一打就断，"柴槽"，则是粗木棍。前母打人，雷声大雨点小，后母则恰恰相反。

第一次吃炒麻叶的时候，我惊讶得差点掉下了下巴。行走江湖几十年，也算见过不少世面，可第一次听说麻叶还可以做菜，我在心里暗暗地想，这东西肯定不会太好吃，将信将疑地夹了一根，没想到，口感竟然极佳，最后把一整盘全包圆了。

麻叶原本是有涩味的，需先在盐水中焯过，这个工序有一个文绉绉的叫法——"咸究"，炒的时候，一定要加普宁豆酱，如果能加些许咸菜汁,则更具风味。夏日午后,潮汕人还会用麻叶煮番薯汤,一碗落肚,神骨俱清。

此外,还有一种叫树菜的野菜,又名天绿香、守宫木,可用来炒鸡蛋,也可滚汤,爽口,清香,不过,据说有微毒,不宜常吃。

清风明月一窝粥

潮汕人真是爱喝粥，对于这一点，我的体会或许要比一般人深切一些。

记得和妻子热恋那会儿，第一次去深圳见父母，心情忐忑，像参加面试的应届毕业生，一举一动，一言一行都小心谨慎，生怕通不过"面试"。到深圳时，已是晌午时分，舟车劳顿，肚皮空空，准岳母端出一锅白粥，粥很稀薄，我却只喝了一碗。准岳母叫我再添一碗，我却客气地拒绝了。为什么呢？不是因为吃饱了，而是想留着肚子吃饭。在我们老家，岳母对女婿的考察范围很广，新女婿的饭量，则是重中之重，饭量好，说明身体好，饭量不好，身体自然也好不到哪儿去。我担心喝多了粥，等一会儿吃不下饭。可万万没有想到，这窝粥居然就是全部的午餐了。那天下午，真是令人难忘，我坐立难安，肚子里像养了一群鸽子，咕咕直叫。到了傍晚，我已经饿得前胸贴后背，靠在沙发上，像一只被抽了真空的袋子，几乎连说话的力气都没有了。晚上吃饭，一连吃了三大碗，心里才觉得踏实，好像从云端重新返回了人间。

白粥，潮汕人称为"白糜"，这是一种古老而优雅的叫法，《说文解字》有云："黄帝初教作糜。"《释名·释饮食》中称"糜，煮米使糜烂也。"《尔雅·释言》中称"粥之稠者曰糜。"潮汕人对白粥的热爱，几乎到了无以复加的程度。在我们老家，虽然也会喝粥，但只限于早上，潮州人却可以顿顿都喝，吃完酒席，肚子滚圆，还要来上一碗。

潮汕粥多用东北的珍珠米，这种米又被称为"肥仔米"，样子很像一个圆滚滚的胖小子，颗粒饱满，色泽洁白，米质油润、味道香甜。潮汕的白粥，走的是小清新的路线，不像广府地区那样黏稠，先要大火猛煮，煮到米粒开花，潮州话叫做"开蕾"，然后微火慢熬，煮好以后，不能马上开锅，要利用余温继续焖，让米吐露胶质，凝结出一层柔腻滑口的粥皮，它可以用筷子轻轻挑起，就像女士们用的面膜一样，中医称之为"米油"，这是粥中的精华，清代医学家王孟英的《随息居饮食谱》中有"米油可代参汤"之说。

除了白粥，番薯粥也是潮汕人的最爱，做法很简单，将番薯切成小丁，加米同煮，煮成之后，粥水清甜，番薯香糯，一窝朴实无华的番薯粥，也能吃出清风明月的清爽之感。这是一道最家常的粥，却让潮汕游子们牵肠挂肚，喝上一口，舌头便像鱼一样游进故乡温暖的水域。

番薯粥要做得好，选材很重要，一定要选又甜又结实的好番薯，吃起来很像糖炒栗子。在潮汕地区番薯的品种中，最有名的是"后陇红"，产于潮安后陇村，不过，即便在该村，也只有几分地可以种出，据说，这里出产的红薯，薯肉红若辰砂，香似菱荷，还带有类似蜂蜜的甜味，堪称薯中极品。只是，它太过稀有，我到现在都没有尝过。

番薯粥还成就过一段美好的姻缘。我妻子的外嬷年幼时家境贫寒，她父亲很早去了南洋谋生，外嬷七岁时，卖给人家当童养媳了。她父亲在南洋打拼多年，一直没能发家致富，直到一天早上，他在草丛里看到一只被人遗弃的皮箱，打开一看，箱子里居然全都是金银财宝。他带着这些宝贝回到老家，置田修屋，又把女儿赎回了家，供她上学。而我妻子的外公，正是她的老师。听我妻子说，当时，外公求爱方式特别含蓄，他问外嬷："你愿意回家跟我喝番薯糜吗？"外嬷害羞地点了点头。两人相濡以沫，一起生活了五十多年。

潮汕人把普通的粥叫白糜，一旦加入其他食材和调味品，则称为芳糜，或者香糜。芳糜的粥底，与白糜有所区别，要用刚煮熟时捞起的干饭，这样煮出来的"粥"才有骨力，米粒分明，吃起来会有一种清爽的感觉。

潮菜大厨于飞曾说，旧时，家里的条件不太好，阿嬷总会在粥刚熟时捞几碗干饭给家里的劳力吃，而女人和孩子则喝稀薄的粥，这些粥，当地人称为"飞机糜"，意思是像飞机一样在肚子里转上一圈，很快又饿了。于飞是家里的长孙，所以，阿嬷也会给他留上一碗，这份特殊的关爱，一直让他温暖不已。

随着夜生活的丰富，美味而又滋养的潮汕砂锅粥受到了年轻人的热捧，几乎每一家店都人气爆棚。煮潮汕砂锅粥，要加骨头汤调鲜，热水下锅，一气呵成，中途不可加水，等到米粒开花，加入冬菜和海米。起锅时，还要撒胡椒粉去腥，加葱油增香。俗话说"煮粥没有巧，三十六下搅"，懒人是煮不出好砂锅粥的，熬煮的过程中，不能只当袖手旁观的看客，而要不停地搅动，一来是避免粘底，二来是让粥底浓稠，米香四溢，只有粥底够稠，食材才能保持更鲜嫩的口感。

潮汕地区海产丰富，海鲜自然成了潮州砂锅粥最大的特色，砂锅里，总是料比粥多，色彩明艳，如俄罗斯的风景画一般，让人心旷神怡。最经典的粥品有砂锅生鱼粥、砂锅海虾粥、砂锅膏蟹粥等，鹅肝海鲜砂锅粥是比较奢侈的一款，口感咸香，米香浓郁，回味清爽，不仅让舌尖愉悦，也能安抚肠胃。如果粥中放入了蚝仔，就需特别留意火候，待到蚝仔像生气似的鼓起时，就要立即收火，否则，膏脂泻白，香味尽散，食之无味。

我妻子视糜如命，她最爱喝的是厚弥糜，厚弥就是腌制过的鱿鱼，切成细粒，铺于碗底，以滚粥烫熟，加香菜即成，鱿鱼口感香脆，鲜味撩拨味蕾，如竖琴演奏家拨动琴弦，在舌尖上发出美妙的旋律。

在普宁地区，最受欢迎是鱼粥。每次回普宁探亲，不管晚餐多么丰盛，我们都不会吃得太饱，因为，要留着肚子晚上喝鱼粥，好像不喝上几碗，这一天就感觉缺少了点什么似的，睡觉都觉得不踏实。

鱼粥可以分为鱼头粥、鱼腩粥、鱼片粥，最好吃的是鱼头粥，汤浓味醇，其次是鱼腩，再次是鱼片，将鱼片切薄，放入碗底，烫至将熟，口感鲜嫩，运气好的话还能吃到脆爽的鱼鳔。鱼粥中的料，可不仅仅是鱼，还有猪肉脯、沙蚕、虾米、香菇、鱿鱼、肉片、芋头、卤制的"肉丁"，猪肉脯一定要在临上桌前加入，加得太早，口感和香味都会大打折扣。

鱼粥一定要现点现做，起锅时，加入几片香菜，撒一点胡椒粉，料足汤清，妙不可言，吃完一碗，满口鲜香，我的嘴巴仿佛变得无限辽阔。旧时，看戏时有鱼粥卖，有的人捞到的料多，有的人捞到的料少，故又被称为"兴衰糜"，现在已经很少见到了。

在汕头澄海，有一种很特别的粥，叫膀粕粥，"膀粕"是潮州话的说法，就是"油渣"的意思，是极香口的东西，不过煮膀粕粥，并不是将膀粕直接放入，而是要提前泡上一晚，留其香韧，去其油腻，我吃过一次，口感很不错，与老家的油面筋颇有几分相似。

汕头人最喜欢喝夜粥。盛夏时节，空气热辣，天空如崭新的银器，闪闪发光，让人无法直视。暮晚时分，一场暴雨如约而至，暑气消散，城市顿时凉却下来。夜幕下的汕头，到处弥漫着令人愉悦的食物香气，明亮的灯光，吸引着劳碌了一天的人们。灯光下面，食物的样式繁多，有浓香的卤菜，有鲜甜的鱼饭，还有各式各样冰爽的生腌，你推我搡，赶集似的，用它们来配夜粥，是最快活不过的事情了。

海风徐徐，像舒缓的轻音乐回荡在城市的各个角落。餐桌前面，每一张脸都是松弛的，都带着浅浅的微笑，仿佛在告诉我们，这才叫惬意，这才是生活。

才子配佳人　喝粥配杂咸

春日的朝晨，万物清朗，清风徐徐，鸟鸣阵阵，仿佛在低声朗诵晨光的诗篇……每年初春，陪妻子回潮汕乡下探亲，是最惬意不过的事情了。起床以后，睡意犹存，残梦未消，整个人懒洋洋的，喝上一碗清爽的白粥，肠胃便觉得无比舒畅，好像伸了一个长长的懒腰。

才子要配佳人，喝粥当然要配咸菜，我最喜欢的是地都咸菜，肉厚、无渣、稚嫩脆口，比新摘的冬枣还要松脆百倍，牙齿轻轻一碰，鲜味立刻如火花四溅。吃完以后，唇齿留香，那些淘气的鲜味儿，有的在舌尖上悠闲地漫步，有的潜伏在齿间，让我整个上午都沉醉于隐秘的愉悦之中。

按理说，咸菜是普通得不能再普通的东西，压根和美食挨不上边。小时候我每天早上吃的不是咸菜就是萝卜干，如果有客人来了，就两样一起上，因此，我对这两样东西怀有不共戴天的深仇大恨，别说是吃，看都不想多看一眼，但潮州咸菜完全颠覆了我的看法。

潮州咸菜的制作特别讲究，一般用包心大芥菜制作，潮州人称其为"大菜"，去叶留胆，形似花蕾，故又称"大菜蕾"。芥菜虽好，但生炒时有一股夹舌的苦味，经过一段时间的腌制，令人不快的苦味便云游四方，无迹可寻了。

和其他地方的制作方法不同，为了不让水分流失，获得最佳口感，当地人在收割当天就要进行腌制。盐分两次下，第一次要放重盐，大量的海盐在给芥菜脱水的同时，最大限度地保留了菜的质感和清香，腌制一夜，换上轻盐，加南姜，将陶罐密封，在盐水的浸润下，青绿的芥菜变成了莹润的淡金色，鲜味空灵，清香扑鼻。

陶罐最上面那一层咸菜，像守护城门的士卒，潮汕人称之为"瓮头菜"，因为与空气接触得多，口感比中间的要略逊一筹，一般是不吃的，由此还衍生出了一句俗话——"无用姿娘顿顿食瓮头菜"。潮州话中"姿娘"就是女人，这句话的意思是，只有没用的懒女人才会让家人顿顿吃瓮头菜。

除了直接食用，咸菜还可以加入香油、酱油、糖、辣椒、芹菜粒相拌，使口味变得更加丰富。咸菜汁也是极好的东西，炒菜时加入少许，味道惊艳，像交响乐中动人的柔板。

除了咸菜，还有一种酸咸菜，制作工艺与咸菜大同小异，只是用盐较少，有些人家还会加入淘米水，淘米水自然发酵后，可以带来纯正、轻盈、可口的酸味。

酸咸菜不仅可以下粥，还可以煮菜，为主菜提供爽脆的口感和酸香的口味，堪称是潮州菜中的最佳配角。比如，粉肠猪肚咸菜汤，清爽咸鲜，酸菜焖海鳗，也让人十分称道，海鳗肉质脆爽而又丰腴，待汤汁冷凝之后再吃，口感更加迷人。此外，也可炒梅肉、猪肚和肥肠，均别有风味。我妻子小时候就是吃着酸咸菜炒梅肉长大的，至今仍念念不忘。

贡菜，也是用大芥菜制作的，一说到贡菜，大家就会想到贡品，其实，这里的"贡"是一种制作工艺，并不是进贡的意思。制作时只留大芥菜的菜胆，切成细条，稍晒，加入食盐、姜末、少许白砂糖、适量白酒腌制，咸中带甜，香醇酥脆，甚似海蜇，十分可口。贡菜一般腌制一两个月即可，生熟兼可食，可用来焖五花肉、煮马鲛鱼，也可煲苦瓜汤。此外，还有一种只腌三两天的贡菜，色泽青绿，口感酥脆，故称"酥贡"，味略辛辣，生吃为佳。

萝卜干，在潮汕地区被称为"菜脯"，因其味美且香，又称"馨菜脯"，是"潮州三宝"之一，潮州饶平高堂镇的菜脯，味道香甜，肉厚脆口，十分有名。记得小时候，我们老家腌萝卜都是切成块的，父亲将它们放在一只大缸里，铺一层萝卜，撒一层盐，让我光着脚在上面踩。潮汕人则认为，萝卜切得太小，香味容易流失，所以，大的一切对半，小的干脆整个晒制。俗话说，谋事在人，成事在天。菜脯的制作也要看天色，因为它的口感与香味与阳光密不可分，如果阳光好，晒成的菜脯就会又香又脆，如果阳光不好，味道就要大打折扣了。

经过生晒和重压，滚胖的萝卜，身材扁平，像一条条长长的牛舌。这时，就可以开始腌制了，腌制时需加入八角末、陈酒、红糖。新腌成的菜脯呈黄栌色，不仅可以直接吃，还可以切成小粒炒鸡蛋，潮汕人称之为"菜脯卵"，"一盘菜脯蛋，白粥三碗不嫌多"，据说，某位身家数亿的潮州籍富豪，每天早上必吃此菜。虾仁菜脯也很常见，由晒干的菜脯切成丁状和虾仁炒而成，还可以加入银鱼干，风味更加独特。菜脯还可以用来炒饭，煲汤时加入，汤水也会变得更加醇厚。

菜脯是可以像陈皮一样长期存放的，颜色会随着时间而变化，三年以上为淡咖啡色，十五年以上的老菜脯渗出了油，颜色乌黑，如同海参，气味芳烈，质感柔绵，可蒸肉饼，煲水鸭汤，还可以用来煮茶、煮粥、炒饭，三十年以上的老菜脯，极为罕见，民间戏称为"黑色的金子"。我妻子的娘家，藏有一坛老菜脯，是她的老祖嬷腌制的，至今已有六十余年了。

老菜脯，有"肠胃保护神"之美誉，在潮汕地区，如果哪个孩子肠胃不好，家里的老人就会煮上一碗老菜脯粥。它不仅可以开胃消食，调理肠胃，加上红糖熬一碗汤，还可治溃疡。许多潮菜馆里一锅老菜脯碎肉粥要卖一百多块，有些人觉得贵得离谱，简直是在"抢钱"，其实，这粥不是普通的粥，除了高汤打底外，还要加入干贝、虾米、香菇、芹菜粒等丰富的配料，当然，更主要的原因当然还是老菜脯价格不菲，一斤要卖好几百块。煮老菜脯的时候，不宜过度清洗，因为它表面的那一层油，是最珍贵的东西。此外，煮制的时间也有讲究，先将老菜脯碎跟蒜蓉炒香，在起锅前放入，煮三分钟即可。我很喜欢喝老菜脯粥，微微发酸，浅棕褐色的粥汤，闪着油光，不像是在喝粥，倒像是在回味一段陈年的往事。

橄榄菜是令我着迷的一道咸菜，和很多美食一样，这道小菜的产生也有些意外，潮汕人喜食橄榄，多有种植，但到了夏天，台风肆虐，未长成的橄榄落得满地都是，有一个妇女看了十分心痛，便捡回家，和咸菜同煮，没想到竟然煮出了一道经典美味。

橄榄菜制作工艺复杂，鲜橄榄是有涩味的，因此，要先将鲜橄榄压破，浸去涩味，用花生油和盐反复炒制，炒出橄榄油，加入芥菜叶搅拌，再用文火煎熬十小时，让两者融为一体，最后加入香料，成品色泽乌艳，咸度适中，有橄榄之甘醇，又有芥菜之丰腴，香口无比。

冬菜，也是让人惦记的一道小菜。潮汕地区的冬菜制作工艺最早源自天津，制作时要用大白菜最嫩的芯，加粗盐和蒜腌制，发酵满八个月后，味道才会变得香醇。冬菜有浓郁的蒜香味，除了当咸菜吃，还是百搭的调味，可与多种菜式相搭，煮砂锅粥时加入，既可以去腥，又可以提鲜。

"腌制杂咸五味全，虫鱼瓜菜四时鲜。"潮汕地区的咸菜咸酸甜辣，荤素不一，品类奇多，实在难以归类，故称"杂咸"。常见的就有上百种之多，如众星拱月一般拥簇着一窝白粥，蔚为壮观。除了咸菜、酸咸菜、贡菜、菜脯、橄榄菜和冬菜之外，还有香菜芯、腌芥蓝、肉脯、肉松、椒酱肉、猪头粽、水豆腐、乌香腐、甜黄豆、甜黑豆、南姜橄榄、乌榄、红肉米、薄壳米、鱼饭，以及样式繁多的生腌……

香菜芯是由莴苣菜芯经腌制，脆香可口，鲜味迷离。

腌芥蓝用的是芥蓝头，开水烫过后，腌泡一夜，还可加芹菜，吃起来更加清香，鲜脆无比。

传统的肉脯，颜色如熟透的车厘子，一般以猪里脊肉为原料，切片后腌制，腌制的时间因季节而变，冬天腌二十个小时，夏天则腌十到十二个小时，放在太阳下晾晒，吸收阳光的香味，一直要晒到不粘手为止，最传统的工艺，用炭火慢慢焙熟，吃起来韧中带柔，甜咸惹味，尤其是由炭火带出的浓郁焦糖香味，令人心醉。

肉松如一团团淡卡其色的棉线，口感松软，味道香甜，入口即化。

椒酱肉虽是一道小菜，用料却十分丰富，要用到五花肉、豆腐干、青椒、红椒、蒜蓉、虾米和菜脯，皆切成丁，作料为磨豉酱，起锅时还可以加入炸脆的花生，酱香浓郁，口感甜辣，极富层次。

猪头粽又名"首花"，是澄海特产，它并不是粽子，很像我老家的猪头糕，将经过卤制的猪头皮和炒制的猪后腿肉，加入各种香料后，用豆腐皮包裹，以重石压榨，榨出猪油和水分，切片而食，其色泽棕褐，口感弹韧，香味扑鼻。

水豆腐极嫩，好像看一眼都会渗出水来，一般会配上普宁豆酱，鲜美滑嫩。

乌香腐，又叫姑苏香腐，光泽棕红，制作时赤砂糖和各种秘制香料，经过三煮三晒，口感细腻，富有弹性，回香绵长。

甜黄豆、甜黑豆咸甜适中，带着蔗糖的清新香味。

南姜橄榄中的南姜去掉橄榄中的涩味，只留清脆的口感，开胃爽口，肠胃如果不舒服，用来泡水喝也有奇效。

乌榄皮薄肉厚，腌制以后，外皮黑得发亮，汁水紫红，咸香可口。以普宁船埔的吊思茅乌榄最受青睐。

红肉米、薄壳米，都是细小的贝壳，玲珑可爱，均十分鲜甜怡人。鱼饭点上普宁豆酱，也是鲜美无比。生腌的主角是虾蟹，除此之外，还有贝壳，如腌生蚝、腌蟛蜞、腌花蛤、腌车白、钱螺醢，口感皆柔嫩鲜滑，仿佛品尝的不是贝壳，而是美人之舌。

在潮汕地区，咸菜不仅是一种食物，还是一种文化，民间至今流传着许许多多与咸菜有关的故事，有两个故事，我觉得是颇有意思的。

祖籍澄海的郑信，统一了暹罗（泰国古称）全国，是暹罗吞武里王朝的创始人。他叔父得知后，喜出望外，前去探望，住在富丽堂皇的王宫里，每天吃的都是山珍海味。时间久了，他开始想念故土，提出要回家，临行之前，郑信赠送给他十八缸礼物，叮嘱他回乡后赠送给乡亲，中途千万不要打开。船至半途，他心生好奇，准备打开缸一探究竟，发现里面装的居然是咸菜，一连打开十七缸，无一例外，一气之下，把缸一个个推入了大海。不过，最后还是留了一口缸，为的是让乡亲们看看郑信这个家伙究竟有多吝啬。回到家中，打破大缸，他傻眼了——原来，咸菜下面大有乾坤，装的全都是金银珠宝。

祖籍潮安的陈旭年，早年丧父，家境贫寒，但他嗜赌成瘾，债台高筑，就连母亲去世后的帛金都被赌输了，乡人对他十分反感。有一天，他想跟邻居讨一碟咸菜来下粥，可邻居却说，我们的咸菜缸还没有开呢。一连走了十几家，他没有讨到一片咸菜，这份屈辱，最终让他远走他乡。他身无分文，随身仅有一条水布、两件破衣，只身来到马来西亚。在那片陌生的土地上，他洗心革面，艰苦创业，终成一代侨领。晚年，陈旭年荣归故里，他给当年不肯施舍给他咸菜的十几个邻舍，每人送了一把二两的金钥匙，感谢他们当年对自己的绝情——没有他们当年的绝情，就不会有他后来的成就。

"饭中鱼肉不如咸菜一口"，潮汕人视杂咸如命，走进他们家的厨房，总会看到角落里放着一只朴拙、低调的咸菜瓮，这是家里时间最久远的旧物件了，它毫不起眼，却为一家人提供着源源不断的鲜美滋味。

除了自己腌制咸菜，还可以上街购买，有些人家世代以腌制杂咸为生，每天一大早，就推着车在菜市场售卖，量少品多，花了五块钱，就能尝到五种不同的口味。

一碟碟脍炙人口的咸菜，让一碗清美的白粥，吃出了一种"满汉全席"的感觉。我不禁在想，潮汕的先祖一定是"钟鸣鼎食"的贵族之家吧，否则，怎么可能在一碗白粥上花费如此细密的心思？！

酱碟虽小味无穷

潮汕地区土狭民稠，有"三山六海一分地"之说，为了提高粮食产量，当地人对土地的管理极为精细。久而久之，便诞生了一句俗话 —— 潮汕人种田如绣花。在我看来，不仅是种田，就连做菜也像绣花一般精细。

潮州菜的精细，除了刀功和繁复的技艺，还体现在酱碟上，正所谓，五滋六味，样样兼备。潮州菜素以清鲜为美，酱碟其实是对清鲜的一种补充，在保证食材原汁原味的同时，又可以让每个人都能口舌欢愉，避免众口难调的尴尬。

潮州菜中的酱碟种类奇多，最常见的有沙茶酱、普宁豆酱、鱼露、韭菜盐水、三渗酱、辣椒酱、梅膏酱、江米陈醋、蒜泥醋、金橘油、南姜醋……什么菜点什么酱碟都有讲究。

金橘油是潮汕地区独有的酱碟，将金橘汁加入白糖和盐一起熬成琥珀色，口感酸甜，是生炊龙虾的标配，吃炸虾枣时，蘸上少许，也可减轻油腻感。橙膏酱，是由鲜橙同白糖熬制而成的酱，橙味香浓。梅膏酱是将青梅加盐和糖腌而成，浓稠爽滑，甜中带酸，口味清新。三渗酱集酸甜苦辣咸五味于一身，主要是用来蘸血蚶等腥味较重的海鲜。南姜醋，南姜是将南姜加盐捣成细末，白醋和白糖，主要用于膻腥味较浓的肉类。潮汕地区也有辣椒酱，但只是微微的辣，用来蘸煎饺，口感一流。

如果把菜比作小姐，把酱碟比作丫鬟，有些菜是有几个丫鬟伺候的，比如吃鸡，会有四种酱碟，让每个人各随其便，吃到自己最心仪的味道。说实话，我当了十几年的潮州婿仔，但没有完全搞清楚酱碟中的学问，经常会点错，闹出笑话来。

在所有的酱料中，我最推崇的是古法酿制的普宁豆酱。

普宁洪阳，是我妻子的娘家，这里出产的豆酱最为有名。有人说："普宁市洪阳镇掌握着一千四百万潮汕人食鲜的秘密。"这句话说得一点也不夸张，洪阳生产的普宁豆酱，的确能在做菜的过程中起到画龙点睛的作用。由于一日三餐都要吃到，潮汕人甚至用"熟过老豆酱"，用来指相识多年的老友。

洪阳是普宁的老县城，古意盎然，在这里，上百年的老房子比比皆是，墙壁上，雨水留下的霉迹，像一棵棵细长的黑色塔松。潮汕地区传统民宅的样式，最常见的有"四点金"和"下山虎"，我妻子的娘家，是"下山虎"的格局，形如下山之虎，大门为嘴，两个前房为两只前爪，称"伸手房"，后厅为肚，厅两旁的二间大房为后爪。

隔了一条马路就是潮汕人鲜味的源头——洪阳酱油厂，站在二楼的阳台，可以看到成片的黄釉大缸，排列有序，体形硕大，如同盘腿而坐的相扑运动员，一阵风吹过，空气里立刻荡漾起轻微而又迷人的豆酱咸香。

普宁豆酱选用颗粒饱满、虎头虎脑的东北大豆，俗称"金圆豆"，其工艺繁复，制作周期很长，包括曝豆、碾豆、浸豆、炊豆、饲醭、推醅、推水醅、煮酱、试酱、装酱等环节，放入大缸中天然照晒五个月，充分吸收阳光的香味，是其中最重要的工艺之一。每天早上，豆酱便开始接受阳光的沐浴，到了傍晚，太阳落山，则会盖上尖尖的竹帽。为了让每一粒豆子都能接受阳光的恩泽，工人们每天要搅拌两三次，在这个过程中，它们会像生气的螃蟹一样吐出气泡，生出自然的芬芳。这样制成的色泽亮黄的豆瓣，清纯可爱，宛如初嫁的新娘一般娇羞。

普宁人制作豆酱，最初只是自给自足，有多余的，才到街市售卖。据《普宁县志》记载，普宁豆酱的规模化生产、销售始于道光二十年（公元一八四〇年），其中，以"祥裕号"酱园名气最大，如今广为人知的松兴酱油厂，就是由当时的"祥裕号"传承发展而来的。

豆酱乃极鲜之物，但它是有君子风范的，用它来做酱碟，非但不会抢走食材的鲜味，还会激发更深层的鲜味。

普宁豆酱不仅可以做酱碟，还可以用来焗鸡、焗蟹和蒸鱼。

豆酱焗鸡，是潮汕地区的一道传统名菜。用料除了普宁豆酱，还有芝麻酱、少许的白糖、麻油、老抽，将其调匀，加入芫荽搅拌出香，均匀涂抹于鸡身，不断按摩入味，最后将余料塞入腹中。为了让鸡肉更加香口，还要将一大块肥肉切成片，垫于砂锅底部，放入腌好的鸡，加少量的水，先开大火，再转小火，焗二十分钟，中间不掀盖，也不加水。将焗的鸡斩块，砂锅里的原汤也不要浪费，加油爆香，勾芡淋于鸡身之上。肉滑鲜嫩，可口悦目，有浓郁的豆酱香，鲜味在舌尖缓缓升腾，那感觉，就像听门德尔松的音乐一般美妙。

豆酱焗蟹是在豆酱焗鸡的基础上得到的灵感，一般以公青蟹为佳，在潮汕地区，地都青屿蟹是远近闻名的，它生长于榕江下游江海交汇的水域，肉质鲜甜，坊间有"青屿蟹甜过蜜"之说。将蟹改刀，蟹钳拍破，拍打时切记不能用蛮力，而要用暗力，这样才能做到壳碎肉不烂，将豆酱压成泥加一点白糖和芝麻油，做这道菜还要放入大量的蒜头，将蒜头去皮入油锅炸至金黄，淋上豆酱，中火焗十分钟即可，蟹香、豆酱香和蒜香，交织在一起，鲜美到让人忍不住要大声尖叫。

豆酱蒸鱼，是很家常的味道，在豆酱中加入少许的糖，淋于鱼身，隔水蒸制，在水汽的作用下，豆酱的鲜味，温柔地渗入鱼身，丰腴滑嫩，那种鲜甜的感觉，在舌尖婉约绽放，整个人像是掉进了鲜味的旋涡之中，幸福得不能自拔。

我单位旁边有一家潮州私房菜，每次去，我必点的一道菜是豆酱煮杂鱼，鱼有鹦哥、迪仔、沙尖和换米鱼四种，采取半煎煮的方式，配料有豆酱、芹菜段和姜丝，鲜味淡雅、清爽，吃完鱼，我还会用鱼汁捞饭，一滴也舍不得浪费。

豆酱不仅可以让荤菜变得鲜美，也可以与素菜搭配，用普宁豆酱来炒通菜，就是上佳之选，热锅宽油，方熟便起，脆嫩可口，翠绿的通菜间点缀着黄亮的豆酱，看上去，宛如一幅清雅的静物画。

在我们家，豆酱是最受器重的调味品，母亲用它来炒鸡蛋，金黄亮澄，口感滑嫩，鲜味绵长，堪称惊艳。父亲以前最擅长做糖醋排骨，有一天，家里的红糖用完了，便改用豆酱蒸排骨，没想到，大获成功，连口味刁钻的母亲也赞不绝口。

我记得，有一天吃面，觉得味道寡淡，灵机一动，加入了十几颗豆酱，稍加搅拌，奇迹就发生了，每一根面条，像变魔法似的，瞬间变得鲜美无比，简直不像面条，倒像是在高汤中浸润过的鱼翅一般了。从那以后，我吃面条，一定会加一小勺豆酱。

普宁豆酱虽不是什么贵重之物，却因馥郁甘芳，在潮汕人心中有着极高的地位，被称为"潮汕人的味噌"。味噌与味精，很多人可能会混为一谈，其实并不是一回事，两者的区别，就像是空中跳伞，一个是打开了伞，优雅地滑翔，缓缓地着落，另一个是没有打开伞，直接坠落于地。美食家蔡澜先生对普宁豆酱也推崇备至，认为它是很奇妙的东西，没有了它的提携，很多食物会立刻失去灵魂，变得索然无味。

第四章 美食深处是故乡

"冬至到清明,蚝肉肥晶晶。"这句民间谚语道出了吃蚝仔烙的最佳季节。制作蚝仔烙要用平底锅,先煎蚝仔,后拌薯粉,最后浇蛋浆,伴随着嗞嗞作响的美妙声响,香气四溢,让人忍不住大吞口水。喜欢柔软的,煎的时间可以短一点,喜欢香口的,则可以煎久一点,金黄的脆边,像滚了蕾丝一般,最后,撒一点胡椒和香菜,吃的时候点少许鱼露。胡椒和鱼露,都是这道美食最鲜美的伴奏,可以让鲜味更加浓郁、飞扬。相较而言,我更喜欢脆皮的做法,表皮金黄松脆,咬下去发出咔嚓咔嚓的清脆声响,仿佛行走在晚秋铺满落叶的小径,蚝带脆爽,蚝肉方熟,肥嫩多汁,滑腻鲜美,每一颗都像鲜甜的小炸弹,每一口都有爆膏的惊喜,它们在嘴里溶化,那种鲜甜久久地萦绕舌尖,简直像鹅肝一般肥美,叫人回味。

早茶小札

谈论粤菜,当然得好好说一说早茶。早茶,堪称岭南人日常生活中最隽永的一笔,熟人早上见了面,总少不了问候一句:"饮佐茶未?"临别时,又会说:"得闲饮茶啦!"

我的老家以紫砂壶闻名于世,喝茶之风颇盛,乡人将泡茶馆形象地称为"孵茶馆"。外公是茶馆的常客,每天早上天不亮就出了门,在茶馆里喝茶、打牌、听书,像母鸡孵小鸡一样,一孵就是大半天。岭南人则喜欢叫"叹茶",粤语中,"叹"可不是叹息的意思,而是享受的意思。广东有句俗语叫"火烧旗杆 —— 长炭(叹)",意思是说可以永远地无忧无虑地享受生活了。

凌晨三点,万籁俱寂,城市还在酣睡,茶楼的后厨就已经灯火通明,点心师傅们各司其职,忙得热火朝天。我的朋友波叔是一位点心大佬,从业已有二十多年,手艺高超,他跳槽到哪家店,客人就跟去哪里,即使开一小时车也心甘情愿。他告诉我,一年之中最忙碌的时间是春节,茶楼里好像赶集似的,客人一拨接着一拨,准备再多的材料都不够卖。除夕之夜,是举家团圆的美好时刻,他却要通宵达旦地工作,准备大年初一的茶点,大年初一那天,他忙得跟陀螺一样,连饭都顾不上吃。晚上十一点,回到家,早已身心俱疲,想喝一杯啤酒解解乏,可还没喝几口,就已经呼呼大睡了。三个小时以后,闹钟骤然响起，他用冷水洗了把脸，再次回到茶楼，开始新一天的工作……这样高强度的工作，一直要持续到正月十五。工作虽然万分辛苦，但只要看到客人们的笑脸，他心里就甜丝丝的。

"宁可百日无肉，不可一日无茶。"每天早上，茶楼里人声鼎沸，热闹非凡，生意最好的茶楼，一上午要换三拨客人、翻三次台。来得最早的是老街坊，晨光初熹，天色方明，他们就已守候在茶楼门口，大门一开，便像短跑运动员一样朝自己心仪的位置狂奔而去，完全不像六七十岁的老人。年轻人睡得晚，起得自然也要晚一些，等他们不紧不慢地晃到茶楼，老人们早已经像潮水一样退去了。还有一拨人，临近中午才来，点上几笼点心，叫上几样炒菜，把午餐一并解决了。

如今上茶楼喝茶，每张桌子上，都会有一张点心纸，上一道点心，服务员就会盖上一个蓝色的圆印，作为买单的凭证。以前可不是这样，而是采取的是数笼仔、数碟仔的方式，服务员推着装满茶点的车仔在茶楼里慢慢转悠，客人喜欢什么，伸手便取，好像在自己家里一样随意。这种方式虽然方便，却很容易让一些爱占小便宜的人钻空子。在香港的一些茶楼里，有人吃完茶点后，会把一些笼仔悄悄藏到桌子底下，而佛山人的逃单方式更加有趣，听我的同事说，以前在佛山中山公园里有一间很有名的茶楼，叫"群英阁"，窗外有一面湖，名曰"秀丽湖"，有些人故意坐在窗边的位置，趁服务员不注意，就把碟仔当成飞碟扔出去。有一年冬天，湖中抽水清淤，发现了数量可观的碟仔。

据学者们考证，广式早茶的历史最早可以追溯到清朝咸丰年间，当时，有一些店铺在门口挂了"茶话"的木牌，供应茶水糕点，设施十分简陋,供路人歇脚聊天,称为"一厘馆""二厘馆",价钱便宜,吃得也简单,一壶茶,两件点心,故称"一盅两件"。徐珂在《清稗类钞》中曾这样描述:"粤人有于杂物肆中兼售茶者,不设座,过客立而饮之。""最多为王大吉凉茶,次之曰正气茅根水,曰罗浮山云雾茶,曰八宝清润凉茶。"后来,"一厘馆""二厘馆"升级为茶居,再后来,头脑灵活的佛山七里堡乡人携资到广州经营茶楼,创立金华、利南、其昌、祥珍四大茶楼,楼高望远,水沸茶靓,深受追捧。

广东民间有句戏言,叫"生仔榕树头,生女上茶楼"。这句话的意思是,生了儿子只能在村口的大榕树下吹水,生了女儿,就可以经常上茶楼聊天,这句话不仅说出了生儿子和生女儿的天壤之别的境遇,更说明在过去的年月里,上茶楼的确是一种礼遇,一种享受,一种令人向往的悠闲生活。

茶楼是人情味最浓的地方,这里不仅是老友们吹水的天堂,也是相亲的胜地,有很多美好的姻缘都是在茶楼里定下来的。为了方便相亲,广州老字号茶楼陶陶居最早推出了卡座,营造相对私密的空间,青年男女由各自的父母带到茶楼,进入卡座,一边喝茶一边聊天。过去的人一般比较含蓄,不会直接拒绝人,如果女生没吃什么东西就说自己已经饱了,那这门亲事基本上就黄了,如果不断地加点心,彼此好像有说不完的话,那这门亲事就有戏了。

早茶早茶,醉翁之意并不在"茶",而在茶点,广式早茶的茶点品类繁多,几乎像一场美食博览会。我的老家虽是富庶的鱼米之乡,早餐却十分简单,最常见的就是烧饼油条豆腐花。一年暮春,老家报社的记者不远千里来粤采访,我请他们到茶楼喝早茶,看到满满一桌的精美茶点,他们大为震惊,一脸疑惑地问我:"这是早餐,还是午餐?"当我告诉他们这是早餐时,他们惊叹不已,摇了摇头说:"唉!回去以后,这早餐该怎么吃呢?!"

其实,茶点的品类起初并没有那么丰富,历史的转折出现在二十世纪二十年代,当时,陆羽居点心师郭兴为吸引茶客,率先推出了"星期美点",他顺应时令,每周更换一次点心品种。新开发的品种,必须经受茶客们的检验,如果点的人多,就保留下来,如果不受欢迎,就果断淘汰。一时间,陆羽居生意爆棚,客似云来,其他茶楼也不甘示弱,纷纷仿效,广式点心的发展迎来了最美好的时光,如今的许多经典之作,就是那时候研发出来的。

香港、澳门的早茶与广式早茶一脉相承,只不过,西式点心更多一些,他们习惯把传统的点心称为"羊城美点"。香港的陆羽茶室、澳门的龙华茶楼都是最传统的粤式茶楼,一桌一椅、一盅一碟之间,皆能遇见深情款款的旧日时光。香港的陆羽茶室如今延续了"星期美点"的传统,除虾饺、烧卖、牛肉、粉果、叉烧包等"台柱"外,会定期更换新款,给客人带来新的味觉体验。

不仅在城市,在乡间,早茶同样十分盛行,不过,品类要简省得多,仅是一碗猪杂粥、一碗鱼片粥,或者一碟肠粉。老人们喜欢就着热气腾腾的粥粉喝酒,他们不紧不慢,气定神闲,每抿一口,都要细细回味一番。虽然好酒,却从不喝醉,喝到微醺,便在酒瓶上写下自己的大名,寄存于收银台,第二天早上接着喝。所喝的大多是本地出产的白酒，度数不高，比如，用肥膘肉浸制的石湾玉冰烧，又或者是红荔牌红米酒和九江双蒸酒。

四大天王

在样式繁多的广式茶点中，岭南人最难割舍的是水晶虾饺、叉烧包、蛋挞和干蒸，它们被业界称为"四大天王"。

水晶虾饺，二十世纪二十年代发源于广州河南，这个河南，可不是指河南省，而是指珠江南面的一片区域，也就是今天的海珠区。《南越笔记》有云："珠江之南，有三十三村，谓之河南。"如今的河南早已高楼林立，繁华至极，而当时，还只是乡野之地，在很长一段时间里，广州地区都有"宁要河北一张床，唔要河南一间房"的说法。

水晶虾饺血统高贵，它与曾经的世界首富伍秉鉴有关，据说伍秉鉴甚爱吃虾，家厨便投其所好，创制了各种虾馔的做法。鸦片战争以后，伍家家道中落，后人在河南五凤乡开了一家叫"怡珍"的茶楼，利用当地出产的鲜虾，制作出一道叫"五凤鲜虾饺"的点心，在新鲜虾肉中加入笋丁和猪油，以粉裹而蒸之，食客们品尝之后，甚觉惊艳，遂将它引入茶楼食肆。

吃一碟虾饺，曾是孩子们梦寐以求的事情。据广州一个叫林秀贤的老人回忆，小时候她和弟弟瞒着父母偷偷摘下家里种的葫芦瓜、水瓜拿到茶楼门口叫卖，然后，用赚来的钱偷偷买一碟虾饺解馋，几十年过去了，那鲜美绝伦的味道，仍让她惦念不忘。

在漫长的时光中，虾饺一直在不断改良，最大的改良是用澄面和绿豆粉制作饺皮。澄面是一种无筋的面粉，蒸熟之后，幼滑、通透、爽韧，内馅隐约可见，朦朦胧胧，有罗衫半褪之美。和一般的饺子不同，面团揉好以后，要用菜刀压出一块块虾饺皮，虾肉也不用刀切，而是刀背轻拍，松而不散。此外，形状也由普通饺子的角形改成梳子形，十三道褶皱让饺身显得更加高贵迷人，我曾见过一位面点师傅打褶，动作轻柔、飞快，不像包饺皮，倒像给饺皮松骨按摩。

都说美食如美人，总会让人一见倾心。弯如梳、白如雪、薄如纸，水晶虾饺的美首先表现在视觉上，那半透明的饺皮里，虾肉隐约可见，像一个冰肌雪肤的少女，朝你嫣然浅笑。

水晶虾饺的用料追求极简，最重要的是鲜虾、冬笋和猪肥膘。褶皱不仅提升了水晶虾饺的颜值，也为汁水的流动腾出了足够的空间，一口咬下，鲜美的汁水立刻喷涌而出。这一口汁水，与猪肥膘是密不可分的，虾与笋虽然都是鲜美之物，但搁在一块，还是略显寡淡，需要猪油和味，圆润的猪油化去了虾的腥味、冬笋的涩味，让大海的气味与深山的清芬完美交融，最终融合成鲜香嫩滑的隽美风味。

新鲜的虾肉需在加了碱水的凉水中浸制三十分钟，紧实爽脆，饱含生命的活力，轻轻一咬，虾好像重新复活了一样，在齿间欢快地弹跳。笋丁不仅可以提味，还带来清脆的口感，虾肉弹牙，笋丁脆口，一唱一和，相得益彰……爽、脆、嫩、滑、弹，一波未平，一波又起，充满了音乐般的曼妙韵律。有些考究的茶楼，除了加鲜虾仁，还会加入适量的熟虾仁粒，使其色彩更有层次，更加明艳动人。

世间滋味，最美的是余味，吃完一笼水晶虾饺，弥散在唇齿之间的，是一种难以名状、无与伦比的鲜甜，它在舌尖一点点化开，在口腔中回荡，萦绕不散，与此同时，幸福的感觉像潮水一样从每个毛孔中一波接一波地涌出，不禁让人生出"此味只有天上有，人间难得几回尝"的感慨。

叉烧包，像一个胖墩墩、笑眯眯的相声演员，很是讨人喜欢。二十世纪二十年代，广州大同茶楼的叉烧包名气最大，因为，最初的叉烧包是不爆口的，后来，大同茶楼的公子留美归来，发明了化学暄松法，才有"爆口"一说，在热气腾腾的蒸笼中，面团迅速膨胀，包子上端自然张开，宛如莲花初绽。

传统的叉烧包是非常讲究品相的，要"高身雀笼形，大肚收笃，爆口而仅微微露馅"。除了爆口，芡汁也是成败的关键，讲究大咸大甜、大开大合，用蚝油、面粉、水、生油、生抽调成，光彩照人，美其名曰"琉璃芡"。此外，叉烧粒，要用五花叉烧与梅肉叉烧各一半，业界俗称"五五对冲"，口感会更加丰富，香味也更加浓郁。

包子好吃与否，面是至关重要的。好的叉烧包一定要用老面种发面，讲究面软、眼幼、洁白，有淡淡的碱香，爆口处，露出酱红油亮的馅料，香味阵阵，咬下去，蓬松柔软，爽滑适中，唇齿留香，粒粒分明的叉烧，指甲片一般大小，像礼物一样，不断地给舌尖带来惊喜。叉烧包的面如果发得好，一点也不粘牙，入口即化，就像是做了一场甜美的梦，满嘴都是清甜的余味，这个甜味不是单一的，有叉烧的甜、蚝油的甜，还有面粉的甜，让人感觉无比美好。

叉烧包是许多孩子童年的美好记忆。评论家江冰先生的文章中曾经写过一件很有意思的事，说有一个叫标哥的人，少时家贫，常饿肚子，他的舅公在佛山的双溪茶室做工，不收工资，但每天都可以带一袋包子回家。每天四五点钟，贪吃的标哥就在酒楼门口等着舅公下班，因为舅公总会给他一个热乎乎的叉烧包，那种美好味道成了挥之不去的记忆，后来，他事业有成，接手了双溪酒家，只为能够永远留住记忆中的熟悉味道。

我的小女儿也最爱吃叉烧包，每次喝早茶，必点一笼，一笼吃罢，仍不满足，像鸭子一样瘪着嘴，眼泪汪汪，恨不得把蒸笼都吞下去，等到第二笼上桌，她总会抢上一个，像小狗一样，躲到桌子底下，一直吃到肚儿滚圆，方才眉开眼笑。

叉烧除了做包，还可以做叉烧酥，包子则还有生肉包、豆沙包、奶黄包、黑金流沙包等，不胜枚举，风味各具。

在岭南地区，贪嘴的人被称为"为食猫"，如果要在其中找一个最杰出代表，我想，应该非香港的麦兜先生莫属了，第一次听他深情款款地唱《春风亲吻我像蛋挞》，差点让我笑岔了气。"春风亲吻我，好似个蛋蛋蛋挞挞"，每次听到这句歌词，我就会想起第一次吃蛋挞的情形，那真是惊艳的体验，刚出炉的蛋挞，色彩艳黄，香味撩人，每一个都像一颗小小的太阳，酥脆的外皮下，隐藏着无比柔嫩的心，鸡蛋与奶油的香味完美交织，咬上一口，恍若一个甜蜜深情的吻，让人浑身酥软。

在很长一段时间里，我都以为蛋挞属于西点，是从国外传进来的，没想到，它竟为广式的点心师傅所创。二十世纪二十年代，点心师傅把中式炖蛋与西点挞相结合，在广州首创了蛋挞，最初的挞盏是椭圆形的，寓意珠江上的小艇，蛋挞的"挞"字则是由英语的"tart"转借而来，原意为馅料外露的馅饼。

　　如果进一步细分，蛋挞又可以分为广式和葡式。广式蛋挞的做法更接近中式面点，使用牛油和猪油，外表光滑，挞水材料主要为鸡蛋、糖、水等，类似炖鸡蛋，蛋挞表面较为平整，在灯光的照耀下闪闪发光，挞水似乎还在缓缓流动，吃的时候，酥皮如细碎轻盈的花瓣簌簌落下，经过过滤的蛋液，幼滑如丝，入口即化，完全没有颗粒感。澳门的葡式蛋挞，又称葡式奶油塔、焦糖玛奇朵蛋挞。葡式蛋挞的挞皮由面粉制作，挞水有蛋黄、牛奶、淡奶油、糖等，烤制以后，表面如波浪般起伏，焦糖留下迷人的印记，让人欲罢不能。相比而言，广式蛋挞，性情温婉，柔情似水，讲求回味；葡式蛋挞，热情洋溢，自由奔放，讲究香浓，各有所长，难分高下。

　　干蒸烧卖，也是早茶点心"四大天王"之一，因为"干"字意头不好，广东人一般不叫干蒸，而叫烧卖。其顶部不封口，形似石榴花，上面点缀蟹黄，淡黄色的面皮烘托着橘红色的蟹籽，卖相极好。香港也有加鲍鱼粒的，色鲜味美，质地爽润，爽口不腻。烧卖可分为猪肉烧卖和牛肉烧卖两种，相比之下，我更喜欢牛肉烧卖。

伦教糕

　　母亲的口味非常专一，想请她下馆子吃顿饭，简直比登天还难，她每次总会找一大堆理由推辞——她只喜欢老家的美食，而且还必须是父亲亲手做的。粤式茶点虽多，可她老人家几乎全看不上眼，唯一例外的是伦教糕，因为口感与老家的粢饭糕颇有几分相似。妻子投其所好，隔三岔五买回家来当早餐。

伦教糕，也叫白糖糕，采用隔年籼米和白砂糖制作，因首创于顺德伦教而得名，一般切成三角形，充满细密的气孔，厚如柚皮，柔软如舌，咬下去，弹性十足，口感甜中带酸，白糖经过蛋清的过滤，甜度刚刚好，酸则是米浆自然发酵，隐隐约约，丝丝缕缕，甜酸结合，给舌头尖带来一种特别愉快的清香，就像一个穿白裙子、扎马尾辫、素面朝天的邻家姑娘，带着一脸浅笑，骑着单车从你面前经过，清纯甜美，人见人爱。

很多美食都是在意外中诞生的，伦教糕也不例外，据说它是因为一次夫妻间的吵架而产生的。相传在清朝咸丰年间，顺德伦教圩有一间专营白粥、糕点的小店，店主叫梁礼成，一天，他和妻子吵起了架，具体的起因是什么，我们已经不得而知了，但估计吵得不轻，以至于连糊口的营生都没做。第二天，他意外地发现，用前一天做的米浆蒸出来的糕竟然甜中带酸，味道十分特别，街坊们尝过之后，个个赞不绝口，一款经典的小食就这样诞生了。顺德当地的诗人这样称赞道："玉洁冰清伦教糕，甜酸爽韧领风骚，仙泉淘得琼浆白，蒸出岭南第一糕。"

以前，伦教糕是夏季的时令小食，夏日午后，骄阳似火，蝉鸣不绝，有人戴着草帽，骑着自行车，走村串巷地叫卖伦教糕，在村口戏水的孩子们已经被夏日的阳光晒得赤黑乌亮，一听到吆喝，便心头发痒，口水直飙，赶紧跑回家找牙膏皮、鸡毛、鸭毛来换。在那个物资贫乏的年代里，能拥有一小块伦教糕，就是无与伦比的幸福了，他们舍不得一下子吃掉，坐在大榕树下小口小口地品咂，尽可能拉长着幸福的时光。

马蹄糕

"一湾溪水绿，两岸荔枝红"，此番迷人的美景，形容的是旧时广州市西郊的泮塘风光，此地以前池塘甚多，故名半塘，后改名为"泮塘"。这里土基肥腴，除荔枝外，还盛产"五秀"，所谓"五秀"即指莲藕、马蹄、菱角、茭笋、慈姑。

泮塘之所以有"五秀"，还有一段传说，"五秀"原是邻近龟峰西禅寺的寺僧在寺前池塘种植的，号为"五仙果"，作为四时供奉佛前的蔬果品。某年泮塘的善信入寺进香，寺中长老说："今年必发大水，禾米无收，种五仙果吧。"日后果然发了大水，五谷失收，但是这五种水生植物反而长得很茂盛，从此之后泮塘的村民就把这五种植物当为自己的特产。

"五秀"之中，我最爱的是马蹄，马蹄就是荸荠，形状和颜色很像算盘珠子。我们村里有个老太太，是在镇上卖水果的，她知道我们家从不舍得买水果，每年大年三十晚上，都会送来几斤橘子和煮熟的荸荠。吃完年夜饭，一家人便围着电视机，一边看春晚，一边吃热乎乎的荸荠。

冰清玉洁的泮塘马蹄糕，是广州人最喜爱的茶点之一，做法并不复杂 —— 将糖炒至稍黄，溶成糖水，调入半分熟的马蹄粉浆，猛火蒸熟。蒸熟的马蹄糕呈琥珀色，娇羞可人，夹起一块，微微颤抖，如同在撒娇一般，轻咬一口，弹性十足，中间夹杂着马蹄肉，仿佛带着清晨的露水味道，令人神清气爽。

在马蹄粉中加入红枣汁，就变成了另一道美味的茶点 —— 红枣糕，其色泽金红，枣香浓郁，口感丝滑，有一种吃果冻的感觉。一位点心师傅告诉我，红枣汁蒸制的时间是十分关键的，如果时间太久，口感会发酸，颜色也会变得暗沉，没有了让人一见倾心的晶莹剔透。我吃过的最好的红枣糕是由佛山烽味小馆制作的，方法最传统，枣香味也最浓郁、最纯正。吃完之后，满口清香，丝丝缕缕的甜意，让幸福持久地盈溢心间。

除了伦教糕、马蹄糕和红枣糕之外，芋头糕、萝卜糕、马拉糕、松糕、九层糕、蜂巢糕，也深受街坊们的欢迎。

粉 果

娥姐粉果，也是茶楼里颇受欢迎的茶点，在屈大均的《广东新语》中曾有这样的记载："以白米浸至半月，入白粳饭其中，乃舂为粉，以猪油润之，鲜明而薄以为外，茶蘼露、竹脂（笋）、肉粒、鹅膏满其中以为内，一名曰粉角。"

美食界推崇粉果的人很多，唐鲁孙先生写到上海憩虹庐茶室时，就曾这样描述："乍一看只只粉果，都是青绿山水，甭说吃，就是看也觉得醒神痛快！"

发明这道名点的是来自顺德大良的自梳女娥姐，起初在广州西关一个大户人家做工，她不仅年轻貌美，还心灵手巧，尤其擅做点心。一天，家里来了贵客，主人让她做点心，她决定做一款别人从没做过的点心，将晒干的大米饭磨成粉，用开水和面做皮，又以炒熟的猪肉、虾、冬菇、竹笋末做馅，包好上笼蒸熟，客人吃后，个个赞不绝口。

广州第十甫茶香室的老板从中看到了商机，特意聘娥姐制作点心，还专门为她设计了一间玻璃房，这间玻璃房，有点像今天的网红打卡点，不少顾客纷纷涌到茶香室，一来为品尝娥姐粉果的美味，二来为一睹娥姐仙女般的芳容，因此广州地区渐渐流行起了一句歇后语："娥姐粉果——好睇又好食。"

传统的粉果用饭粉做皮，如今则改用澄面和生粉，以猪肉、叉烧、冬菇、笋肉、生虾肉、白糖、酱油、精盐、味精、白酒、胡椒粉等为馅，要包得满而不实，摇之有声，宛如响铃。可以隔水蒸，也可以用油煎炸，风味皆美。

荤　点

早茶中专门有一类点心叫"荤点"，香港人将沙嗲金钱肚、豉油蒸排骨、紫金凤爪称为"港点三荤"。

金钱肚就是牛的蜂窝肚，因为形似旧时钱币，粤人讨口彩，故称。为了更易入味，一般切斜刀，先腌后蒸，除了沙嗲酱，还会加入柱侯酱提味，色泽红亮，吃起来，爽脆而有弹性。

豉油蒸排骨，也甚美味，连骨头里都有浓郁的豉香味，不过，相较而言，我更喜欢蒜蓉蒸排骨，排骨有着超乎想象的滑嫩与清甜，垫在下面的荔浦芋头，吸收了排骨的汁液，松粉香糯，入口即化。吃排骨，最美妙的是纤维轻微抵抗时产生的弹性，不过，有些餐厅过分追求嫩滑，加入了过量的嫩肉粉，明明是瘦肉，吃起来却像肥肉一般，实在是弄巧成拙，得不偿失。

岭南地区商业氛围浓郁，当地人凡事取好意头，把鸡爪叫做凤爪，香港人最爱吃紫金凤爪，制作时要用到紫金酱、蒜蓉、豆豉粒、麻油、胡椒粉、白糖、生粉、食盐，口感甜中带辣，百吃不厌。此外，还有一道"虎皮凤爪"，是我大女儿的最爱，制作时要经过煮、炸、泡、蒸等环节，炸过之后，还需泡水，去除油味，煮的时候加少许的醋，可让皮肉更容易分离。吃的时候，滋味浓郁，软烂脱骨，不用啃，轻轻一吸，软糯满嘴，委实好吃。

糯米鸡也是颇受欢迎的明星点心，这道点心最早起源于新中国成立前广州的夜市，最初是以碗盖着蒸熟而成，后来为小贩为方便肩挑出售，遂改为以荷叶包裹。荷叶里馅料十分丰富，包裹着糯米、鸡腿、咸蛋、腊肠、香菇、虾米和瑶柱等。饭色洁白、软韧、饭质爽口，馅料湿润，味鲜，清香可口。糯米的黏、鸡肉的滑、香菇的鲜、荷叶的香，相互交织，一口咬下去，便立刻会生出满满的幸福感。

油　器

岭南人把油炸食品统称为"油器"，并将油条、咸煎饼、牛脷酥称为"油器三宝"。

油条，粤语中叫油炸鬼，做法与其他地方类似，不过，香港人的吃法比较特别，他们喜欢用莹润如雪的肠粉皮将油炸鬼包起，切成小块，淋上豉油，撒上葱花，取名"炸两"，吃的时候，既有肠粉的细嫩爽滑，又有油条的蓬松酥脆，口感美妙。"炸两"起源于广州，二十世纪四十年代，由广州泮塘一家名叫"嚼荷仙馆"小茶居率先推出。如今，这道美食在广州已不太常见，却在香港大放异彩。此外，英德有一道小吃叫油条卷粉，和炸两的制作大体相同，不同之处在于选取的是冷却的粉皮，这样的做法，可以让油条的口感更加香脆，吃起来咔嚓有声，妙趣横生。

咸煎饼，据说是从南乳炒花生中得到的灵感，在原料中加入南乳，可以大大提升饼的香味，在低油温中慢慢炸开，颜色金黄，边脆而饼心酥软微向内凹陷，外形像一顶毡帽，皮脆心软，松香怡人，咸中带甜，刚入口是咸的，回味时却是淡淡的甜，是我百吃不腻的一道点心。

牛脷酥，乍眼一看，很像是矮矮胖胖的油条，其实并不是一回事，它因形似牛舌而得名，在粤语中，牛舌被称为"牛脷"，它是用面粉、猪油和牛油做成，由于面种内包了酥心，口感与油条截然不同，外层松软，内层松脆，散发着油酥的浓郁香味。

沙翁曾经是风光无限的一道点心，因外着白糖，形似白头老翁，故名"沙翁"。它曾与蛋挞齐名，现在已经很少见到了，香港的泰昌饼家、澳门的南屏雅叙仍有制作，风味十分地道。

沙翁制作的过程颇有意思，圆滚滚的面团在油锅中不停翻跟头，欢乐地膨胀，慢慢变成金黄色，然后，像熊一样，在白砂糖上笨拙地打滚。沙翁最好现炸现吃，外脆内松，内部则像蜂巢一样空，咬上一口，热乎乎的甜蜜与蛋香，立刻迸发出来，甘香可口，松软怡人。

对于孩子来说，沙翁的体形过于硕大，记得香港有一个美食家，曾写过一件小时候的趣事，每次吃沙翁的时候，他都嫌自己嘴巴太小，盼望着自己能够快快长大，因为，这样，嘴巴就能变得很大，可以像大人一样豪气十足地将沙翁一口吞下。

薄撑也是我十分喜爱的一道美味点心，它由糯米粉制成，类似于北方的烙饼，分甜、咸两种，把糯米粉和成面糊，摊薄，煎熟包上馅之后切块，外脆内软，清香爽口。咸薄撑里有韭菜和虾米，甜薄撑里面是花生碎、芝麻和椰丝，微焦甜软，十分爽口。

薄撑的样子很像叠好的棉被，顺德人形象地称其为"睡铺"。每逢清明，顺德人都煎"睡铺"祭祖，说是给回家受祭先人提供睡觉用的铺盖。此外，从前顺德等地儿童入学礼，要在书桌上安排薄撑一碟，意取用糯米粉粘住学童屁股，使之专心坐稳读书修业问。

有时候，食物经过简单的组合，就会带来新的惊喜，比如，在薄撑中包裹白糖糕，便产生了另一道美味——脆皮黄金夹，入口香脆，吃完之后，满嘴清甜，如清晨林间的微风。

油器家族，成员众多，比较常见的还有咸水角、煎马蹄糕、煎菱角糕、炸春卷、炸云吞、煎萝卜糕，均为香口之物，是佐粥的上佳之选。

西　点

广式早茶中，还有一些西式的点心，其中，最有名的是菠萝包。老婆饼里没有老婆，菠萝包里也没有菠萝，之所以取这个名，只是因为形似而已。这道点心起源于香港，港人在面包上加上黄油、砂糖、猪油、蛋液和牛奶混合而成的液体，焙制之后，表面形成一层金黄香甜的脆皮，咬上一口，满嘴都是浓郁的黄油香味。如果从中间切开，加一块厚厚的冰牛油，就变成了菠萝油，造型像海豚咬着自己可爱的舌头，羞涩呆萌，半溶化的牛油，有着冰激凌般的口感，一试难忘。

金黄诱人的西多士，也深受港人的青睐。西多士全称"法兰西多士"，制作时，将吐司面包把方包切片，去皮，以花生酱夹心，蘸上蛋液，再用牛油煎香，外皮香脆，内部松软。西多士最初是无馅的，后来，经过改良，加入了流心，最常见的有奶黄流沙和香芋流沙两种，相对而言，我个人比较喜欢香芋流沙，如丝般柔滑，吃完之后，唇齿留香，心神荡漾。

还有一些点心是中西合璧的，比如，我在佛山一间茶楼吃过一道点心，叫"初恋的感觉"。初恋是什么感觉？每个人都有不同的体会。但是，这道点心确实可以勾起你的回忆。初咬一口，冰凉、柔软，如同初吻一般清凉。再咬下去，满口都是红豆沙的香味，最后是蛋糕的馨香，甜蜜的感觉，就像往事一样，在心间荡漾。店主告诉我，这道点心是限量供应的，每人只能点一块，因为每个人的初恋只有一次嘛。

粥　品

或许是夏长冬短，气候炎热的缘故，广府人偏爱喝粥，对粥有一种特殊的情感。有一些广州的粥粉面店的伙计，甚至把饭亲切地叫做"靓仔"，把粥叫做"靓女"。

广府地区的粥，和我们理解的粥不太一样，我们平常所说的粥，在广府人眼中只是粥底而已，就像是国画家所用的宣纸一样。在我们老家，一般不会把粥熬得太稠，米一弯腰便会关火，但广府地区的粥，一直要熬到米粒开花，米水融洽，柔腻如一。因为，绵滑香滑的粥底比清水更容易吸收食材的鲜味，更能让舌尖持久愉悦。

在广府地区，粥品大致可分两类：一类是明火白粥，一种是斋粥。

明火白粥，要加白果和腐竹，它的历史相当久远。相传，明朝末年，广州西关有个小伙子，隔壁住着孤寡老人，老人很穷，生了病，也没有钱，小伙子看了心疼，便找了一些白果煲粥给他吃，没想到，老人吃过之后食欲大振，病好了许多，后来，老人又顺手放入腐竹同煲，味道更好。再后来，小伙子便做起了卖粥的生意，并为此粥取名"明火白粥"。

斋粥，其实一点也不斋，恰恰相反，粥中的食材之丰富几乎到了瞠目结舌的程度。小小一碗斋粥，尽显了广府人"能容善纳"的特点，而将这些集结了丰富食材的粥称为斋粥，又体现了广府人的低调朴实。

我想，在所有的粥品中，没有哪一种粥，比艇仔粥更能引发广府人的乡愁，更能怀想起老广州的旧时光了。"艇仔"就是小舟的意思，旧时，广州荔湾风光宜人，文人雅士经常相聚于此，有人从中发现了商机，撑着艇仔卖粥，故称为"荔湾艇仔粥"，艇上插着黄旗，十分醒目。艇仔粥其用料匠心独具，粥底用鱼骨熬制，小虾、鱼片、葱花、蛋丝、海蜇、花生仁、炸鱿鱼丝、浮皮、油条屑等，丰富的食材，在一只小小的鸡公碗中，浓香四溢，鲜虾的爽脆、蛋丝的连绵、花生仁的香脆，油条的蓬松，鱿鱼丝的韧劲⋯⋯不断切换的口感，给牙齿带来了不同的旋律，粥底集众味之长，变得鲜美甘香，滑过喉间，周身舒泰。卖粥歌云："艇仔粥，艇仔粥，爽口清香唔使焗，一毫几分有一碗，好味食到耳仔郁。"一碗艇仔粥，可以让幸福在胃里升腾，别说是舌尖，就连耳朵都会兴奋起来。

状元及第粥，也是颇有盛名的。相传，古代有一书生落难，得人施舍一碗粥，内放有各式内脏等厨房杂碎。后来，书生高中状元及第，故以"及第"命名此粥。其原料包括肉丸、猪粉肠、猪润与猪腰，粥底鲜腴，粉肠爽脆，猪润与猪腰滑嫩无比，喝上一碗，鲜香润口，周身爽利。

广州最出名的状元及第粥是伍湛记，店主伍湛是顺德人，他脑子灵活，很会选地方，初创时，将店开在当时的广州四大酒家之一——文园酒家旁，浓郁的香味吸引了众多路过的食客，其粥底以瑶柱、腐竹、猪骨等原料精心熬制，鲜味不绝如缕。如今，高考前夜，家长都会带孩子吃上一碗，希望自己的孩子都能金榜题名。

　　不知不觉，我在岭南已经生活了整整十八年，这里几乎什么都好，唯一不好的是容易上火，上了火，除了去喝苦如胆汁的凉茶，其实，还有很多方法，比如在粥里放几片牛乳，就可以清火，如果受不了牛乳的咸腥，还可以喝几碗美味的咸猪骨粥，在这里，咸猪骨粥有着"下火神器"的美誉。

　　记得有一天深夜，我冲完凉，正准备上床睡觉，接到一个朋友的电话，约我去广州番禺的一家大排档吃咸猪骨粥。开了大半个小时，车终于到达这家人气爆棚的深夜食堂，一下车，我被眼前的一幕就惊呆了——屋里屋外，早已人满为患，大家有说有笑，热闹得好像趁墟一样。我心里嘀咕，到底什么样的极品美味，值得大家在深夜时分这样趋之若鹜呢？见我有些大惊小怪，朋友咧嘴一笑，折身从车尾厢取出了提前预备好的桌椅，让我更为震惊的是，有些人不仅带了桌椅，还自带了工夫茶具，边喝边等。我便开玩笑说："看来下次可以带张折叠床来，一边睡觉一边等！"

　　事实证明，等待是值得的，烧骨粥果然鲜美，非同凡响，它的鲜美主要来自龙骨和菜干，龙骨上的肉虽不多，但格外鲜嫩，经过木炭烤制，又增添了一份迷人的焦香，菜干带着浓郁的清香和阳光的甜味，粥水绵密，咸鲜甘醇，口口含香。只是龙骨烧制以后煮粥，怎么就会下火呢？这个问题，我怎么也想不明白。岭南人有很多代代相传的生活经验，外地人是很难明白的。

　　中山沙溪和开平两地最为盛行的是鲫鱼粥，鲫鱼多骨，但越多骨的鱼肉质就越鲜甜，细心的厨师们便将鱼骨完全剔除，让食客无后顾之忧。鲫鱼不是煮熟的，而是关火后用余温烫熟的，鱼肉雪白，滑嫩清香，白粥浓稠顺滑，鲜甜可口。

中山沙溪还喜欢用蕉蕾煮粥，粥中还可加鸡丝，或鱼蓉。所谓蕉蕾，指的是大蕉的花蕾，它有润肠功能，不过，新摘下来时有一股涩味，制作时要先去掉外层的壳和花蕊，只用中间的部分，切丝，用盐水浸泡，挤干水分，反反复复，去除涩味。下米煮粥，烧开后加入蕉蕾丝及红枣丝、元贝、发菜一起烧开，文火煮到粥软烂适中，蕉蕾口感独特，脆嫩黏滑，粥色奶白，幽香阵阵，真是令人难忘。

东莞的茅根粥，在米中加入茅根、玉竹、马蹄、黄豆等材料一起熬制成粥，分外清甜，清香四溢。

惠阳东升岛上的渔民，喜吃海鲜粥，先准备好一锅粥，然后开始煮花蟹，在水中加姜丝和少许的盐，将九节虾开片，在蟹将熟未熟时加入，虾刚一变色，加入花甲肉，紧接着，将粥倒入其中，煮开后立刻关火，因为食材新鲜、火候掌握得好，粥水分外清甜，令人永生难忘。

正所谓，十里不同音，百里不同俗。生活在雷州半岛的徐闻人爱吃羊，除了全羊宴之外，还有羊三味，羊粥、羊羹和羊骨汤。这里的羊膻味小，味道鲜美，适合做粥，制作时，先把羊肉、羊骨加水熬煮，煮出羊汤，将米放入羊汤之中，炖得稀烂、嫩滑，只有浓香，完全没有膻味。

羊汤的确是很滋补的东西，我的小姑妈小时候营养不良，手细得跟麻秆一样，整天坐在门槛上，耷拉着脑袋，两眼无神，好像一只病猫，大家都以为她肯定要夭折了。后来，隔壁来了一个邻居，是杀羊为生的，每天会端一大碗羊汤给她喝，喝了一段时间，她的脸上竟然开始泛起了红光。

岭南地区，粥的品种甚多，实在难以一一列举，在这里，粥除了美味之外，还有食疗的作用。正如《南粤粥疗歌》所写："要想皮肤好，粥里加红枣。若要不失眠，煮粥添白莲。心虚气不足，粥加桂圆肉。消暑解热毒，常食绿豆粥。乌发又补肾，粥加核桃仁。梦多又健忘，粥里加蛋黄。"

米　粉

岭南人以米为主食，当地人爱喝粥，也中意由靓米制作的米粉，最常见的是陈村粉、沙河粉和濑粉。

我家住在顺德北滘，与陈村仅一河之隔，每次有外地的客人到访，我总会带他们去黄但记试一试最正宗的陈村粉。

明清以降，顺德陈村是珠江水系东江、西江、北江重要的航运贸易枢纽，曾是广东"四大名镇"之一，最风光的时候，"陈村谷埠"影响着广州米市涨跌。正由于这得天独厚的优势，一九二七年，陈村人黄但创制了一种薄、爽、滑、软的粉，后来被人称为"陈村粉"。

米好，粉才有可能好。黄但记陈村粉选用糯性适中的早籼米，屈大均在《广东新语》对籼米赞赏有加，称其"气味清芬，性温无毒，最可以和脾养胃。"

"薄如蝉翼、纯白若雪"，是陈村粉的最大特点，为保证口感，这家百年老店仍坚持纯手工制作，将米陈化半年以上，反复搓洗，去除米皮，用青石磨慢慢磨出米浆。招牌清拌粉是最传统的吃法，切成幼条状，配以炒香的芝麻、酸姜丝及秘制的酱汁，每一口都能品尝到米的纯真清香。近几年，小店已扩张成了大酒楼，样式也增加了不少，竟然还有酸菜鱼。吃完酸菜鱼，我觉得还不过瘾，又在鱼汤中加入了一份斋粉，低调的粉充分吸收酸菜的鲜味，带一点微微的辣，口感十分出众。此外，XO酱陈村粉、牛腩捞陈村粉、煎酿陈村粉，也都是很好吃的。在香港厨师手中，陈村粉更是衍生出许多奇妙搭配，曾被评为亚洲最佳餐厅的香港大班楼，店里的招牌菜就是鸡油花雕蒸花蟹配陈村粉，在花蟹的加持之下，陈村粉鲜美无比，食客们无不啧啧称奇。

沙河粉，起源于广州沙河，一般用储存半年左右的开平的晚造米，保证足够的硬度，制作时，采用帽峰山的山泉水，米浆倒入竹窝篮后，旋即将竹窝篮半立，任其自然流淌，如同高山流水，故称"泼浆"。待浆水厚薄均匀地覆盖竹窝篮后，蒸制四五分钟，香滑可口，弹性十足。

炒牛河，用沙河粉是最佳的选择，可分干湿两种炒法，我相对喜欢湿炒，先将牛肉滑油至七成熟，捞起备用，锅中加银芽和河粉，猛火快炒，最后与牛肉胜利会师，厨师们讲究"生葱熟蒜，半命韭黄"，临出锅前，方才加入韭黄和葱。炒牛河镬气十足，香口的猪油仿佛点亮了每一根粉条，放到嘴边，轻轻一吸，便乖乖地游入了口中。香港人也甚爱牛河，何洪记的干炒牛河，河粉香弹，牛肉滑嫩，吃完之后，碟中没有余油，被蔡澜誉为"全港第一牛河"。

如果你觉得炒牛河稍显油腻，也可以选择濑粉。濑粉是汤粉的一种,"濑"字很生动、形象,取义于"水从细沙上流过"。这道小吃的意头也很好,有着长长久久、如意吉祥的寓意,润滑爽口而有弹性,非常可口。

在广东,濑粉比较出名的地方有 —— 佛山高明、东莞厚街、中山三乡、广州西关和恩平牛江。濑粉从选料到制作,工序颇为复杂,简单来说,用米粉团放入架在沸水大锅上的濑粉木槽中挤压;这样,木孔中就"濑"出又长又韧又爽又滑的粉条。濑粉条煮熟之后就把它捞起来放进冷水里"过冷河",这样可以使濑粉口感更佳。

高明濑粉是一道以晒干的粘米粉为原料,晚造的合水黄谷米,辅以葱、姜、蒜、花生、头菜丝、鸡蛋丝,再配以肉丝或煎香的鱼饼丝为配料,东莞最出名的烧鹅濑,深圳大鹏的人喜欢在濑粉中加入海鲜。香港人也爱吃烧鹅濑粉,他们认为濑粉与烧鹅是最佳拍档。镛记鹅濑是餐饮名店镛记酒家的当家菜,以鲜甜浓美而著称。

湛江人最爱吃的早餐是海鲜捞粉,虾、花甲、鱿鱼、扇贝,各式的小海鲜堆成了尖,米粉埋伏在下面,贪婪地吮吸着卤汁,鲜美爽滑。每天早上,店里坐满了人,大家埋着头,嘴里嗦嗦有声,脸上荡漾着平和、幸福的微笑。

除此之外,还有一些极富地方特色的粉,比如,德庆的竹篙粉口感显著区别于普通河粉,且需籍竹篙挂晾制作,芡汁独特,爽口柔韧,米香味十分浓郁。当地人告诉我,用放置一两年的陈米来制作,口感更佳。怀集岗坪切粉,始于一千多年前的宋代,在岗坪镇睦渊、地灵等几个村落中尤为盛行,切粉韧劲较好、爽口、米香味浓,甚为有名。

一是米好，一是水好，村中有两方古井，数百年来，无论是下大雨，还是洪水漫进井里，井水依然保持着清澈如常，用这里的井水制作出来的切粉特别清甜爽口。英德的青塘切粉，香滑爽口，筋道十足，可煮可炒，皆是美味。

同样是米粉，恩平人最喜欢的是狗尾仔。狗尾仔的名字听起来很可爱，其实它与狗并没有什么关系，只是两头尖中间粗、形似狗尾巴的粉条，夹起一根，微微发颤，确实像小狗在摆动着尾巴撒娇。这是恩平人家的传统美食，制作时，把木薯粉与面粉、糯米粉按比例混合搓成粉团后，以人手把它逐条搓成两头尖中间粗，晶莹透亮，爽口弹牙，不管是清炒还是煮汤，味道都十分地鲜美。这是一道充满浓郁亲情的小食，出嫁的女儿回娘家，总会帮母亲一起制作，让这道寻常的食物，有了绵绵不绝的温暖情意。狗尾仔的做法甚多，我吃过一次炒狗尾仔，口感香韧，像卤过的肉皮。

珠海斗门早餐喜欢吃虾米糍，是一种以虾米为辅料的"千层糕"，虾需选用沙虾，灼熟晒干，香味悠长，一层层雪白的米粉层叠，将虾米和葱粒缀于其上，鲜香十足，嫩滑爽口。

云吞面

如果不是考古发现，我们或许很难想到，中国人吃面条的历史，竟然已经有四千多年了。有意思的是，古人称面条为"饭"，将而大米、小米做的饭则叫做"米饭"。南人食米，北人食面，米能养脾，麦能补心，各有裨益，皆是平淡长情之物。

和米粉相比，在岭南地区，面的受众略少一些。清人屈大均在《广东新语》中曾说："广人以面性热，不以为饭。"面要想和米粉争宠，征服口味奄尖的广东人，必须发愤图强，脱胎换骨。正因为如此，岭南地区的面食，不管是制作的工艺，还是口感，都与其他地方大为不同，其中，最有代表性的当数云吞面了。

在我的江苏老家，最常见的面是大排面，深酱色大排盖在面上，好像盖了一床厚厚的被子，面条是原汁原味的，里面很少加碱。刚来广东那几年，我一直不太习惯碱水的味道，对云吞面始终敬而远之，真正爱上它，还要感谢我的大女儿。

大女儿似乎继承了我好吃的基因，记得她读幼儿园时，学校对面有一家叫应记的面馆，面馆是老字号，始创于一九三六年，店里的"皇牌应记云吞面"曾获"中华名小吃"的称号。每天放学，大女儿总会坏坏一笑，问我："爸爸，你肚子饿吗？"我知道，这个贪嘴的小家伙又想吃鲜虾云吞面了。

鲜虾云吞面是岭南地区特有的吃法，云吞在我们老家叫馄饨，在四川叫抄手，广东人因其形似闲云，一口可以吞下一个，故名"云吞"。据专家们考证，云吞面最早出现在清末民初的广州西关一带，是同治年间从湖南传入。一位湖南人在广州双门底开了一家三楚面馆，就有云吞面售卖。最早的是"净肉云吞"，后来才加入了大大的虾仁，升级成了"鲜虾云吞"。

女儿口刁，对面并没有什么兴趣，只对大只的鲜虾云吞感兴趣，所以，每次都是她吃云吞，我吃面。我说云吞很美，净如秋云。她一个幼儿园的小屁孩哪里听得懂，马上撇了撇嘴说："我觉得，云吞很可爱，拖着长长的尾巴，好像一条条胖乎乎的金鱼。"

面可不是一般的面，而是筋道十足的竹升面，金黄，有蛋香，看上去很像是一把牛皮筋，为了让面条更加柔软爽滑有弹性，制作工艺很特别，在中间放入鸭蛋，不加水，然后将面团放在竹竿下压制，广东人因"竿"音不吉利而改称"升"，制面的伙计坐在长长的竹杠上弹跳，像马戏团的小丑一样惹人喜爱。一两小时后，那面便已薄如纸张，弹性十足，粤语称之为"烟韧"。这时的面条还不能直接食用，还需要走碱，这个环节特别讲求经验，因为走碱的时间，并不是一成不变的，与季节、气温等均密切相关。

煮云吞的水一定要大滚，像奔跑的马群，俗称"跑马水"，因为在最短的时间里煮成，鲜味才能最大限度地保留。起锅后，在碗中撒入韭黄，又美观，又惹味，吃的时候，虾肉爽口弹牙，鲜美的汁液在舌尖爆开，那种清爽的感觉，仿佛漫步于雨后的森林。

常言道："吃面靠汤。"云吞面，是特别讲究汤头的，要求汤清味浓。面汤由鸡、猪骨、大地鱼、虾皮、瑶柱清炖而成，澄透清澈、浓郁鲜美。大地鱼被称为"云吞面"的灵魂，晒干后的大地鱼像生锈的铁片，用炭火烤香，逼出油脂，再磨成粉，入汤熬煮，汤色浅金，汤汁特别鲜甜、醇厚。

除了佛山的应记云吞，广州的吴财记云吞面，也甚出名。顺德碧江珠记云吞面，虽是一家不起眼的小店，却一直秉承传统，一丝不苟，其制作的面条和云吞皮均可点燃，店里的炸云吞，酥香脆口，好像在吃蛋卷一样。

香港人也很爱吃云吞面，几乎每家茶餐厅都有出售。有一回，我在湾仔一家茶餐厅见到伙计包云吞，动作干脆利落，宛如行云流水。他一边和我闲聊，一边包，速度一点也没有放慢，不一会儿，就包出了一大盘，像变戏法一样。

香港和澳门的云吞面都是由广州传过去的。二十世纪二十年代在广州西关创立"池记云吞面档"的麦焕池，人称"广州云吞面大王"，其时的广州《前锋日报》有诗赞曰："池记云吞面有名，此我不独响羊城。澳门香港皆称赞，马路渠边亦有兴。档口规模唯一担，价钱比率用三成。汽车贵客如流水，夜夜奔来共食清。"一九三八年十月，日军占领广州，为避战火，麦焕池举家搬往香港，其制作技艺便在香港开枝散叶，他也被称为"云吞面鼻祖"。香港首家摘得米其林一星的云吞店——何洪记云吞面，创始人就是麦焕池的入室弟子，多年以来，何洪记一直坚持"人手做面"，料足味鲜，声名远扬。

"一勺鲜汤、半寸韭黄、四粒云吞九钱面线"，相较于内地，香港的云吞面份料足实，虾肉也更新鲜。香港人师古不泥古，破法不悖法，有几家的云吞面的汤头十分特别，永华面家的汤头是以鲨鱼骨熬制而成，沾仔记则最有名的是乒乓云吞，熬汤时，会加入适量的罗汉果，使汤头更加清甜，味道更加出众。澳门的六记粥面，面汤是用猪骨、鸡肉、鱼干、虾米、党参等多种材料熬制，有隐约的奶香味，店里的虾子面，口感惊艳，尤其为人称道。

糕饼岂是寻常物

在我们暂居的人世间，有一些食物，仅仅只是食物，还有一些，会和往日的时光交织，成为我们记忆的一部分、生命的一部分。人到中年，容易滋生怀旧的情绪，想念儿时的食物。奇怪的是，那些曾经让我大快朵颐的宴席似乎没有留下太多的印象，念念不忘的反倒是那些不起眼的零嘴小食。

我出生的小镇，是一个普通的江南小镇，简陋、破败，只有一条狭窄的老街，但和很多小镇一样，镇上也有几间年代久远、光线昏暗的杂货店，对童年的我来说，它们几乎是天堂般的存在。那时候，我最大的理想，并不是当什么作家，而是当一名杂货店老板，想吃什么就吃什么，还不用掏钱，世界上还有比这幸福的事吗？！

为了吃，我曾经干过不少傻事。四岁的时候，曾偷过父亲五块钱，跑到杂货店一口气买了几十个"牛鼻头"，这是一种由面粉油炸而成的糕点，因形似牛的鼻子而得名。多年以后，我回乡探亲，在一家超市见到有牛鼻头出售，惊喜不已，买上一斤，迫不及待地吃起来，一入口，立刻失望了，它早已不是记忆中的那个味道，不知是它变了，还是我变了，又或者我们都变了。这种"物是人非"的无奈，是一个人进入中年以后经常要体会的。

还有一件小事令我印象格外深刻，大概是小学三四年级的样子，我在镇上晃荡，遇到一个老太太，她是我外婆的亲戚，具体是什么亲戚，到现在我也没搞清楚。她见到我，像见到自己的亲孙子似的，拉着我去杂货店买了两块枣泥麻饼。我揣着两块饼，往好朋友家走去，他是个很可怜的人，三岁的时候，母亲就去世了，营养不良，瘦小羸弱，常被班里的同学欺负，我常常帮他出头。走到半路，我肚子饿了，像小猪一样嗷嗷直叫，手下意识地伸进裤兜，取出饼来，原本只想闻一闻，可那饼实在太香了，我忍不住咬了一口，没想到一吃就再也停不下来，很快干掉了一块。我告诉自己，另一块一定要留下来，可终究还是没有忍住。

最幸福的时光还是去外婆家，每次去，外婆都会变戏法似的拿出几块桃酥来给我吃，那是她一直留着舍不得吃的。桃酥的外面总是包着薄薄的桃红色油纸，放得时间久了，油已经沁入纸上，吃完饼，我意犹未尽，还会将上面的油舔得干干净净……在我的心目中，糕饼绝非寻常之物，它是一种被人宠爱的幸福感觉。

"谷食之有糕饼，犹肉食之脯脍"，糕饼，的确有着无与伦比的魅力，是每个孩子最甜美的童年味道。广东地区，饼食甚多，最有名的当数杏仁饼、盲公饼、鸡仔饼和西樵大饼，当地人称之为"四大名饼"。

对于杏仁，我有特殊的偏爱。记得从五岁开始，我有了人生的第一份兼职——给父亲跑腿，买"大前门"香烟。这是一天中最开心的时刻，我总像小鹿一样，一跳一跳地跑到镇上。杂货店的柜台很高，我个子很矮，踮起脚尖才能勉强够到。跑腿当然不能白跑，要收一毛钱的跑腿费。那一毛钱，我总会用来买杏仁酥，薄薄一块，小口小口地抿着，走到家里，刚好吃完，满嘴都是愉快的香甜。

中山是杏仁饼的诞生地，因其有淡淡的杏仁味而得名。它是由兴宁里萧友柏的妾侍林大姑指导女佣潘雁湘创制。潘雁湘是一位来自顺德的自梳女，她曾跟糕点师傅做帮工，后到萧家帮佣。后来，中山石岐易味庐饼家、咀香园开始大规模生产此饼，一九三一年，易味庐杏仁饼创始人去世，饼家因后继无人而结业，咀香园杏仁饼一家独大，发展至今。

杏仁饼经烘烤后，金黄带绿，饼味甘香、松化可口、冰肉爽而不腻。据说，饼不能压得太实，如果太实，香味和口感都会略逊一筹。杏仁饼中原本是没有杏仁肉的，后来逐渐流传到澳门等地区，得到改良，加入了大颗的杏仁肉，称为"杏仁肉心杏仁饼"，每次吃到的杏仁肉时候，我就像得到了一份神秘的礼物，欣喜不已。香港的陈意斋有一款原粒杏仁饼，每件都有四颗完整的杏仁，吃起来让人满足，简直像漂浮在杏仁的海洋之上。

佛山的盲公饼，始创于清嘉庆年间，甘香酥脆，齿颊留香，咬上一口，花生和芝麻的浓香，便如秋云一样在舌尖自由舒展。第一次品尝，我就甚为喜欢，一连吃了三块以后，我开始好奇起来，为什么要取这样一个怪异的名字呢？难道真是盲人所创吗？后来才渐渐知道了它的来历，相传当时佛山的鹤园街教善坊有一个人叫何声朝，他是个可怜人，八岁时由于家贫患病，无钱医治，以至于双目失明。后来，他开设一间"乾乾堂"卜易馆，占卦算命，远近前来问卜的妇人常有携带孩童，喧闹不止。何声朝的长子脑子活络，他以饭焦干研磨成粉，拌以油、糖、花生、芝麻等材料，炭火烘烤成饼，卖给问卜者以饵孩童。这个饼原本没有名字，买饼的人顺口称其为"盲公饼"，叫得久了，主人也就顺水推舟，正式打出了"盲公饼"的招牌。

很多酒楼在上菜之前，怕客人等得心焦，总会先上一碟餐前小食，让客人垫一垫肚子，其中，最为常见的是鸡仔饼。

"老乡老乡，几时出省城？省城最有名，成珠鸡仔饼，你去省城最紧要买鸡仔饼。"这是许多老广儿时经常在电台听到的一段广告。鸡仔饼，原名"小凤饼"，因形似雏鸡而得名。据说，是由顺德女工小凤所创。

小凤的主人叫伍紫垣，乃成珠茶楼的老板，有一天伍紫垣接待外地来的客人，主厨刚巧不在，便让小凤去做一道广东的特色点心给客人食用。小凤是个古灵精怪的姑娘，她突发奇想，将梅菜干和五仁馅料一起搓碎，加上用糖腌过的肥肉，配以上精盐和各种香料，做成饼，放进炉内烤烘。饼被烤制得金黄油亮，其味道曲折深幽，仿佛走进一座树木掩映、移步换景的园林。客人们从未吃过此物，大为赞叹，赞叹之余，又问这个饼叫什么名，伍紫垣随口说这是"小凤饼"。

小凤饼成为一代名饼是在此后半个世纪的事了。当时，成珠茶楼因中秋月饼滞销，制饼师傅突然想到把制月饼的原料按小凤饼的方法制作，竟然大受欢迎。鸡仔饼用料不下十种，糖的重量占了三成，加上少量精盐、胡椒粉和五香粉，又掺和冰肉和榄仁，使饼身脆化，咸中带甜，松、香、酥、肥，著名书画家麦华三曾专门赋诗称："酥脆甘香何所从，品茶细嚼似珍馐。"

我的大女儿甚爱此饼,她说:"鸡仔饼的味道,是变化无穷的,刚入口时,隐约有烤鸡皮的味道,每吃一口,都有浓郁的南乳味,吃完之后,还会有朱古力的焦香。"

和其他三大名饼相比,西樵大饼体形最大,造型朴素,古意盎然,据说,该饼相传为明朝吏部尚书方献夫所创,以佛山西樵官山圩的天园饼家出品最为正宗,该店所用的发酵种头,代代相传,至今已有两百多年历史了。

西樵大饼的饼身白中微黄,光滑细腻,摸上去富有弹性,像一个小女孩胖乎乎的脸蛋,入口松软,清香甜滑,上面有一层薄薄的白粉,很像柿饼表面的糖霜,诱人无比。西樵大饼形如满月,有花好月圆的意头,本地人嫁娶喜庆、省亲和逢年过节,都以此做礼品赠人。

在所有的饼食中,我最偏爱的是喜饼,我总觉得,它像一个古典素雅、不事张扬的女子,一颦一笑皆有万种风情。凡身边有亲朋好友嫁女儿,总会送来请帖和喜饼,而我总会像贪嘴的孩子一样迫不及待取而食之,一来是沾点喜气,二来这喜饼油酥松软,委实好吃,尤其是里面的原只橘色鸭蛋黄,诱人至极,吃上一口,香味便环唇绕齿,经久不散。

喜饼,又叫嫁女饼、绫酥喜饼,结婚派送嫁女饼,是广府地区的传统。为什么叫绫酥呢?因为,绫罗绸缎是古代贵族的四款华贵衣料,其中又以"绫"最为名贵,以此为名,寓意荣华富贵。

绫酥又分为黄、白、红、橙四种,各有意头。黄绫以豆蓉做馅,寓意贵族和皇气;白绫以爽糖或五仁做馅,代表了女方的贞洁,也有百年好合、白头偕老的意思；红绫最讲究也最贵，以莲蓉做馅，也有用冬蓉的，寓意喜庆的气氛；橙绫则以豆沙或椰丝做馅，寓意小两口今后生活金灿灿。以广州的陶陶居、莲香楼和赞记最为出名。据老人家讲，喜饼是送给亲朋好友的，新娘自己不能吃，否则会吃掉自己的福气。

惠州地区有一种糕点，叫敛糕，也是我特别喜欢的，一来是它古朴本真的样子，二来是它比其他的糕点蕴含着更深沉的情感，可以说，惠州人的一生都离不开它，从出生、婚仪、寿诞乃至丧事，都有它的身影。喜事要蒸红敛糕，丧事蒸白敛糕，如果作为做满月送礼用的，则要在每只敛糕表面的中间处，用红花粉盖上一朵可爱的小红花。一个小小的敛糕，见证着欢笑，也见证着悲伤。在白敛糕里，我们品尝到对逝去亲人的悲伤与怀念，也品尝到对生命的喜悦，对幸福的期盼。我不知道，敛糕是如何得名的，但"敛"有收拢的意思，或许，在亲人离去时，要将悲伤节制，当喜事临门时，则希望这样美好的时刻永不消逝。刚出炉的敛糕松软甜韧，放凉后则比较清甜，有糯米的柔韧和黏米的爽口。夏天时节，用敛糕干煲糖水，清凉又解渴，也是一种不错的小吃。

云片糕是深圳地区传统小食，因其色白、薄片、呈长条形，又被称为"纸牌糕"。这道小食，历史久远，据《宝安县志》称，清光绪二十七年，福田人黄果等制成中外闻名的深圳云片糕正式投产。坊间曾有诗赞曰："此糕送与蟠桃会，神仙取糕不取桃。"

最传统的云片糕需用咸淡水交界的糯米制作而成，工艺繁复，其外观雪白，薄如书页，又因糖油充足，可以用火点燃。此外，还有玫瑰云片糕，带着淡淡的玫瑰香味。想当年，许多华侨同胞一下火车就会买深圳云片糕，在小小的云片糕里寻找久违的乡愁。

除了这些名饼之外，还有顺德大良硼砂，形态甚美，似金黄色蝴蝶，因顺德俗称蝴蝶为"硼砂"，故名。硼砂甘香酥化，咸甜适度，饼中加入了南乳，醇厚的香味，能在口中持久回荡。

中山小榄出产荼薇蛋卷。荼薇又称荼蘼，此花在广东多有种植，屈大均《广东新语》云："广人多种荼蘼，动以亩计，其花喜烈日，当午浇灌则大茂……以甑蒸之取露，或取其瓣拌糖霜，暴之兼旬，以为粉果心馅，名荼蘼角，甚甘馨可嗜，然犹以大西洋所出者为美。"

荼薇蛋卷是以鸡蛋浆烘干为皮，荼薇花瓣、配以椰蓉、白砂糖为馅，经特定工艺精制而成，既有浓郁的椰子和鲜蛋的香味，又有浓郁的荼薇花香，入口时无比酥脆，牙齿轻轻一碰，它就乖乖缴械投降了。

香港人也爱吃蛋卷，这里出产的蜂巢蛋卷，加入了法国天然牛油，香味比其他地方的更加浓郁。除了嫩黄色的原味蛋卷，还有朱古力、椰汁、咖啡、榴梿等口味，甚至还会加入黑松露。

钜记饼家是澳门最负盛名的手信店之一，老板梁灿光的创业故事颇富传奇色彩，他起初只是一个路边小贩，每天推着车仔卖花生糖和姜糖。一九九七年，梁灿光不顾家人反对，将自己仅有的两处房产抵押，创立钜记饼家。起初，生意十分清淡，但他坚信，只要能撑到澳门回归的那一天，就能咸鱼翻身。一九九九年十二月二十日，澳门回归祖国，内地游客猛增，他的生意果然如火如荼，如今已开设了二十多家分店。店里的出品种类繁多,仅杏仁饼,就有原粒、蛋黄、肉心蛋黄、蛋黄肉松、黑芝麻、肉心、肉松、海盐和棋子饼多个品种,不过,我最喜欢的是紫菜肉松蛋卷。在蛋卷上包裹紫菜,或许是从日本的寿司中偶然得到的灵感。面粉中加入了鸡蛋、奶油和黄油,薄薄的一片紫菜,堪称神来之笔,不仅为蛋卷增添了轻盈的脆感,还与肉松里应外合,形成了一种鲜美的"和声",吃上一根,香脆鲜甜,心情无比舒爽,感觉整个天空都像在朝你微笑。

美食深处是故乡

对于一般的食物，贪吃那叫馋，而对于故乡的食物，贪吃便是一种深情了。食物有原产地，我们的味觉也是有原产地的。每个人心中，都有几样至爱的小吃，它们早已超越了食物本身，成了故乡的化身。

萝卜牛腩是广州的传统小吃，它的历史可以追溯到唐代，最早诞生在光塔寺附近。牛腩并非一次煮制而成，一锅上好的牛腩，至少要经过三道煮制，第一次是去除血水，第二次是加香料卤制，这时的牛腩，还不够入味，需浸制一夜，让肉汁尽情地吸收卤汁，再次煮沸后，才算大功告成。

牛腩只是一个统称，如果进一步细分，又可以分为崩沙腩、爽腩和坑腩，我最喜欢的是爽腩，软糯弹牙，回味无穷。香港中环的九记牛腩非常出名，牛腩都是大块的，麻将般大小，吃起来，让人觉得满足。香港人喜欢放咖喱，我却还是喜欢原汁原味。

除了牛腩，岭南人也很爱吃牛杂，这原本是有钱人才有的高级享受，现在却早已成为一道平民美食。牛脆骨、瘦肠、肥肠、牛腩、牛髀、牛筋、牛肚、牛膜、牛心……不同的部位，有着不同的口感，或爽脆，或弹韧，或软烂，在口腔中形成完美的交响，让牙齿充满意外的惊喜。

香港人最爱的街头小吃是咖喱鱼丸，色泽金黄，鲜美弹牙，用竹扦穿成一串，边走边吃。每次去香港，我都会去陈意斋买虾子扎蹄。陈意斋是一家百年老店，一九二七年创建于佛山，后迁至香港，一直延续着老佛山的味道。所谓虾子扎蹄，就是将虾子包裹在腐竹卷里。做的时候摊开一张腐皮，放上虾子层层折好，然后用绳子扎起来上锅蒸。腐竹卷很扎实，口感弹牙，虾子极鲜甜。

惠州有一道名为"阿嬷叫"的街头小吃，用料很简单，将白萝卜丝、虾米、肉粒和调好味料的面粉浆，用小网篓舀放进沸油锅中慢火煎炸，成小碗状，外酥内软，萝卜丝。油锅一开，浓郁的香味便会弥漫大半条街。关于它的起源，有好几种说法，其中有一个版本，我是最喜欢的，说是每当小贩开油锅时，总有一个小孩闻香而来，在旁边围观，久久不愿离去，小贩担心滚油溅伤小孩，便急中生智说："阿嬷叫你回去了！"孩子一听，信以为真，赶紧跑回家去。长此以往，这个名字就传开了。炸好的阿嬷叫，金黄酥脆，咬开时，咯吱一声，芳香扑鼻，尤其是萝卜，清香甘甜，最堪回味。冬日里，吃上一口热乎乎、油汪汪的阿嬷叫，温暖的感觉便会传遍周身。据说，回乡的游子们，都会叫上一份，因为吃了阿嬷叫，才是真正回家了。吃阿嬷叫的时候，我心里却升起了一份酸楚，仿佛听到逝去的奶奶唤着我的乳名，叫我回家。唉，人到中年，许多亲人都消失于时光深处，如果有阿嬷叫你回家，那是何等幸福的事情啊！

东莞的麻橺是一道裹着浓浓祖孙情的小食。旧时，过春节前，阿嬷总会制作炒米饼，小孩子嘴馋，鼻子尖，哪里有食物的香味，就会像穿山甲一样往哪里钻，他们围着阿嬷的膝盖转个不停，眼神楚楚可怜，阿嬷看了心疼，总会随手先做一些，给他们解馋。

梅州籍的游子最难割舍的小吃是腌面，想念家乡的时候，他们首先想到的就是那一碗喷香油亮的腌面。腌面的独特风味源自于独特的制作工艺，面不能煮得太烂，而且要尽量沥干水分。热锅起油，将蒜蓉炸至金黄色，当地人称之为"黄金蒜花"，先在面上加金黄色的蒜花，再撒上葱花，一勺猪油、半勺鱼露，搅拌均匀。吃腌面的时候，一般还会配上一碗三及第汤，汤中有猪肝、瘦肉、粉肠，食材新鲜，味道极好。著名音乐人陈小奇虽是潮汕人，但在梅县长大，几乎每天早上都吃腌面，他告诉我，梅县的腌面味道最正、最香。大埔腌面也很有特色，口感和梅县腌面略有差异，会加入肉末、豆芽和少许胡椒。

东莞中堂最出名的是槎滘鱼丝面，鱼丝面，细如丝，质地柔韧莹似玉；滚水下锅莲花漂，捞到碗里一窝香。之所以美味，是因为里面没有面，全都是鱼肉，鱼肉团压薄成片后，切成约十厘米的面条状、放进清开水中煮一两分钟捞起，另配好冬菇丝、韭黄、葱花等，加上用鲮鱼、鸡、猪骨头等熬成的汤。别说是吃，光是明艳动人的色彩，就十分惹人怜爱。

广州增城新塘人爱吃鱼包。鲮鱼肉做成的表皮包住馅料而成，造型奇美、皮薄馅靓、爽滑鲜嫩、口感极佳。一般是秋风起时至第二年三月为最佳品尝时间，因为这个时间的鲮鱼最为肥美鲜甜。

江门人喜欢吃虾饼，由生虾肉、葱、盐、花椒、甜酒脚少许，加水和面，香油灼透而成。色泽金黄，外脆里软，香鲜可口。

湛江的油炸虾饼和江门有所不同，米粉加葱花调糊，用小铁器盛装，加入完整的虾油炸，在金黄的饼身上，虾体形妩媚，如美人小憩，吃起来口感鲜弹，令人满足。

香港人喜欢吃虾糕，成品白如玉，绿如翠，清心悦目，咸鲜滑嫩，以香醋相佐，别具风味。

豆腐也常被做成美味的小吃。阳山人最喜欢吃豆腐润，一只简易的灶，放几根柴，铁锅里淋上猪油，在欢快的嗞嗞声中，雪白的豆腐被煎成金黄色，淋上调味汁便可食用。我的一位朋友，是一位小学校长，离开故乡已经二十多年了，最想念的就是这道小吃。

豆腐角是开平的风味小吃，据说脱胎于客家人的酿豆腐，尤以赤坎镇最为出名，制作时先将豆腐切成小方块，再在这些豆腐块中放上新鲜鱼腐，然后放至平底锅上热油煎炸，煎炸时应适时翻动，待至金黄色，撒上胡椒粉和葱花即可。豆腐角酥、滑、嫩、香，鱼肉的鲜香与豆腐的清香，口感甚好。最有名的是马仔豆腐角和关松豆腐角，如今仍沿袭传统，用柴火烹制。

开平人还喜欢吃钵仔糕，这道小吃据说首创于台山，盛行于开平，旧时，开平的华侨去北美寻找出路，坐船需历经数月，往往会带钵仔糕充饥。制作钵仔糕的原料有黄糖、粘米粉和澄面，放在一个瓦制的小钵中蒸制而成，吃的时候用竹扦穿起。东莞厚街的人也喜欢吃钵仔糕，他们称之为"坐底糕"。

簸箕炊，是粤西地区的一种传统小吃，因采用竹篾编制而成的簸箕为盛具而得名。选用湛江本地的油黏米，泡制一晚，磨成米浆之后，一层一层地蒸，蒸一层，涂一层土榨花生油，一共要蒸九层，吃的时候,切成菱形,铺生蒜,淋熟花生油和豉油,口感爽滑,富有弹性,米香满满。如果口味重的话,还可加上蒜蓉辣椒。

湛江人过节都会做木叶塔。有一次,我和一位湛江的朋友聊天,她告诉我,最念念不忘的家乡小吃就是木叶塔。木叶塔分为甜、咸两种,甜的最受欢迎,主要用料有糯米粉、粘米粉、花生仁、虾米、椰丝、芝麻、白糖、红糖等,均要旺火炒香,最特别的是在糯米团中加入了"田艾绒",用煮好的田艾绒和米粉搓成皮,捏成一个个扁圆体——俗称"饼婆",包入馅料,然后用大树菠萝的叶子夹住蒸制一个多小时,口感软糯,甜蜜中夹杂着清香,以遂溪杨柑豆坡墟出产最为有名。

雷州白粢是当地的名小吃,俗话说"一拜三元寺,二吃雷州白","雷州白"指的就是白粢,其制作方法是以优质糯米粉做皮,以白糖、椰丝、芝麻、猪肉末、冬瓜糖等配料为馅,香甜爽滑,令人垂涎。

饺俚糍,是南雄最常见的早餐,形似饺子,不过外皮是明黄色的,最传统的制作要用到一种黄金树的植物,它可以入药,有祛风祛痰的作用。将黄金树烧成灰,将白粘米在灰水中浸泡两小时,磨成浆并熬熟,压成圆形薄片,蒸熟以后,馅料隐约可见。因为制作工艺繁复,现在多用黄栀水取代。饺俚糍常见的馅料有酸菜、酸笋茄子、萝卜干三种,一般打十一道褶,也有打三道的,当地人形象地称之为"大耳朵"。

粉角,发源于广州,但在广州已难觅踪迹,反倒在英德大行其道,做法是用河粉皮包裹馅料,呈三角形,是他们最爱的早餐之一。英德还有一道叫菜包的小吃,用生糯米拌以冬菇、腊肉、虾米、鲜肉粒等,用猪婆菜或苉麦菜将其包裹起来，隔水蒸熟，吃时蘸上酱油，色如翡翠，味极香浓。

粉果是中山的传统名点，其中以造型别致的"金吒"为代表，"金吒"的外皮十分讲究，以澄面、生粉、水、猪油、精盐拌匀搓皮，再制成圆筒状。金吒的包制要求饱满而不实，形似榄核，摇有响声，而馅料就要求精细。一般以瘦肉、叉烧、冬菇、笋、鲜虾配以生抽、白糖、味粉、蚝油等调味品为馅料，最突出的特点是清香、肉鲜皮脆、味道鲜美。

在中山沙溪，还有一种风味独具的小食，叫三稔包。三稔是中山人对酸杨桃的俗称，是一种极酸的水果。三稔包就是用三稔做皮，将木瓜、生姜切成细丝，采用干草粉末、芝麻、白醋、片糖等作为配料，然后一起倒入锅中熬成糖胶，接着塞入三稔干，搓成橄榄形，晒至八成干，就可以食用。初入口酸酸甜甜，清香宜人；细细咀嚼，香脆柔辣的味道齐袭喉咙，如万箭齐发，随之整个口腔顿感清凉生津。

美食是记忆，更是浓得化不开的情感。当舌尖遇到熟悉的味道，身体便会立刻产生一种麻酥酥的感觉，故乡的阳光、故乡的云、故乡的亲人，一下子从记忆深处浮现起来。那种久别重逢的喜悦，甚至会让人热泪盈眶……

过节就要吃吃吃

小时候，在我眼里，过节是大事，是天底下最大的事，因为家家户户都会制作美食，给孩子们杀馋。我们家是村子里唯一的例外，父母总是很忙，除了春节和端午，其他节日一概视而不见。看到村子里的其他孩子炫耀各种节日的小食，我总是特别羡慕，即使是一只不起眼的油糍，也会让我口水泛滥，恨不得冲上去一把抢过来。或许正因为如此，当了父亲之后，我特别重视每一个传统节日，总会花大量时间制作美好的食物，在孩子们的舌尖品尝中国的传统文化。

春　节

岭南人过春节，是特别隆重的。

廿四"开油锅"，为迎接春节的到来，家家户户都支起油锅，制作煎堆、蛋散、油角和开口枣，街头巷尾到处弥漫着食物美好的香味儿。油锅里不绝如缕的"笑声"，如同一支《欢乐颂》。

煎堆的样子和我老家的麻团有几分相似，它最初起源于顺德龙江，用糯米粉做皮，炸至金黄，表皮匀布芝麻，馅料甘蜜味浓。"煎堆碌碌，金银满屋"，在煎制的过程中，它会越变越大，颜色由浅黄，变成深黄，最后变得金光灿灿，意头很好。我在顺德一家农家菜馆吃过最大的煎堆，比篮球还大，一上桌，大家兴奋不已，像孩子一样欢呼起来。

蛋散酥脆，因为配料有鸡蛋加上入口即化的特点，咬下去，立刻像散了架似的，故得其名，也正因为如此，广东人把胆小怕事的人称为"蛋散"。制作时在面粉中加入猪油、鸡蛋、南乳、盐，做成小蝴蝶结的形状，落油镬炸，油温是至关重要的，油温低，则油腻；油温高，则易焦，在油锅里，面像是伸懒腰一样慢慢膨胀，一直炸到浅黄，如同波罗蜜的果肉便可捞起。吃的时候蘸麦芽糖，一口下去，咔嚓作响，香气四溅，那一份美妙和满足，只有你亲自品尝过才能体会。香港有些酒楼的厨师，将雪碧和柠檬汁调入糖浆，为松脆甜美的蛋散增添了一丝妙不可言的酸，让甜味变得更加清新。

油角又叫角仔，金灿灿的，胖乎乎的，如小孩子的脚丫一般可爱，油角里面包着芝麻砂糖或豆沙、薯蓉，酥脆甘甜，寓意新的一年油润富足。

开口枣，历史久远，早在明朝之前就在民间出现了，有的地方叫"细煎堆"，也有的地方叫"开口笑"。开口枣酥脆蓬松，无比可口，吃完一个，满口余香，经久不散。制作时，在面粉中加入鸡蛋和糖，反复搓揉，外面裹上白芝麻，用油炸成，在油锅中翻滚，上端慢慢裂开，好像在开怀大笑。和蛋散一样，煎制时，油温不能太高，如果太高，面团开不了口，就成闭口枣了。

很多地方的人过年要蒸年糕，客家人过年，则会蒸甜粄，民间有"不蒸甜粄不过年""一块甜粄补天穿"的说法，甜粄味甜柔韧，清香扑鼻，寄托着他们对幸福生活的期待，过年走亲戚的时候，还要作为美好的礼物带上。

雷州人过年，要制作一种特别的年糕——机粽饼，原料有糯米、红枣、枸杞、芝麻、瓜子仁，最特别的是蛤蒌叶，有一股特殊的清香，吃起来咸甜相宜，软韧弹牙。

开平人过年，喜欢吃咸鸡笼，因由形状像小半圆的鸡笼而得名，馅料有虾米、花椒、葱粒、马蹄粒、叉烧粒、鸡蛋丝、萝卜粒、香芹粒、花生粒等十多种，需慢火油炸，成品为米白色，口感鲜美，酥而不硬，脆而不软。

中山人过年，喜欢做金钱圈，外圆内方，形似一枚铜钱，油炸过后，色泽金黄，因此得名金钱圈，吃起来香脆可口，轻轻一咬，就"咔嚓"一下在嘴里碎裂开来，留下满嘴的香甜。每年春节，定居香港、澳门的中山人都会争相购买，无论他们离开多少年，心里总惦记着老家的这道小食。

元　宵

春节的尽头是元宵，元宵节自然要吃汤圆。惠州有一道经典的小吃，叫鸡油汤圆，将鸡油用白糖腌制后裹进汤圆，金黄油亮，香甜怡人。

开平人喜欢咸汤圆，汤圆里不放馅料，但汤里原料丰富，白萝卜、鱼饼、大白菜、广味腊肠、瘦肉丁、葱等多种配料，撒一点胡椒粉，那种"甜、香、鲜、咸"的立体口味，别有一番滋味。

东莞人喜欢吃糖不甩,又叫如意果,因为糖浆黏稠,粘在上面的花生、芝麻不会被甩掉,所以叫"糖不甩"。它和汤圆几分相似,不过,它没有馅,也没有汤水,经过用加入了姜的糖浆烹炒后呈现出金黄色,由于在翻炒过程中糯米丸完全吸收了糖分,吃起来口感柔滑中带着软糯的筋道,糖的甜与姜的辛香完全渗入丸中与米香结合在一起,柔滑清甜。糖浆熬制是其中的关键所在,挂浆的糖不甩略呈焦黄,晶莹剔透,让人怦然心动。吃的时候,最好趁热,如果冷了,就会粘在一起,真的甩都甩不掉了。

在东莞东坑,"糖不甩"曾经事关男女的姻缘,旧时的人都比较含蓄,媒人带小伙去女方家,如果端上桌的是"糖不甩",说明女方看中了男方,如果煮打散鸡蛋的腐竹糖水,就说明这门亲事黄了。

"糖不甩"是一道意头很好的甜品。旧时,东莞横沥曾有这么一个习俗,闺女出嫁前,父母要亲手煮一碗糖不甩,相信父母在做这道甜品的时候,心绪必定是极其复杂的,有千般的不舍,也有万般的祝福。

清　明

清明前后,天朗气清,春和景明,我们老家的人要吃青团,客家人则要吃艾粄。艾粄有甜咸之分,相比之下,我更喜欢吃甜的,艾叶原本是苦涩的,在甜味温柔的进攻之下,涩味招架不住,节节败退,最终留下令人愉悦的清香,这是春天最迷人的体香。艾粄中的馅料有炒香的花生米、芝麻和糖粉,蒸好后呈墨绿色,刷上一层花生油,口感如年糕一般香韧,芬人齿颊,沁人肺腑。

客家人有句民间谚语叫:"清明前后吃艾糍,一年四季不生病。"这是有依据的,《本草纲目》中就有专门的记载,"艾叶味苦,性微温,灸百病。春季采嫩艾做菜食,或和面做如弹丸大小,每次吞服三五枚,再吃饭,治一切恶气。"

清明吃艾粄有各种传说,惠州的客家人认为,"冇食清明粄,唔好揽禾秆",意思是清明如果没有吃艾粄,到了秋天,收稻谷就没力气了。更好玩的是,东莞凤岗的客家人则传说吃艾粄可以防雷劈。除了艾粄,客家人还喜欢制作萝卜粄、刀切粄、仙人粄等。

十里不同风,百里不同俗,同样过清明节,恩平人会用烧饼拜山祭祖。

恩平烧饼又叫"恩平烧",源自明朝,已经有六百多年的历史了,主材料为糯米,经过烘烤的恩平烧饼散发着糯米的清香,加入黄糖或白糖,配以冰肉及芝麻;还有一种以豆沙或莲蓉为馅料,入口软滑的特点,夹着烧猪肉吃,更加甘香滋润。

恩平烧饼是许多人童年的美好记忆,因为从清代开始,当地清明节就有一个习俗叫"望山派饼",所谓"望山"就是看别人家拜山祭祖,当地人认为,望山的人越多,主人家就越兴旺。一轮仪式过后最后就是放鞭炮,鞭炮一响,小朋友们就像野猪一样往前冲,因为,拜山的主人家就会拿烧饼来派了,基本上是一人一个,有时一人会有两个,一下午下来,能收获十几个。

在物资匮乏的年代,美味的烧饼,是十分珍贵的。江门的朋友曾跟我讲起一个有趣的故事，旧时，两个贫困的女人吃不饱饭，想在"望山"的时候收两份饼，出门前，她们各自想了办法，一个在背上背了一个枕头，另一个背了一只小猫，最后，背枕头的女人得到了两份，背小猫的女人却只得了一份，因为，小猫一听到鞭炮响，吓得魂都散了，两腿一蹬，跑得比贼还快。

如今，恩平烧饼已从祭祀用品向特色小吃转变，口味有叉烧烧饼、芝麻烧饼、冰肉烧饼、肉松烧饼、陈皮烧饼、豆沙烧饼等。

与恩平相邻的开平清明祭祖用的不是烧饼，而是软饼，当地人把清明祭祖的拜山活动称为"行山"，故又称行山饼。开平软饼，表面白白的软饼，有韧韧的口感，外香脆内软。当地人认为，吃了行山饼，就会得到祖先的庇佑。

广宁的风俗比较特别，清明祭祖用品中必不可少的是粽子，取"众子"之意。其中，最具特色的是烧鸭粽。

端　午

端午食粽，是中国人的传统，从晋代开始，粽子就被正式定为了端午节食品。岭南地区，粽子品种甚多，口味各异，绝不雷同。清人李调元撰写的《南越笔记》中写道："端午为粽，以冬叶裹者曰灰粽、肉粽，置苏木条其中为红心。以竹叶裹者曰竹筒粽，三角者曰角子粽，水浸数月，剥而煎食，甚香。"

肇庆的裹蒸粽最为有名。"除夕浓烟笼紫陌，家家尘甑裹蒸香。"

清代诗人王士祯曾这样形容肇庆的裹蒸粽。它馅料丰富，猪肉、绿豆、五花肉或者腊肠、咸蛋黄，经过长时间的煲煮，食材的香味融入糯米之中，甘香软滑、齿颊留香。

　　肇庆裹蒸粽的历史，可追溯于秦汉。清道光《肇庆府志》这样记载："柴新糯，磨新绿豆，猪肉为馅，以冬叶裹之，于宅前垒砖为灶，置宽肚瓦缸其上，用历年来积聚之松根树头为薪，火不得间，通宵达旦以为炊，天明，呼儿以尝新。新正携之拜年相馈赠之物。此俗为外邑罕见。"

　　肇庆的裹蒸粽体形硕大，以本地特有的冬叶包裹，清香扑鼻，拆开冬叶后，会让小朋友先吃掉裹蒸的五个角，据说，这样一来，小朋友就会快快长大。

　　东莞道滘也产裹蒸粽，主要是用料讲究，做工精细。选用晚造糯米、自制咸蛋黄、五花腩肉、精选绿豆、湖南特产莲子、上等冬菇，配以佐料蒜蓉、沙姜、茴香、八角、五香粉、白糖等，用泡软洗净的上好青竹棕叶包好，加以东莞咸草绳捆绑密实，经沸水浸泡，明火滚煮。腌肉加蒜蓉沙姜。其技术要点是配料要均匀，火候要掌握得好，煮到六至八个小时，出炉时蛋香、肉香、米豆香融为一体，芳香四溢，令人垂涎，食时以幼砂白糖佐之。

　　中山出产芦兜粽，与一般的粽子形状不同，芦兜粽圆棒形、粗如手臂。配料也分甜、咸两种。甜的有莲蓉、豆沙、栗蓉、枣泥；咸的有咸肉、烧鸡、蛋黄、干贝、冬菇、绿豆、叉烧等，标配为两个咸蛋黄三块猪肉，据当地人说，咸蛋黄是有腥味的，要想去腥，必须把粘连在表面的蛋白冲洗干净。

客家人喜欢吃灰水粽，如今在惠州不少山区，村民还沿用着传统方法制作灰水粽——将蚊惊草混合干芭蕉叶和稻草一起烧成灰，沉淀一天后，把灰装进布袋，放到水里重复煮沸几次，将灰渣滤掉，再将灰水静置，待灰水中的杂物沉淀下来，剩下的灰水用来泡糯米，糯米在灰水里浸泡约一两天，变成了金黄色，就可以包裹粽子了。包好的灰水粽用竹丝穿好，直接放入大锅里煮六到八个小时，不需要再加入其他佐料。蒸熟的灰水粽，色泽金黄，晶莹透明，可以直接吃，也可以蘸白糖或红糖吃。

开平出产驸马粽，名字相当霸气，相传，南宋灭亡后，方驸马带着公主来到开平定居，两人时常想念宫廷的点心。方驸马凭着自己的记忆，用本地产的糯米、豆类、肉等做成美点，该点心味道鲜美，风味独特，很快就在当地流传开来，并因为该点心和粽子相似，故称驸马粽。

恩平人裹的粽子别具一格，粽叶是从深山老林采摘回来的，裹粽子的带子则是带刺的野生簕古，馅料中，会加入一种独特的香料"红蓝"叶，有一种独特的香味。

雷州大粽，是以糯米为皮，莲子、猪肉、红枣、香菇等做馅，用海南大粽叶包裹，蒸制四五个小时。雷州人吃大粽常与牛肉汤一起吃，称之"牛肉大粽"。

此外，广州的波罗粽的馅料和普通粽子区别不大，但粽叶选的是蕉叶。台山出产的扭角粽中，会放入盐腌过的中草药红榄香草，药名

"红丝线"。另有鹤山绿豆带壳粽也各具特色，不胜枚举。

如今，粽子早已不只是端午才吃的食物，如果你喜欢，天天都可以吃。岳母知道我喜欢吃粽子，每次都要包几十个给我们带回来。临走的那天早上，厨房里总是弥漫着粽叶的清香，岳母骗我说，她是五点多钟起的床，其实我知道，凌晨两点，她就开始包粽子了。

中　秋

夏去秋来，暑气渐消，早晚已经有了几分凉意，孩子们便开始企盼中秋节的到来。中秋那一天，他们总盼望着天早点变黑。不是为了赏月，而是为了吃月饼。

广式月饼，天下闻名。记得有一个日本寿司店的老板曾说过："日本人与中国人都会做的东西，日本人总能做得更好，唯独只有传统广式月饼，日本人无法超越广东人。"

莲蓉月饼是最为经典的，由莲香楼首创，选用不超过一年的湖南湘潭莲子，熬成莲蓉后做馅料，造型古朴，口感软滑，尤其是蛋黄莲蓉月饼，切开之后，有"长河落日圆"的美妙意境。

有一位老人告诉我，旧时佛山的饼家很会做生意，他们会在月饼中悄悄藏一只金戒指，招徕顾客，为讨吉利，启市当日，第一个入店的客人享有最大的优惠，无论给多少钱，都可以买到一筒店里最名贵的月饼。广州的陶陶居，不但专门设置了观月台，还雇人走街串巷高价回收陶陶居月饼盒，营造出月饼紧俏的感觉。

中秋节那天，顺德人除了吃月饼，还会给孩子们准备鱼仔饼，鱼仔饼小巧可爱，让人舍不得下口，是许多顺德人童年的美好记忆。

吴川的大金九月饼声名远扬，它创立于清光绪年间。最经典的款式是用五仁和金丝火腿肉做馅，这五仁分别是瓜仁、榄仁、麻仁、桃仁和杏仁，饼身很大，一个有一两斤重，最大的有八斤重，可供一家人同时享用。

化州人吃的月饼，叫"拖罗饼"，据说起源于唐贞观年间，之所以叫这个奇怪的名字，是因为当时有一个叫罗兴的卖饼人，每天边敲锣边卖饼，声音拖得特别长。拖罗饼以椰丝、叉烧、五仁等做馅料，色泽金黄，香甜可口，回味悠长。当地人常说："中秋不吃拖罗饼，尝尽百味也枉然。"

茂名的小孩，中秋也可以吃到一种极为可爱的食物——猪笼饼，它因做成憨态可掬的小猪的形状而得名。一般来说，月饼商人不出售猪笼饼，而是将它作为赠品赠送，还会配上一只小竹笼，在月饼之乡——吴川，有条老街叫大塘边街，这里编制的饼笼最为出名。

在惠州，中秋拜神要用月光饼，以公庄最为出名，醇厚甜香。公庄月光饼并没有传统月饼中常用的莲蓉、蛋黄，它最重要的两种材料是糯米粉和果仁。

食物是节日的赞美诗，节日是食物的咏叹调。这些与应节的食物，美好、朴素，被我们赋予了许多特殊的情感，体现了人与自然的依存关系，有着丰富的情感内涵，或对先人的缅怀，或对自己辛苦劳作的犒劳，或对新的一年的美好期待……食物就这样深情地呼应着节日，在四季轮回中周而复始，成为记忆中挥之不去的温暖，演变成文化的基因，代代相传，生生不息。

小吃一味似故人

小吃，是游子们最牵肠挂肚的食物，也是治愈他们乡愁的良药。潮汕地区是美食的天堂，更是小吃的天堂，小吃的品种之多，样式之广，几乎到了令人咋舌的程度，限于篇幅，我只能管中窥豹，写写最为心仪的几样。

普宁豆干

潮汕人爱食豆干，尤其是普宁豆干。在过去的岁月里，豆干是挺稀罕的东西，当地人便常开玩笑说，等哪天当了皇帝，一定要吃豆干吃到饱。

普宁豆干和揭阳薯粉豆干、揭西布仔豆干、凤凰浮豆干，被称为潮汕豆干届的"四大天王"。作为潮汕地区的经典小吃，即使去再小的潮州菜馆，你都会遇见它们熟悉的身影。

普宁豆干，与一般的豆干很是不同，制作时主要用的是薯粉，其次才是黄豆，坊间有"头粉二豆三师傅"的说法，出品以普宁市燎原镇光南村出产的最为正宗。因在潮汕话中的"干"与"官"同音，故每一块豆干中间皆有一个内凹方形小印，以此象征官印，有着美好的寄寓。

炸豆干，讲究的是大鼎深油，最好烧硬柴，火力威猛，如猛虎下山，伴随着噼里啪啦的声响，豆干像金鱼一样在其中自由自在游动。起锅时，色泽金黄，香气扑鼻，让人欲罢不能。由于加入了大量的薯粉,豆干油炸过后,会形成一层香脆的酥皮,皮肉自然分离,产生"金包银"的视觉效果。

炸豆干,一定要现点现炸,出锅即食,一旦冷却,就如同英雄迟暮,不香,也不脆口。吃的时候,对角斜切,一分为二,外皮酥脆,内肉滑嫩,好似芙蓉蛋,晃晃悠悠,像是要流出来一般。点上韭菜盐水或香葱盐水,滚烫的炸豆干,立刻变得适口,让你的口腔里充盈起清新的味道。

普宁乃至潮汕地区最有风味的炸豆干,据说在普宁洪阳鸣岗村,那正是我妻子的外嬷家,我妻子从小在外嬷家长大,村口有一条蜿蜒的小河,名曰"文溪",我们每次去看外嬷,她都会带我们到村口的一棵大榕树下吃几盘炸豆干,队伍浩浩荡荡,一路上有说有笑,让邻居们羡慕不已。

外嬷是八十四岁那年突然去世的,去世前几个月,她经常觉得腰痛,我和妻子回去看她时,她突然向我们提出了一个要求——让我们带她回一趟娘家,车程虽然不足一小时,可她已经很多年没有回去过了。在娘家的那个下午,她脸上始终带着浅笑,与每一个认识的人打招呼,离开前,她又在村子里转了一圈,目光里充满了眷恋。印象中,这是外嬷唯一一次跟我们提要求,或许,她早有预感,知道自己的时间已经不多了。

接到噩耗,我们悲痛万分,随手抓了几件换洗的衣服,便火急火燎地往回赶。抵达时,天色已晚,夜幕低垂,暗淡的光芒,笼罩着古老的村寨,村口的树木像披上一袭黑色的袍子,巷子空空荡荡,显得凝重而又悲伤。外嬷躺在水晶棺材里，脸色青黄，神情安详，显得比之前更加瘦小。

让我感到有些奇怪的是，远在广西柳州的大舅居然比我们到得还早，一问才知道，外嬷走的那一天，他恰巧回家。他原本是回去参加朋友孩子的婚礼的，刚准备下火车，就接到了家里打来的电话。大舅后来告诉我，以前，也有老家的朋友孩子结婚，邀请他回来喝喜酒，可路远事多，他一次都没答应，可不知道为什么，那几天，他总觉得胸口发闷，坐立难安，心里有说不出的烦躁，当朋友提出邀请时，他想都没想就答应了。就因为这样，他才有机会陪母亲度过生命中的最后几个小时。这或许的确是一个巧合，但我不相信这仅仅只是巧合，世界上的很多事情，其实是说不清楚的。

葬礼第二天，妻子抱着小女儿去灵堂跟老嬷做最后的告别，小女儿那时才两岁多，还不知道人间有死亡这回事，一见到灵堂上悬挂的大幅照片，她就像平时一样，伸出手，要老嬷抱自己。她把身子扭得像麻花一样，手臂像鸟的翅膀一样扑动，可老嬷仍然一点反应都没有。小女儿哇哇大哭起来，她不明白，平日里最喜欢她的老嬷为什么不抱她……

外嬷去世以后，她居住的老厝立刻变得冷清，寂静的午后，风轻轻地叩响门环，发出寂寥的回响，她养的那只老黑猫还不离不弃，痴痴地等着主人回来。

老厝里摆设如常，每逢周末，在邻镇上班的二舅都会回来，洒扫庭除，窗明几净之后，一边喝茶，一边放着外嬷最爱听的潮剧。我们每次回去，也会像以前一样，去老厝坐一坐，让孩子们在寂静的房子尽情地喧闹。外嬷的相片挂在墙上，像以前一样笑意盈盈地望着我们。我们总会产生一种幻觉，隐隐约约听到她轻柔的说话声，看到她端着水果从厨房里慢腾腾地走出来。我们还会像以前一样，去村口的榕树下吃炸豆干，队伍依旧浩浩荡荡，只是味道里终究缺了一点什么。

猪肠胀糯米

猪肠胀糯米，有的地方叫猪肠酿糯米，我倒觉得还是"胀"字比较生动、妥帖，刚出锅时，它胖乎乎的，圆滚滚的，像一头头吃饱的小猪崽，懒洋洋地躺在盘中呼呼大睡，甚是可爱。

制作猪肠胀糯米，需取猪大肠中段洗净，这是一项考验耐心的工作，需用白醋反复搓洗，才能将异味去除殆尽。糯米要先浸五个小时，时间不能太短，也不能太长，否则米会发酸，影响口感。配料中的猪肉，也不是一般的猪肉，而是猪脸肉，肥而不腻，久煮之后，能产生黏稠的胶质，产生滑爽的口感。将猪脸肉、香菇、虾、莲子等辅料切碎，炒香拌匀，调入食盐、味精、胡椒粉等调味品，填装入洗好的猪肠中，八成即可，千万不能装得太满，因为，糯米煮熟后，会发生膨胀，撑破猪肠，当然也不能太少，太少则不饱满，卖相不佳。吃的时候，一般斜切片，撒入花生碎，蘸佐料而食。同在潮汕地区，口味也不是完全相同的，普宁人喜欢蘸浓稠的甜酱油，汕头人则更喜欢蘸橘油或者鱼露。

配汤也很有讲究，除了用猪肚、猪小肠等猪内脏熬煮的高汤外，还有当地颇有名气的"猪小肚胀猪脑"。把猪脑花塞进猪小肚中，两头扎紧，在高汤中煮熟，食用时，将其切开，加入咸菜粒，撒上胡椒粉调味，既爽口又解腻。

潮汕地区的猪肠胀糯米最有名的是普宁洪阳，就是我妻子的老家，又以洪阳新街电影院旁的方春亮出品最为正宗，因方春亮在家中排行老大，洪阳本地人都称"老大家的猪肠胀糯米"。方春亮经营了三十多年，他所用的那把钢刀，刀身只剩原来的一小半了，足见生意之火爆。

如今，档口已由方春亮的儿子和儿媳接手，据他的儿媳介绍，起初，他家里很穷，为了改变这种境遇，方春亮便想到恢复这一失传的手艺，他每天买一根肥肠回来试验，不断地改进，最大限度地接近小时候吃过的味道。功夫不负有心人，最终调制成功。一经推出，深受欢迎，每天早上十点左右开档，下午一点不到，就可以收档回家了。

猪肠胀糯米口感十分松软，浓郁的米香，若有若无的猪肠味道，香黏可口、糯香四溢，香味缠绕，经久不散，我妻子对此物情有独钟，每次回去，都要一试为快。

烙

妻子每次回娘家，都像调皮的孩子一样，从不好好吃饭，因为街上的小吃实在太多太多，几乎天天都在开美食节，她骑着摩托车满街地飞。在她必须打卡的小吃中，总少不了蚝仔烙。

卖蚝仔烙的档口，生意火爆，几乎去每次都要排长队，等待的人大多是回家探亲的游子，这是他们从小吃到大的美食，是他们在异乡日思夜想的美食，吃上一口家乡的蚝仔烙，才是真正意义上的回家——不仅双脚踏上了故乡的土地，心也回到了到故乡的怀抱。

蚝仔烙一定要现点现做，制作起来并不复杂，但要做好，却又十分讲究，必须厚朥慢煎。

制作蚝仔烙主要的食材是蚝仔、鸭蛋和番薯粉。蚝仔要选圆滚滚、胖乎乎的本港珠蚝，以饶平汫洲出产为上，珠蚝的养殖工艺比较特别，一般的生蚝，喜欢足够咸度的海水，故需吊养在较深的水域，珠蚝则养得较浅，每天退潮时，露出水面，可以悠然自得地晒几个小时太阳，肉质更加结实。珠蚝但并不是越大越好，一厘米大小最佳，鲜甜、柔软，无渣，易熟，黑耳白肚，颜色对比越强，越是新鲜，只要用水稍加冲洗即可，如果反复搓洗，鲜味就流失了。

制作蚝仔烙，蛋是必不可少的，有的地方用鸡蛋，有的用鸭蛋，一位大厨告诉我，最传统的还是后者，因为鸭蛋有小小的腥味，反而可以激发出蚝的鲜味。

番薯粉最好选用乡下农民自晒的，番薯粉和水的调和比例大致是一比三，中间绝对不能加入其他粉，否则会影响口感。烙过之后，呈半透明状，不仅有细滑的口感，还可以让藏在中间的蚝仔若隐若现，就像可爱的孩子露出一只只好奇的眼睛。

"冬至到清明，蚝肉肥晶晶。"这句民间谚语道出了吃蚝仔烙的最佳季节。制作蚝仔烙要用平底锅，先煎蚝仔，后拌薯粉，最后浇蛋浆，伴随着嗞嗞作响的美妙声响，香气四溢，让人忍不住大吞口水。喜欢柔软的，煎的时间可以短一点，喜欢香口的，则可以煎久一点，金黄的脆边，像绲了蕾丝一般，最后，撒一点胡椒和香菜，吃的时候点少许鱼露。胡椒和鱼露，都是这道美食最鲜美的伴奏，可以让鲜味更加浓郁、飞扬。相较而言，我更喜欢脆皮的做法，表皮金黄松脆，咬下去发出咔嚓咔嚓的清脆声响，仿佛行走在晚秋铺满落叶的小径，蚝带脆爽，蚝肉方熟，肥嫩多汁，滑腻鲜美，每一颗都像鲜甜的小炸弹，每一口都有爆膏的惊喜，它们在嘴里溶化，那种鲜甜久久地萦绕舌尖，简直像鹅肝一般肥美，叫人没齿难忘。

澄海盐鸿坛头村盛产生蚝，村中至今流传着一个"罚贼食蚝烙"的故事，说当地请了一个老先生来教书，乡人都很敬重他，总是煎蚝烙给他吃，他吃怕了，一见到蚝烙就浑身起鸡皮疙瘩。有一天，村里捉到了一个小偷，这是个屡教不改的惯犯，大家问老先生怎么处置，老先生笑着说罚他吃蚝烙。众人甚为不解，但还是遵照执行，煎起了蚝烙。小偷开始吃得很开心，吃到肚子滚胀，众人仍不准他停嘴，他痛不欲生，跪在地上，磕头求饶。后来，那小偷果然改邪归正了。

除了蚝仔烙，潮汕地区常见的还有九肚鱼蚝烙、秋瓜烙、金瓜烙和厚合烙，各具风味。

九肚鱼也叫豆腐鱼，鱼肉极细嫩，制作之前，先要将鱼刺挑尽，烙过之后，口感一流，虽没有蚝仔烙那般出名，味道却毫不逊色。

秋瓜，就是水瓜，它有着浓郁的清香，瓜汁十分养颜，在潮汕地区有"美人水"之称，烙之前，要将秋瓜切段，不停搅拌，搅出瓜汁，烙过之后，清鲜软滑，甜滋醇香，金黄透绿，甚是惊艳。

金瓜就是南瓜，做法有咸、甜两种，甜口的，将金瓜条切细条，加入冬瓜糖、白糖，最后放炸香的花生，裹上生粉。咸口的则要用到虾、芹菜、花生，以鱼露调味。我喜欢甜口，吃起来，香酥甜沁，口感甚似萨其马，但甜而不腻，也不粘牙，是南瓜最好吃的一种方式。

厚合是一种好意头的菜，潮汕人认为它有"和和美美"的意思，其叶硕大，十分粗生，以前主要用来喂猪，因此又被称为"猪菜"。制作时，先焯水，切细丁，将花生炒香、去皮，捣碎，用番薯粉调糊，加入佐料油炸，色泽墨绿，吃起来，满口皆是原野的清香。

相较而言，最奢侈的应该是海胆烙了，我有一个亲戚，小时候生活在海边，他告诉我，早上一起床，沙滩上黑压压的，全是海胆，随随便便就能捡上一篮，回到家，取出一小碗海胆黄，加入蛋黄、用生粉煎制，鲜香满屋，吃上一块，美妙的味道便如烟花一般在舌尖绽放。

粿

潮州话中有些字是别处颇为少见的，比如"粿"这个字，像是用米做成的甜美果实，给人无限美好的想象，其实，粿的原料并不限于米，也有以面粉和薯粉做成的。

潮汕人爱吃粿。当地的民谣这样唱道："潮州人，尚食粿，油粿甜粿石榴粿，面粿酵粿油炸粿，鲎粿软粿牛肉粿，菜头圆卡壳桃粿。"

粿的种类奇多，有天然鼠曲草熬汁做成的鼠曲粿、有番薯粉做成的无米粿、有萝卜做成的菜头粿、有用栀子和糯米粉做成的栀粿、用朴籽叶榨的汁做成的朴籽粿、中间包马铃薯粒的甘同粿，还有甜粿、咸水粿、乒乓粿、笋粿、韭菜粿、秋瓜叶粿、芋粿、酵粿、发粿等。

"时节做时粿，时人担时话。"鼠曲粿、红桃粿、菜头粿、天粿、酵粿是在春节至元宵期间做的。清明节要做朴籽粿，端午节要做栀粿，盂兰节要做白桃粿。粉红色的红桃粿又叫"饭粿"，是拜神祭祖不可或缺的祭品，它好像一片片桃花的花瓣一样，在所有的粿中，颜值最高，堪称"粿中皇后"。潮汕的先民还把红桃粿与生殖联系了起来，民间流传着一个有趣的习俗，先吃粿尖，则生男孩，先吃粿底部的三角部位，则会生女孩。红桃粿馅料丰富，是把糯米饭、切成丁的湿香菇、虾米、切成丁的鸡内脏、炒香去外衣的花生仁、切碎的生蒜，一起下油锅爆炒，调入味精、胡椒粉、鱼露。吃的时候，可以蒸，也可煎，相对而言，我更喜欢煎。我听说，有一位潮汕华侨，一生浪迹天涯，可不管走到哪里，行囊里总带着一枚红桃粿的粿印，那是他随身携带的故乡。

汕头达濠的墨斗卵粿，极有特色，新鲜墨斗卵清洗干净，用刀压散，加入鸭蛋清和生粉，然后用力搅拌，搅拌时加入适量盐水，入锅煎烙后，切块。金黄酥脆，咸香四溢。

墨斗卵粿又被称为"母慈粿"，相传，明末，濠江有户渔民收养了一名弃婴，小名阿咕，他体弱多病，到了乌贼产卵的时节，养母便买来墨斗卵，煮熟后给阿咕吃，但阿咕觉得太腥，无法入口，养母便想办法，将其做成了粿。

鲎粿，是汕头市潮阳区棉城、海门特有的传统小食，最传统的做法是取鲎肉与米浆混合，鲎形状怪异，它的血是蓝色的，《潮阳县志》载："潮邑鲎粿乃粉粿中之精品，清康熙年间也以奉客。而粉粿则唐乃有之。"现在，鲎已为保护动物，馅料用鲜虾或碎肉，有的加香菇、蝶脯、花生仁一起调制，成品为桃形，口感嫩滑，味道鲜美。

鲎粿在海门称为"壳桃"，分为红、白二色，白色的由纯米浆加入新鲜的猪肉蒸制，红色的则是用红薯粉加以猪肉、蒸蛋、煎蛋角一同蒸制而成。吃时可加上猪里脊片与煎鸡蛋，淋入酱油食用，口感更加细腻滑嫩。

鲎是一种古老的生物，渔民们认为它是有灵性的，我妻子的小姨父是海门镇上的渔民，他说，当地人捕到了鲎，首先要检查上面有没有名字，如果有，就要放归大海，因为这是别人放生的。他小时候，有一次在海边玩耍，被一个巨浪卷进海里，在岸边干活的大人齐心协力，将他救了回来，母亲便买了一只鲎，在鲎身上刻下他的名字，放回了大海。

潮州的咸水粿，用米浆做成一只小茶盏，羊脂玉一般温润，中间盛放着菜脯粒，菜脯切丁，与蒜头一起炒，"咸香味"十足。粿滑润有嚼劲，菜脯粒则脆香可口。汕头称水粿，口感不是咸的，而是甜的。

在潮汕人眼里，粿是一种吉祥之物。据说，过去在汕头澄海一带，有元宵节偷粿的奇特风俗，据《澄海县志》记载："是晚（元宵夜），男女老幼还纷纷到神庙宗祠中卜取祭物，叫'求喜物'。有的偷粿回家，叫'吃兴盛'。"

像广府地区的女人必须学会煲汤一样，做粿也是每个潮汕女人必备的技艺之一，当地人认为，只有做出漂亮的粿，才可以称得上是贤惠的女人，俗话说，"鬓歪歪做无雅粿"，这句话的意思是，一个头发乱糟糟的女人，是做不出漂亮的粿来的。

潮汕地区的拜神祭祖贯穿全年，几乎每个月都有，我的岳母生怕忘记，用粉笔写在卧室的门背后，写得密密麻麻，好像老师布置的家庭作业一般。有时候，她来我家小住，还没住上几天，就吵着要回家了，理由很简单，要做粿拜神了。这几乎是她生活中头等大事，任凭我们怎么挽留，都不可能留住她。

对很多潮汕地区长大的孩子来说，粿是怀旧的食物，寄存着旧日的时光，小时候他们最喜欢阿嬷做雅粿，因为，阿嬷总会分一些粉给他们，让他们捏各种形状的小动物。

时光流逝，做粿的阿嬷也许早已消失于时间深处，但只要一吃到粿，旧日的时光立刻苏醒，好像又看到阿嬷在堂屋里忙碌的身影……

粿　汁

古镇洪阳的粿汁，远近闻名，其中，最为出众的是粿汁明，据说一天可以卖掉好几百碗。这是一家很小、很老的店，藏在一条曲折幽暗的小巷深处，连招牌都没有，店主是个精瘦的老人，喜欢光着膀子坐在那里煮粿汁，而他的儿媳妇就站在旁边负责加料，两人很少说话，但配合十分默契。

他家的粿汁皮制作传统，由籼米和薯粉调制后煎制而成，煎制时，三口锅同时开工，轮番作业，其中，最重要的环节是刷浆，浆的厚薄决定了口感，煎成以后，还需在竹架上凉透，方才切片，皮薄韧脆，香滑爽口，在卤汤里煮半分钟即可食用。

吃粿汁尤其讲究配料，猪肠、卤肉、卤蛋、章鱼头均可加入，章鱼头本地人叫"枪鱼头",是洪阳粿汁的一大特色。我喜欢在里面浸油条,潮汕地区的油条很短,只有一指长,略浸便食,油条中灌满鲜美的汤汁,尚未失去脆爽的口感,入口时,充满了难以言传的隐秘快乐。

近年来,洪阳镇上还有一种新式的做法,用粥水熬制汤底,汤底鲜美浓稠,汤虽然不是如此清澈,鲜味却更浓郁,米浆缓缓滑过喉间的感觉十分美妙。

对孩子们来说,粿汁曾是难得一尝的美味,听我妻子说,她的两个弟弟小时候都很淘气,最不喜欢的事情是理发,一听说阿公要带他们上街理发,就冲出大门,就像野兔钻进了草丛,转眼就没了影。阿公很胖,挺着大肚子,走路慢慢吞吞,根本追不上他们。不过,阿公也有自己的办法,他站在门口,叉着腰,大声喊:"谁理发我就给谁买粿汁吃!"这一招果然管用,话音刚落,两个鬼头鬼脑的小家伙就乖乖地出现在了门口。他们怕阿公反悔,又嬉皮笑脸地讨价还价:"先吃完粿汁才去理发。"阿公没办法,只好先带他们去吃粿汁。

粿　条

笋乃公认的甘鲜之物,我原本以为,全中国的人都是爱吃笋的,在广东生活得久了,才发现,广府地区的人对笋并没有什么好感,认为它是湿毒之物,容易引发旧疾,不过,潮汕人却似乎不太介意。

潮汕地区最有名的是笋丝炒粿条,揭东的埔田竹笋笋块肥大、笋肉鲜嫩,深受推崇。潮州江东麻笋肉质细嫩、味甘鲜脆而远近闻名。

俗语有云"四月杨梅五月笋",和其他地方不同,这里的笋要到农历五月才开始上市。

潮汕人认为,笋的口感与时间休戚相关,最好当天挖当天吃,笋肉的颜色越白越好吃,猛火热油,火呼啦作响,如猛虎下山,气势惊人,作料中一般会加入萝卜干和蒜蓉,最后淋上葱油包尾。笋丝切得极细,其爽嫩与粿条的软滑相映成趣,淡淡的笋香与米香也十分对味,吃起来有一种让人神清气爽的恬淡之美。

此外,还有一道沙茶粿,又叫"灌粿条",粿条焯熟后,拌上花生酱、沙茶酱、猪油、味精、鱼露等调味,再加上焯熟的猪肉、生菜、西洋菜,比较适合口味重的人。

尖米丸

相对于粿汁和炒粿条,我更喜欢尖米丸,它的汤汁由猪骨和鸡鸭熬制而成,汤色澄明透亮,味道比粿汁更浓,尖米丸的做法和濑粉有几分相似,大米磨成浆沉淀后加热成熟粉团,置于一块特制的厚木板上,木板上中间有小孔,粉团在上面来回推动,丸子从中间往下掉,掉到下面的大锅中,锅中有将开未开的热水,下去后立刻定型,变成一粒粒两头尖中间圆的修长丸子,洁白无瑕,甚是可爱,待成形后,置于清水之中,捞起晾干备用。食用时,先打个碗脚,碗里加上肉糜(用最新鲜的瘦肉剁成的肉糜,加水调稀),再加入味精、香鱼露、胡椒粉、芹菜珠、冬菜末,浇上预先熬制的滚烫的汤汁,上面淋上蒜头油，底汤清爽鲜美，尖米丸吸足了汤汁的香味，口感爽滑；冬菜、芹菜和蒜头油的激情碰撞，肉糜在滚烫的汤汁的热情拥抱下，它们所释放出的鲜与香，美奂绝伦，令人陶然欲醉，飘飘欲仙。

潮州鱼饺

潮州鱼饺，与北方的饺子大为不同，饺皮是用海鳗制成的，制作时，先用刀刮出鱼肉，反复捶打出胶制成鱼蓉，撒上薯粉垫底，将鱼蓉块碾薄，切成三角形。馅料里除了猪肉，还有虾米、马蹄、鱼露和大地鱼干，研磨成粉的大地鱼，堪称是引爆鲜味的火药。饺皮极薄，如透明的丝袜，馅料清晰可见，白里透红，引人食欲。鱼饺易熟，需将水煮开后入锅，将熟即起，饺皮弹韧，饺肉鲜甜。除了煮，还可以炸，炸过之后，金黄酥脆，口感好像虾片一样，如果浸入汤汁，口感则像新炸的猪油渣，满口鲜腴，妙不可言。

面　猴

潮汕人很懂生活的情趣，这一点，从他们给食物取名中便可略知一二。比如面猴，其实跟北方的面疙瘩差不多。潮汕人把调皮的孩子叫猴子，面猴顾名思义，指的就是无人调教、无拘无束的面团，与调皮的孩子颇为相似。

有一个朋友告诉我，他很喜欢吃面猴，小时候去外婆家做客，中午不肯睡觉，外婆总会笑着说："赶紧睡，睡醒了，我给你捏面猴。"

他一听，就乖乖爬上了床，因为，外婆从来不会食言。

面猴的口味有咸、甜两种，甜面猴是糖水，面猴在开水中起起伏伏，像是一群调皮的猴子正在戏水，等到它们全部浮于水面，加入红糖、桂花即可食用，咸面猴对汤底比较讲究，要用猪骨汤或者鸡汤。我吃过一道面猴煮秋瓜，除了秋瓜，里面还加入了肉丸、虾仁，每一口汤，都有秋瓜清甜的香味，吃完之后，内心澄澈，如秋日里干净、明亮的天空。

肠　粉

肠粉是潮汕人最常见的早餐之一，石磨的肠粉，柔软温顺，米香浓郁。地区不同，口味也各不相同。潮州肠粉加入了花生芝麻酱、潮阳肠粉加的是卤香味的酱汁、汕头肠粉会加入菜脯粒，饶平肠粉则有甜和咸两种酱料，普宁肠粉加入了虾、生蚝等鲜美的海货，料不同，价格也不同，一份海鲜云集的土豪肠粉，可以卖到三十五块，有人开玩笑说，不像是在吃肠粉，倒像是在吃盆菜了。

卷　煎

卷煎，也叫灌煎，就是把食材卷起来，食用时，下油锅略煎，其中，以菜头卷煎最美味，菜头就是我们常说的萝卜，以菜头丝及少量花生米、薯粉为料，用腐膜卷制，切成小块，用油煎炸而成，蘸以辣椒、蒜泥，香甜可口。我平时不太爱吃萝卜，但菜头卷煎是个例外。

干炸果肉

　　潮菜馆的餐单上有一道"干炸果肉"，乍一看，还以为是将水果的肉下油锅炸，其实，这是一种风味独特的"肉卷"。旧时是用猪网油包着炸的，因为太过肥腻，现在改成腐竹，但又不是一般的腐竹，而是薄如蝉翼、透亮见人的"腐皮膜"。果肉里面的原料有五花肉末、虾肉、马蹄等，加入薯粉和蛋黄拌匀，以手捏成形为度，制作时一定要包紧实，不能松松垮垮，像穿了灯笼裤一样，卷好以后，切成小段，放在油锅里炸至金黄色。新炸出来的果肉尤其好吃，吃的时候，要点金橘油，外皮焦脆，马蹄甜脆，相互呼应，别有乐趣。

虾　枣

　　虾枣也是一道经典美食，也是潮汕地区的春节吉祥菜，主要食材用到虾、猪肉、马蹄和葱花。用虾仁泥为主料，配以面粉等辅料，油炸成大枣形，滋味鲜美，入口酥松，不期而遇的虾仁粒，让人愉悦。虾枣中必须加入花椒，潮汕人称为川椒，些微的酥麻，让舌尖愉悦。

风吹饼

　　给食物取名，真是一门学问。有些食物，光听名字，就能引发人的无限遐想，风吹饼这个名字就取得很灵动，也很妥帖，为它又轻又薄，风一吹就能跑掉。它是用糯米磨成粉浆蒸熟后，撒上芝麻晒干而成的，饼身浅黄，表面散发着云母般的柔光，吃的时候点麦芽糖，口感香脆，每一口都有令人愉悦的咔嚓脆响，吃完后满嘴都是清甜的米香，是很多潮汕孩子童年的记忆。我的两个女儿都很喜欢，不过，这两个古灵精怪的家伙不喜欢点麦芽糖，而喜欢点酸奶。

鸭母捻

说真的，第一次听说鸭母捻，我一头雾水，后来才知道，它就是潮汕人的汤圆。据说，这个名字是一位教书先生起的，这位先生去甜品店吃了汤圆，店主没有收他的钱，但托他起一个特别一点的名字。回到家，他冥思苦想，总算有了灵感，那些白白的汤圆煮熟浮于水面，不是很像白母鸭们浮游于水面吗？于是，便取了"鸭母捻"这个别致而又生动的名字。鸭母捻的馅料也有多种，传统是以绿豆馅、红豆沙、芋泥、芝麻糖等为主。皮要柔韧，馅要软滑，吃起来柔嫩甜滑，满口余香。

炸芋酥

炸芋酥、芋泥和反沙芋头被称为潮汕的"芋味三绝"，做法并不复杂，一般将芋头切薄片，晾干，油炸至酥脆，捞起，滤油，将白糖烧溶，投入芋头片，冷却后撒白芝麻和切碎的香菜。普宁地区的做法略有不同，先将芋片粘上和好的面粉，加几颗小花生在一起炸，吃起来，特别香脆，质地比薯片结实，口感也比薯片更有快感。海门人喜葱味，外层的砂糖还带有芝葱賸的香气。此外，还可以不加糖，撒上些许椒盐。

每次吃这道菜时，我总会想起刚工作那一会，我和几个同事住在同一幢破败的小楼里，这原本是一家路边饭店，房间十分简陋，一咳嗽就会有石灰簌簌落下。同事们都远离家乡，而且个个单身，冬天的晚上，天寒地冻，北风咆哮，屋子里没有任何取暖设备，几乎和外面一样冷。大家都无所事事，聚在一起喝茶聊天。窗户外面的衣服都冻得硬邦邦的，撞在窗户上，发出沉闷的咚咚声。窗户四处漏风，我们越坐越冷，脚底好像结了冰一般。茶喝久了，嘴里有些枯淡，我便将家里带来的芋头切成极薄的片，在油锅里炸脆，又撒上大量的白糖。大家一边吃，一边促膝而谈，有一种围炉夜话的美好意境。一晃，这已经是二十多年前的事了，当时聊天的内容，我一点也记不得了，但那种温暖的感觉，却时常涌上心头。时间真是个奇妙的东西，一件平常不过的小事，多年以后回想起来，竟然会有老酒般的醇香。如今，同事们各奔前程，散落天涯，不知道他们是否偶尔还会想起那个寒冷的冬夜？是否还记得我给他们做的这道温暖小食？

普宁咸面线

普宁咸面线，又细又长，如同美女的及腰长发，面为什么一定要这么长呢？因为潮州话中，"面"与"命"发音相似，长面，有长命的意思，故又被为"潮汕长寿面"。面线可煎，香口，也可与韭菜一起软炒，柔韧咸香。制作前先飞水，晾干，炒制时，最好不用锅铲，而用筷子，像拉架一样，把纠缠在一起的面线拉开。据说，以前物资匮乏，潮汕地区外嫁的女儿回娘家时，都会带上面线和猪脚，现在已经是很稀松平常的东西了。

双拼粽球

潮汕人称粽子为"粽球"，粽子每个地方都有，不是什么稀罕的东西，但像潮汕地区那样咸甜同体的双拼粽球，我以前真是闻所未闻。这款粽球中咸与甜的比例并不相同，而是三分之一的甜馅加三分之二的咸馅，吃下来不至于发腻。咸馅主要是咸蛋仁、虾米、香菇、腊肠、翅脯、莲子、栗子和南乳五花肉；甜馅主要是水晶馅、乌豆沙馅或红豆沙馅和甜糯米。其中，最让我着迷的是乌豆沙馅。

据说，这道食物的出现也很偶然。以前，澄海有个老人在街上卖粽子，他卖的粽子中有咸有甜，一天，来了一个贪嘴的孩子，他身上的钱只够买一只粽子，可他很贪心，又想吃咸的，又想吃甜的，善良的老人不想让孩子失望，灵机一动，便将两种馅料包在了一起。等小孩走后，老人试了一下咸甜相拼的粽子，没想到味道极好，于是，一种举世无双的粽子就这样诞生了。

双拼粽子是清甜和咸鲜的口感完美结合，端午节前，潮汕的游子们最思念的就是这道食物，因为，在其他地方是吃不到的，这是他们根深蒂固的味觉记忆，也是他们深情款款的美好偏见。

朥方酥

朥方酥，以惠来靖海最负盛名，主要的食材是朥方和瓜丁，朥方就是肥猪肉，一般选猪颈部与前腿结合部位的白肉。把猪肉切成条煮熟后切片，每块都从中间切成蝴蝶形的两片，在中间夹上冬瓜丁。面粉，加上新鲜的鸡蛋清，搅拌。猪肉蘸上面浆，下锅油炸。最后，淋上"葱珠朥"，口感酥脆，味道清甜。

在普宁洪阳，还有一道几近失传的美味，叫朥板酥，与朥方酥有相似之处，将香味扑鼻的花生酥碾碎，加入芝麻、瓜丁、陈皮和白肉丁，用猪网油包起，裹面浆，入锅油炸，一位老人家专门给我做过一次，简至香出了天际。

咸蛋卷

吃宴席，潮汕人有一个特别的叫法——食桌，以前，我和妻子一起回娘家探亲，总会请一家老小去大酒楼食桌，这几年，阿嬷年纪大了，腿脚不便，我便提议把厨师请到家里来做桌，一来免得路上的奔波之苦，二来也可以跟厨师偷偷学上几招。

潮汕人食桌，必定有一个拼盘，放上果肉、开心果之类的小食，其中，最令我难忘的是咸蛋卷。潮汕地区的咸蛋卷和我们平时吃的蛋卷完全不是一回事，口味十分丰富，有咸、甜、香、脆、沙五大特点，制作时先将肥猪肉切成薄片，用白糖腌制一天，包上整只咸蛋黄、加入陈皮，然后裹上一层面包糠，入锅油炸，起锅时，对开斜切，色泽金黄，咸甜诱人。吃的时候，是吃不到肥猪肉的，它早已溶化无踪，仅留余香，甜味也渗入了蛋黄，让咸味变得柔和。咸蛋卷最好即炸即食，外皮香酥，内馅松软，口感细腻，吃着吃着，感觉身体里的灯被渐次点亮，变成了一间灯火通明的房子。

茶配之味

潮汕人酷爱工夫茶,就说我的岳父大人吧,他老人家每天早上都会和一帮老友去爬山,爬山不是目的,只是想换个地方喝茶。山顶有一座废弃的古寺,寺后密林幽深,林中藏着一方布满青苔的古井,不知为何人所开,更不知开凿于何年,井水清冽甘甜,非他处可比。为方便喝茶,他们干脆在旁边砌了一间小屋,将炉具茶器、高桌矮凳一并藏于其中。

天色未明,草木只露出模糊的轮廓,大家便迫不及待,洗刷茶具,汲水泡茶。山林空寂,鸟鸣声稀,茶汤初沸,喝上几口,神清气爽,通体舒泰,恍如神仙。茶过数巡,天已泛白,便不再逗留,带着被透明的寂静涤荡过的心返回尘世,开店的开店,做工的做工,带娃的带娃,各自忙碌去了。

喝茶,是潮汕人的生活美学,他们敬茶如同敬神明,水、火、器、烹、饮,每个环节均十分考究。比如,冲水要高冲,以免破坏"茶胆";斟茶则要低斟,以免茶香消散。又比如,煮水要用风炉仔,燃料以炭为上,其中,最受推崇的是橄榄炭和乌榄炭,橄榄炭又可以分为两种,一种是用带果肉的橄榄风干(晒干)后烧制,一种是用橄榄核烧制,它们可以为茶水增添淡远的清香。

关于潮汕人饮茶的文字记载,最早见于北宋大中祥符五年

（一〇一二年）潮州金山顶摩崖石刻残句"茶灶龛平"。清代的《潮嘉风月记》则有一段详尽的描述——"先将泉水贮铛，用细炭煎至初沸，投闽茶于壶内，冲之。盖定复遍浇其上，然后斟而细呷之。气味芳烈，较嚼梅花更为清绝，非拇战轰饮者得领其风味。"

"宁可三餐无肉，不能一餐无茶。"当地人将茶叶亲切地称为"茶米"，意思是茶就像米一样举足轻重，即使再穷的人家，茶盘和茶叶也是必备之物，凡有客人到来，必换新茶相迎。有很多人，起床第一件事喝茶，睡觉前最后一件事，也是喝茶。甚至有人开玩笑说，到别人家去吵架，也要先喝杯茶润一润喉咙。

在潮汕人的宴席上，茶同样是不可或缺的，上菜前要上工夫茶，以示酒家对客人的尊敬，中间上两三次，尤其是上了肥腻的菜式之后，要清一清味蕾，像乐章中间短暂的休止一样，宴席结束以后，还要再上一道，表示对客人的感谢。

茶虽好喝，但很吸油，喝多了，肚子会闹意见，所以，要吃点东西哄一哄肚子，这类惬意的佐茶小食，被统称"茶配"。

潮汕地区的茶配主要分饼食和凉果两大类，腐乳饼、糖瓜丁、束砂、兰花根、糖葱薄饼、绿豆饼、鸭脖子糖、软饼、五仁豆腐、书册糕、米方、米润、豆贡、豆方、酥糖、糖狮、柑橘饼、膀饼、老香黄、化皮榄、五味姜、加应子、黄皮豉等，皆是这个庞大家族的成员。

美食界将潮汕地区称为"美食的孤岛"，纪录片导演陈晓卿就曾断言："没有到过潮汕的美食家，不是真正的美食家。"这并非言过其实，在这里，的确有些食物超出了我们的想象，腐乳饼就是其中的代表之作。

腐乳饼的诞生，据说是因为一百多年前的一次"劳资纠纷"。相传，清代末年潮州有一姓丁的小食店老板，为人很不厚道，经常不给工人发工资，年关将近，店里的一位老师傅已经有好几个月没拿到工钱了，一气之下，把所有制饼的原料一股脑儿全倒进大缸，使劲搅拌了几下，愤然离开了。几天之后，老板娘走进作坊，刚一打开门，就闻到一股从未闻过的特殊香味儿，她嗅了嗅鼻子，仔细分辨，发现香味是从大缸里发出来。她灵机一动，索性把缸里的原料做馅，制饼出售，大家都觉得好吃。因为做成的饼南乳味特别浓郁，故这种饼人们便称为"腐乳饼"。

腐乳饼以精面拌糯米粉、鸡蛋液、白酒制皮，用料奇特、多样，揉入十几种配料：花生、芝麻、榄仁、白膘肉、麦芽糖、白糖、南乳、酒、蒜片等，其中，腐乳为母味，用来调和众味。

束砂也是潮汕地区特有的小食，这道小食，始创于清同治年间，束砂的名字起得很生动，"束"是捆住的意思，"砂"指的是砂糖，其制作的手法，与反沙芋头有些相似，让花生裹上一件件可爱的糖衣，吃起来，既有花生米的干香，又有白糖的清甜，是一道经典的茶配。束砂分为红、白两种，喜宴上一定要用红色的，以汕头仙城的出产最为正宗，糖衣厚薄均匀，洁白如银，干而且脆，落地即碎。当地有"束砂一碟茶一泡，糖食风味胜山珍"之说。

兰花根，又叫"铁钉条"，相较而言，"兰花根"这个名字更有艺术感，更能引发人的食欲，以谷饶大坑出产最为正宗。其色黄饱满、香脆化渣，与我老家的枇杷梗颇为相似。记得，我外婆最爱吃枇杷梗，每次过年，一定会买上一大堆，只要一吃兰花根，我就会想起外婆，想起小时候外婆家的美好时光。

糖葱薄饼，始创于明代万历年间，当时的潮州知府郭子章称："潮之葱糖，极白极松，绝无渣滓。"清人屈大均在《广东新语》中也记载："葱糖称潮阳，极白无渣，入口酥融如沃雪。"糖葱是将白砂糖与麦芽糖放在锅中一起熬煮成饴，趁热像拉面一样反复拉扯，直至呈现出葱形，好像迷你版的蛋卷，中间充满蜂巢状的细孔，合格的糖葱必须有十六个大孔，每个大孔周围又有十六个小孔，通透玲珑，美丽至极。在热锅之中，摊出极薄极薄的面皮，裹入糖葱，撒上碎花生米、黑白芝麻和椰蓉，也可加上几条翠绿的香菜，然后像给婴儿包被子一样包好，酥脆香甜，入口即化，口感十分新奇有趣。

潮汕地区，万物可甜。如果没有亲口试过，我绝对不会相信，豆腐居然也可以被做成甜品，五仁豆腐就是这样一道妙品。做法其实并不复杂，将水豆腐切成四块，沥水，粘上干淀粉。在平底锅煎得八面焦黄，装盘后撒上糖粉和花生芝麻粉，玲珑可爱，里嫩外酥，甜香可口，回味中，还有迷人的豆香，让人百吃不厌。

鸭脖子糖，因形似母鸭的脖子而得名。它是一种软糖，用糯米饴糖植物油熬制成胚，再包裹上碾碎的花生酥，最后滚上炒熟的白芝麻，切成条状或是块状，口感娇软却不粘牙，中间绵软香甜，以普宁出产最为有名。

软饼，是潮汕人过年过节的小食，以糯米为粉，绿豆、花生和糖为馅，可蒸可煎，清甜可口，与糍粑颇为相似，入口软糯，细嚼有筋道。

我妻子的阿嬷今年已经九十四岁了，血糖极高，不能吃甜食，可她管不住自己的嘴，趁家里没人，总会悄悄溜进厨房，像孩子一样偷吃软饼。

普宁洪阳的"利合斋"是一家百年老店，这里所制的酥糖，松脆香浓，点火能燃，下水即浮，令人叹为观止。不过，酥糖太过甜腻，不太适合现代人的口味，现在已经很少制作了。

老店藏在一条曲折幽深的巷子里，我们到访时，店里的小伙计正忙着做米方，案板上，粘满炒米的硕大糖块好像一只温顺的羊羔。他顺手抓了一把白胖蓬松的炒米给小女儿，小丫头如获至宝，握在手里，一颗一颗地吃着，脸上带着满足的微笑。

此情此景，不禁让我想起一段童年往事。记得每年一进入腊月，家家户户就开始准备春节的吃食，有人走村串户地帮人炒米，做米花糖。米炒好之后，需要凉却一段时间，整个屋子充满了微焦的香味，我会趁大人不注意，将炒米一把把塞进嘴里。天黑以后，开始制作米花糖，昏暗如萤的灯光下，父亲在锅里熬麦芽糖，趁热将麦芽糖与炒米、花生、芝麻搅拌，放在一个方形容器中，用酒瓶不停滚压，这时的米花糖还是绵软的，等到彻底冷却以后，才会变得香脆。窗外，北风呼啸，屋内，热火朝天，我一边看，一边舔着锅铲上略带焦味的麦芽糖，心里别提有多美了。

米润的制作比米方更复杂一些，以汕头达濠出品最为正宗，先将蒸熟晒干的糯米放进滚烫的猪朥里烰炸，过筛后的干米再与麦芽糖、白糖、葱汁和新鲜猪朥油熬制成的糖膏混合，用圆筒反复滚压，最后撒上一层糯米粉。米润洁白晶莹，入口韧糯，葱香浓郁，吃的时候，还会像萨其马一样有黏稠的拉丝，像孩子抱着母亲的腿，哭哭啼啼，舍不得分开。

惠来隆江的绿豆饼，还有一个奇怪的名字——神仙眷侣饼，以绿豆粉、白砂糖、花生油、杏仁、芝麻等为主要材料，饼身金黄，焦脆的外皮，撒上些许的黑芝麻，馅心冰甜，颗粒细幼，入口即化，口口生香。

豆贡，乍一听，像是豆腐做的，其实，和豆腐半毛钱关系都没有，它是用花生制作而成的，因潮汕人把花生叫地豆，故取此名。制作时，先将碾碎的花生和熬制好的白糖饴糖糅合，用木槌反复捶打，多层卷成筒形，烤干切块，从侧面看，很像是千层酥。普宁出产最为酥香松化，切成长形，形似金条，由桃红色的纸包裹，又名软豆贡。

豆方，也是一种花生糖，与豆贡不同的是，它仍然保持着花生的颗粒，花生裹上了糖浆，油光闪亮，精神抖擞。

南糖，则像是软版的豆方，将水、砂糖、猪油一起熬制成适当浓度后加入白膘丁和葱，加入花生搅拌后冷却切条。

书册糕，就是我们常见的云片糕，一片片，层次分明，看起来，的确像一本没有打开的小书。潮州龙湖镇的"拱合"是制作炖糕的老字号招牌，据说已有四百多年的历史了，口感细腻清甜。云片糕原料繁多，有糯米、白糖、猪油、榄仁、芝麻、香料等十余种。用料十分讲究，糯米要碾去米皮，留下米心，炒成糯米粉后，还要贮藏半年，去其燥性。

我们老家也出产此物，称之为"荤油糕"或者"玉带糕"，每年过年前，父亲必定会买上几十块，外面用桃红色的油纸包着，给小孩压岁钱的时候，就把钱塞进包装纸里，有"步步高"的美好寓意，孩子回到家后，将压岁钱交给父母，糕自己留着吃。我和哥哥每天都会偷来吃，真到过年时，差不多已经吃掉了一半。不过，我们绝对不会吃完，如果吃完了，就没法包压岁钱啦。

海门糕仔是潮阳海门出产的特色糕饼，相传这是新婚的妻子给出海的丈夫准备的爱心小食。制作需要分为两个阶段，第一阶段，先将海沙炒至发烫，倒入糯米，迅速翻炒，炒熟后研磨过筛，制成糯米牺，放置半个月，去除火气。第二阶段，制作返糖浆和芝葱脿，返糖浆是将糖与水高温烧制，待冷却凝固后，将其碾碎，变成糖粉，芝葱脿先将白肉丁和青葱碎炒制，后加入白芝麻，其实，最初用的是金山橙的橙浆，有一年，当地的橙子歉收，无奈之下，只能用芝葱脿取代，没想到，味道竟比橙浆更胜一筹。将这些配料与糯米牺搅拌均匀，入模压制成形，即大功告成。海门糕仔味道清甜，软韧适中，吃完之后，葱油的香味儿隐隐约约，似有如无，那种暗香浮动的感觉，令我深深着迷。

和很多地方一样，潮汕人过年也会准备很多甜食，比如，糖冬瓜、糖莲子、糖马蹄和糖藕，其中，我最喜欢的是糖冬瓜，吃完一片，张嘴吸气，感觉连风都是甜的。

糖冬瓜有两种，条状的称为瓜丁，片状的称为瓜册。"棉湖瓜丁，酥甜无粕"，在潮汕地区，最有名的是棉湖瓜丁，棉湖曾经是重要的糖产地，清代潮汕地区最有名的大糖商郭来就是棉湖人。

糖瓜丁主要的原料是冬瓜和白糖，莹白之中，隐约透着丝丝嫩绿，有一种冰清玉洁之美。如果没有人告诉我，我打死也不相信，这里的瓜居然就是最不起眼的冬瓜。冬瓜虽然没有甜味，但皮薄肉厚，肉质稚幼，是可塑之材，经过山泉水清洗后反复蜜浸，吸糖饱满，口感酥甜无渣，嚼之即化，为了获得最佳的口感，在制作时将白糖水煮至快沸时，放入少量蛋清，清除杂质，煮成糖液，冷却之后，外面裹着细幼的糖砂，清甜爽口，润喉清肺。

我妻子告诉我，小时候，生了病，吃完药，老嬷都会奖励她一颗瓜丁，她总是坐在堂屋的小椅子上小口小口地咬，舍不得一下子吃掉。

糖冬瓜不仅可以直接食用，还可以成为许多小吃的秘密配料。老婆饼是以糖冬瓜、小麦粉、糕粉、饴糖、芝麻等食材为主要原料，故也被称为"冬茸饼"，外皮金黄酥脆，让人一见倾心，它虽是一道潮汕小吃，但在潮汕地区并不多见，反倒在香港更为流行。

潮州盛产柑橘，早在明朝万历年间，潮州知府郭子章在《潮中杂记》中这样记载："潮之果以柑为第一品，味甘而气香，肉肥而少核，皮厚而味美，此足甲天下。""大橘"与"大吉"谐音，寓意甚好，潮汕人过年就是一次换橘大行动，走亲访友，一定要带上两个大橘，告辞的时候，主人还会换上两个大橘。上了年纪的老人特别讲究这个礼节，如果你没带大橘，即使带了再多的礼物也是白搭，主人是不会给你好脸色看的。

潮汕人制作的柑饼，其实是一种蜜饯，一般选用蕉柑，因为表皮苦涩，难以入口，首先要将柑橘洗净，去除外皮，用水浸泡三天，每天更换清水，然后四边各割开一道口子，压扁，挤出果汁和果核，这时的蕉柑，形似一朵绽放的艳丽花朵，上锅蒸二十分钟，放置六个小时，再用白糖煮熬，直至反沙成形，表面裹上一层诱人的白色糖霜。在糖浆中洗礼过的果肉，吃起来甜酸适度，馨香满口，美得让人心醉。

柑饼可以直接食用，也可以用来调味，潮菜中的甜品"八宝饭"，就常用柑饼入味。

橄榄也是潮汕人的茶配之一。潮汕人爱吃鲜橄榄，每次从潮汕探亲回来，我们的行李中总会多出许多东西，都是岳母悄悄放进去的，其中，总会有几包青橄榄。我以前只吃过甘草橄榄，没吃过新鲜橄榄，新鲜橄榄是什么味道呢？潮汕的一首民谣是这样唱的："橄榄好食酸又甜，果汁芳醇且清香；爱知思郎情深浅，请摘橄榄细品尝。"的确，生橄榄的味道，很像是思念的味道，有点涩，又有点清甜，因为前味的涩，后味的甜就显得格外珍贵、迷人。

潮汕地区的橄榄品种很多，以实小而尖者为佳，其中，最名贵的是三棱橄榄，因其核有三棱而得名，价格甚高，一斤要卖好几百块钱，有的地方甚至按颗来卖，每颗十块钱。三棱橄榄出产于潮阳金灶，当地最老的一棵树已经有五百多年历史，肉质爽脆，清气悠长，没有难以下咽的残渣，剥开一只，满屋飘香，经久不散。

吃三棱橄榄真是一次奇妙的味觉之旅，它的口感和其他橄榄全然不同，从头至尾没有一丝涩味，轻轻咬开，立刻涌出令人惊喜的鲜美汁液，等到鲜味消散，甜味便开始登场，并不浓烈，隐约透出甘蔗的清香，吃完之后，满嘴清新，如暴雨过后明净的天空，更可贵的是，这样的清爽和甘美可以持续好几个小时，喝茶的时候，感觉分外甘洌。

　　浮生偷得半日闲，人间有味是清欢。周末的午后，约上三五知己，一边品尝香口的茶配，一边饮茶清谈，实在是一件赏心乐事。风炉仔上，陶壶咕嘟作响，天井静寂，堂屋幽暗，风穿堂而过，带来远山的清香……时间蓬松可爱，像刚洗过澡的小狗。

月下淡云

月亮，被潮汕人亲切地称为"月娘"，中秋当晚，天刚断暗，家家户户就迫不及待搬出供桌，开始"拜月娘"了。

糕饼、水果、斋菜、茶米，把供桌挤得满满当当，水果中有柚、柿、杨桃、石榴、油甘、菠萝、林檎等，各家摆的供品虽不尽相同，但芋头是必不可少的。据清顺治《潮州府志》记载："中秋玩月，剥芋食，谓之'剥鬼皮'。"

随着时代的变迁，供品也悄然发生着变化，有些在桌子上放了一堆堆的银行卡，有些则干脆堆上一沓百元大钞。桌子上烧三炷香，放着金箔做的纸塔和吉祥符，拜完后要烧掉。大家像守摊的小贩一样，一边喝着工夫茶，一边赏月。

中秋节当然是少不了月饼的，潮汕地区的月饼，与他处大为不同，当地人称之为朥饼，酥脆金黄的饼皮上盖有大红印，古意盎然，以意溪大朥饼、苏南朥饼和贵屿朥饼最为有名。

最上乘的朥饼必须用潮州本地猪炼制猪油，朥饼的种类很多，有绿豆沙朥饼、乌豆沙朥饼、水晶朥饼和老香黄月饼等，均采用"水油立酥皮"的"起酥"工艺，饼皮金黄，一层层的酥皮，酥脆娇嫩，一碰就掉，其中，水晶馅的馅料有糖、冬瓜、白膘丁、香葱、熟猪油、芝麻，所用的糖料，要用陶缸沤制，以去除火气，吃起来清爽凉喉，这与古人将旧年的雪水封存，等到第二年取出来泡茶有异曲同工之妙，吃起来，满嘴甜香，让人无比满足。

中秋节的晚上，大人是不管小孩的，他们无拘无束，结着伴走街串巷，开心得几乎快要飞上天了，他们哪里知道，中秋其实也是个伤感的节日，带着无限的忧思。

俗话说，有潮水的地方就有潮汕人，因为地少人多的缘故，许多潮汕男儿为谋生计，远走他乡，很多妇女与丈夫聚少离多，品尝着离散之苦。当地有一首民谣是这样唱的："八月十五中秋夜，夜昏月朗天又晴。思君想君来看月，坐看明月到五更。听得寒蛩啼叫声，凄凄惨惨得人惊，不知我君在何处，欲托明月传心声。"

我妻子的老嬷，正是这样一个饱受相思之苦的女子。有一年中秋节回去省亲，我在阁楼上发现了一个尘封的红漆木盒，打开一看，是一封封泛黄、发脆的侨批，都是老公（潮汕人把曾祖父称为"老公"）写来的，开头大多这样写道："淡云吾妻，得知两地平安，暹罗生意如常，免挂……"这些跨越千山万水的家信，一下子把我拉回了遥远的旧时光……

老嬷淡云，从小生长于乡野，曾是个天真烂漫的女孩，甫一过门，她就感受到了家公和家婆的威仪。她爱唱歌仔戏，但家婆不准，她只好将戏谱偷偷藏在米缸之中。有一次，家婆发现了戏谱，气急败坏，勒令老公好好修理她一顿。老公是个大孝子，二话没说，提了棍子就冲进了房间。他舍不得对新婚的娇妻下手，便在房间里做起了戏，一个假打，一个装哭，打得噼啪作响，哭得声嘶力竭，配合十分默契，折腾了半天，总算蒙混过了关。

家里只有几亩薄田，只能勉强糊口，婚后一年，老公为谋生计，只身下了南洋，最初是在马来西亚的槟榔屿，以制冰棒谋生，站稳脚跟以后，把老嬷也接去了，在那里，生下了大儿子，也就是我妻子的阿公。按照潮汕的传统风俗，老嬷带着大儿子回家认祖归宗。再后来，老公回家探亲，又生下了一儿一女。

"荡到无，过暹罗。"过了几年，老公转赴泰国发展，老嬷因为有眼疾，过不了海关，只能留在家中照料老人孩子。老公先从路边的挑货郎做起，创业艰辛，为了省钱，晚上就睡在人家的屋檐底下，有了一点积蓄以后，在曼谷水门租了一块地，制作椰油肥皂。谁料，天有不测风云，生意刚有一点起色，日军开始入侵泰国，飞机整天狂轰滥炸，将他的工场炸成了废墟。情急之下，他把保险柜用塑料纸包好，沉入了一口水井之中，日军撤退后，捞出保险柜，重新创业，开了一间杂货店。

起初几年，每隔几个月就会有侨批寄回，报一声平安，后来，连侨批也没有了——从新中国成立到一九七五年中泰建交的二十多年间，联系完全中断了。那个并不遥远的国度，像是存在于另一个世界。老嬷心里虽苦，却从不表露于外，整日笑意盈盈，完全不像一个独守空房的女人。只有到了夜深人静的时候，她才会伫立在天井，仰望天上的明月，久久无言……

月亮圆了又缺，缺了又圆，老嬷一等就等了四十年。这四十年里，她悉心照料着家里的老人；这四十年里，把孩子们一个个拉扯长大；

这四十年里，岁月无情地吸食着她的汁液，让她变成了枯瘦的老干姜。她万万没想到，老公以为自己这辈子再也回不来了，在泰国成了新家，不仅如此，回来的时候，还要带上自己的新妻子。

村子的老姐妹听闻此事，一个个气炸了肺，反复叮嘱她，老公的新妻子敬茶的时候，一定要狠狠地抽她几个耳光，树立自己的威严。老嬷嘴里应承，心里却犯了难——她是个特别温善的人，说话轻声细语，从来不会发火，更别说动手打人了。家公家婆健在的时候，她每次受了委屈，都不回嘴，晚上偷偷在被窝里哭泣，家公家婆去世以后，她也从不倚老卖老，遇到晚辈的顶撞，也只是躺在床上装病，不肯起来吃饭……打人，她真的不知如何下手，可不打，又太委屈自己。那几天，她一直心事重重，不知如何是好。

离人终于要归来了。一大早，老嬷就开始梳妆打扮，像出嫁那天一样，把每一根头发收拾得服服帖帖，还用红纸抿了抿嘴唇。家里人都跑去村口迎接，她没有去，一个人坐在空荡荡的堂屋里，回忆着逝去的时光……堂屋里异常寂静，一只每天都来串门的白猫，走到门口，停下来，仰起头，看了看她，犹豫再三，终究没有迈进门去。

脚步声越来越近，老嬷突然觉得一阵眩晕，心里翻江倒海，可一动也没有动。老公第一个进门，他轻轻一抬脚，就跨过了四十年的时光。见到第一眼，两个人都愣住了——虽然做足了心理准备，可他们还是被对方的苍老模样吓了一跳。"前世无身修，嫁着儿婿到外洲；去时小生弟，转时留白须。"老嬷仔细端详着这个满头白发的老人，表情竟有些木然，这个让她朝思暮想的人完完整整地站在她眼前，可她却觉得特别不真实，像是在做梦一样。

老公先笑了起来。他说："淡云，我折来了。"语气平淡，好像昨天才刚刚离开家门一样。她紧咬着嘴唇，心中虽有千言万语，却一句也说不出来。

他的新妻子在众人的簇拥下进了门，一见到老嬷，毕恭毕敬地叫了声"大姐"，然后，扑通一声跪在了她跟前。这出其不意的一跪，让闹哄哄的堂屋顿时安静下来。老嬷一下子不知所措，怎么都抬不起手来……她别过脸去，用衣角擦起了眼泪。

那天晚上，老嬷彻夜无眠，躺在老公怀里诉说着如烟的往事。这四十年里，发生了太多太多刻骨铭心的事……女儿出生以后，重男轻女的家公想把她扔掉，邻居们好说歹说，他总算同意将这个小东西扔到门口，但不准喂奶，让她自生自灭，她从早哭到晚，撕心裂肺的哭声让老嬷钻心地疼，她只能每天夜里悄悄起身，借着月光喂奶……日军入侵那一年，两个儿子正在地里拔草，一场激战不期而至，子弹像雨点一样在他们头顶嗖嗖地飞过，他们趴在地上，一动不动，总算躲过了一劫……潮汕大饥荒那一年，家里没有余粮，一家人只能以蕉心、龙眼核粉和米糠充饥，幸好，有一位好心人送来二十斤大米，如果没有这些米，全家人估计都饿死了……她边说边哭，哭了整整一个晚上，仿佛把这一生的眼泪都哭光了。

老公在家里住了一个月，回泰国去了。老嬷每天坐在巷口，等他归来，巷口静寂，风穿巷而过，她像猫一样打盹，低垂着头，沉沉睡去。日子一天一天过去，老公再也没有回来，弥留之际，老嬷仍然心有不甘，眼睛不停地朝门口张望。她终究不知道，那个人永远也回不来了 —— 老公已仙逝多年，只不过，家里人一直小心翼翼地瞒着她……

多年以后的一个清明，我们上山扫墓，一时间竟然没找到老嬷的墓地，来来回回转了好几圈，才发现，她那块瘦小的墓碑已经被青草盖得严严实实 —— 老嬷真是可怜，活着的时候独守空房，死后连青草都要欺负她！

烧完纸钱，我们没有马上离开，围着老嬷说了好一会话，将家中大大小小的喜事一一汇报给她听，让她在天有灵，保佑一家人老少平安……一只黄色的蝴蝶停在她的墓碑上安安静静地听着，偶尔扑闪一下翅膀……空山幽寂，春日的暖阳烘出花草的香气，细小的山风像羽毛一样从我们脸上缓缓掠过。

晌午时分，起身下山，放眼望去，漫山遍野尽是青团般的坟茔。这些小小的坟茔中，有多少女人曾像老嬷一样独守空房，度过了清冷的一生呢？！想到这里，我心里像被针猛地扎了一下，脚步越发沉重起来。

一杯糖水　一封情书

"天食人以五气，地食人以五味。"五味之中，最让人难以抗拒的终究还是甜味。"南甜北咸东辣西酸"，岭南人对甜味尤其眷恋，在这里，一场完美的宴席，总会以糖水作为甜蜜的句号。

喝糖水是岭南人的日常生活，他们之所以喜欢糖水，无外乎甜和润，甜是舌尖的愉悦，润则是身体的舒畅，只有两者兼顾，才是有美德的糖水。我妻子对糖水情有独钟，她说："炎炎夏日，看到色调如水果般清新的糖水店，就像沙漠中见到绿洲一般惊喜。"

几乎所有的糖水店都会开到很晚，夜阑人静，周边的商铺早已歇业，这里却依旧灯火通明，明亮的灯火如蜂蜜一般诱人。店里的客人以女性居多，有叽叽喳喳的闺密，有神情忧郁的单身女子，也有像拔丝苹果一样形影不离的情侣。一杯糖水，就像一封温柔深情的情书，让他们带着甜蜜的余味进入梦乡。

糖水和老火汤一样，也讲求季节性，讲求养生的功能。春季，要吃枸杞和决明子糖水，木瓜炖雪蛤。夏季，要海带绿豆糖水，马蹄西米露。秋季，要木瓜炖川贝，雪梨银耳糖水。冬季，要黑芝麻糊，桂圆和红枣糖水。

气候决定了物产，物产决定了口味。东汉的杨孚在《异物志》中详细记述了岭南制糖的流程："迮取汁如饴，名之曰糖，益复珍也。又煎而曝之，既凝而冰，破如砖，其食之入口消释，时人谓之石蜜也。"

宋代以前，糖还是不折不扣的奢侈品，只有达官贵人才有资格享用，宋代以降，制糖技术飞速提升，糖才开始普及，成了平民百姓的调味品。当时，广东已成为全国著名的食糖产区之一，到了清朝前期，广东跃居全国产糖区之首，蔗田"连岗接阜，一望丛若芦苇""遍诸村岗垄，皆闻戛糖之声"。清末，广州开始出现一些街边档，专门贩卖番薯糖水、绿豆沙和芝麻糊。

番薯糖水是最古老，也是最经典的一款糖水，它看似寻常，却有着惊心动魄的传奇故事。明末徐光启在《农政全书》这样记载："近年有人在海外得此（番薯）种。海外人亦禁不令出境。此人取薯藤，绞入汲水绳中，遂得渡海。因此分种移植，略通闽、广之境地。"

而据东莞文史专家杨宝霖考证，番薯是东莞虎门人陈益于明万历十年，冒着生命危险从越南引进的，不过，与《农政全书》记录不同的是，陈益收买酋卒，将薯种藏匿于铜鼓中，想偷偷带回国。正欲开船，多艘越南官船载着多名酋卒前来缉捕他。在这生死关头，中国船员趁着海上风急，高升船帆，开船疾驶，成功逃脱了追捕，将番薯种带回虎门。临终时，陈益写下遗嘱，希望后人每年清明、重阳两节以番薯一对拜祭他。直到新中国成立初期，陈益的后裔每年前往祭祀扫墓时，仍用红皮番薯作为祭品，并写上"红薯一对，富胜千箱"八个字。

最传统的番薯糖水，需选用沙地番薯，去皮切片，入水浸泡，反复冲洗，洗去表面的淀粉后，风干几个小时，这样煮成的糖水才能清亮而不浑浊。番薯性寒，还要加一片姜同煮，千万不要小看这片姜，它不仅起到调和的作用，还能最大限度地激发番薯的甜味。姜拍松后，加猪油与番薯同炒，以冰糖增味，以红糖提香，方能产生醇厚绵长的甘美味道。

番薯糖水，入口粉糯，清润爽口，百吃不腻，是许多女孩子从小吃到大的小吃，如陪同她们成长的经典老歌，百听不厌，当熟悉的旋律响起，心中便会升起无限感动，那份心安，那份温暖，那份满足，是其他任何食物都难以比拟的。

每个地方的人都有自己珍爱的味道，外人往往难以共情。记得汪曾祺先生曾在《五味》一文中写道："'番薯糖水'即用白薯切块熬的汤，这有什么好喝的呢？广东同学曰：'好嘢。'"不是广东人，或许还真品不出这道糖水的妙处。

广东人有多热爱糖水呢？汪曾祺先生曾专门写过一位姓郑的广东同学，就颇具代表性：读西南联大的时候，日军常来轰炸，警报一响，大家都跑到空旷的野外，只有这位姓郑的同学例外，因为他在煮冰糖莲子。"他爱吃莲子。一有警报，他就用一个大漱口缸到锅炉火口上去煮莲子。警报解除了，他的莲子也烂了。有一次日本飞机炸了联大，昆明北院、南院，都落了炸弹，这位郑老兄听着炸弹乒乒乓乓在不远的地方爆炸，依然在新校舍大图书馆旁的锅炉上神色不动地搅和他的冰糖莲子。""到他吃完了莲子，洗了漱口缸，才到弹坑旁边看了看，捡起一个弹片（弹片还烫手），骂了一声'丢那妈！'"

红豆沙、绿豆沙也是糖水中的经典，广州开记甜品，就以此为招牌，门前的对联写的是"豆籍火攻衣脱绿，沙因水滚色浮红"。这副佳妙的对联并非名家手笔，而是出自一位衣衫褴褛的老头，老头在品尝过店里的招牌糖水后悄悄写下，并将纸条压在了碗底。

最美的味道，都需要用心制作，哪怕做一碗小小的糖水，都需要一丝不苟，饱含深情。绿豆沙一定要用明火煲制，绿豆经过猛火滚、细火熬，便会丢盔弃甲，这时绿豆，如同贵妃醉酒，已变得娇弱无力，在火的不断进攻下，越来越酥软，最终变成香绵可口的绿豆沙。传统的做法，还会在绿豆沙中，加入臭草和陈皮，臭草这个名字大家可能比较陌生，它又叫九里香、芸香草，香味特别浓烈，不可久煮，煮几分钟，就捞起来，只留其香，不见其身。绿豆沙一般还会加入海带，不仅有解毒散结的作用，还能为糖水增添一丝鲜味。红豆沙中则可加桂花，桂花的香气，温婉、含蓄、优雅，如一个盈盈浅笑的东方女子，惹人怜爱，还可加入西米露，口感更加清爽，甜味更加轻盈。不管是绿豆沙还是红豆沙，最重要的是加入适量的猪油，因为，豆中没有油脂，会有沙沙的感觉，加入猪油，口感就会变得滑润，香味也更浓郁。香港的玉叶甜品、澳门的杏香园、莫义记都是传承多年的老店，还能找到往日熟悉的味道，喝上一口，便觉人间美好，万物可亲。

广东的女孩子们还喜欢吃双皮奶，算起来，这道糖水已有近百年的历史了。二十世纪二三十年代，董孝华在顺德大良近郊白石村，以养水牛、挤牛奶、做牛乳为业，人称"牛仔华"。一次偶然的机会，董孝华得到了"炖奶精华在奶皮"的顿悟，经过反复的钻研和探求，创制出清甜嫩滑的"双皮奶"。所用材料很简单，一碗水牛奶、鸡蛋清、糖而已，那一层凝结的奶皮格外香浓，细细品咂，两层奶皮的味道也是不一样的，上层奶皮甘香，下层奶皮香滑润口，令人难忘。

除了炖奶，好吃的顺德人还发明了炒牛奶。将牛奶与蛋清混合下锅软炒，使之凝固如白玉，炒牛奶入口香滑，奶香扑鼻。大良炒牛奶是中国烹饪技术中"软炒法"的典型菜例，已有七十多年的历史，是用鸡蛋清和新鲜水牛奶混合，加入虾仁、烤鸭丝，用上等花生油炒制，上碟再撒上炸榄仁，或腊肉粒，颜色纯白，如装在碟子中的雪山，可用筷子或匙羹吃，牛奶味香浓软滑。这种炒法，很考验厨师耐心，锅铲沿着顺时针方向慢慢转圈，让牛奶凝固，看上去不像在炒菜，倒像是在打太极一样。

在顺德，牛奶还有另外一种吃法，叫炸甜牛奶，就是把鲜水牛奶、白糖、椰糠放入碗内拌匀，稍加热调成糊状，放入器皿内蒸熟，晾凉后放入冰箱内冷冻至硬，切成块，裹上脆浆，用热油炸至松脆而成。《中国名食百科》评价此菜："大小似骨牌，色泽似蛋黄，外皮酥脆甘香，内里松化软滑，奶香宜人，营养丰富。外皮脆而不硬，内心鲜嫩可口。"

和双皮奶同样出名的是姜埋奶，以广州沙湾出产最为正宗。其他地方叫姜撞奶，而沙湾却叫姜埋奶，据沙湾本地人说，在粤语中，"'埋'是指合并、黏合、包容，一起围着这个'埋'，和谐就叫做'埋'，集聚、团聚。但是'撞'呢，是指碰撞，是摩擦的意思。"我觉得，撞和埋各有所长，"撞"有气势，生动形象，"埋"讲人情，意味深长。

姜埋奶也是有故事的，相传在以前的沙湾镇，曾有一个年迈的老婆婆犯了咳嗽病，她的儿媳妇很是着急，本来姜汁可治咳嗽，但姜汁太辣，老婆婆喝不下去，这时，儿媳妇不小心把奶倒入装姜汁的碗里，奇怪的是，过了一会牛奶凝结了，婆婆吃下去后顿觉满口清香，第二天病就好了，从此以后，这道美味的甜品便慢慢流行起来。

姜埋奶一定要现做现吃，刨姜蓉需用小竹板，不可用铁器，否则会有铁腥味，将姜蓉包进纱布，挤压，将淡黄色的姜汁慢慢挤出。炉子上，水牛奶咕噜作响，翻着雪白色浪花，这是沙湾本地的水牛奶，奶香味足、浓度极高，被称为"滴珠牛奶"。这时，还不能与姜汁相遇，要让奶凉却到七八十度，才能最大限度地保留姜汁的味道。将奶从高处撞入姜汁碗中，水牛奶便会慢慢凝固起来，等到上面可支起勺子而不破损，姜埋奶才算大功告成。

一碗完美的姜埋奶既有水牛奶的醇香，又有姜的芳香，口感如丝绸般顺滑，甜味适中，微微带辣，像一个有点小脾气的女孩，更加惹人怜爱。吃完一碗，胃里便热乎乎的，身体舒展开来，额头微微沁汗。也可加入杏汁、椰汁，别有风格，不过，作为一个古典主义者，我最喜欢的还是纯正的原味。

粤西地区的人，也爱喝糖水。茂名化州盛产黄金甘蔗，这里的糖水，正是由黄金甘蔗烹饪而成，味道清甜可口，种类极其繁多，可以说，只有你想不到的，没有做不到的。而在相邻的湛江地区，最常见的则是薯粉糖水和玉米糖水。

潮汕人喜食甜汤，和广府地区的糖水相比，甜汤会更甜，下料更足。

甜汤中，最有代表性的是清心丸。潮汕方言中的"清心"，和别处不太相同，它的意思就是舒心、开心。清心丸是他们消暑的一款甜汤。

因其使用白色的"城鹅粉"制作，色泽洁白透明，韧中带有弹性，加入绿豆瓣和马蹄，一般还会淋上少许的香蕉油，吃入口中，有沁人肺腑的清新，像一阵浅绿的微风。

夏日的午后，天光刺目，空气热辣，最适合吃冰冰凉凉的绿豆糖水，它不仅好吃，还能去火。广府地区爱吃绿豆沙，潮汕人则爱吃绿豆爽，绿豆去壳，蒸熟，但不宜蒸太久，以保持爽脆之感，吃的时候，加冰糖，勾一点透明的薯粉水，汤色清亮，吃起来有一种爽爽的颗粒感，喝上一口，紧绷的心弦顿时松弛下来，腋下仿佛有凉风拂过。我听说，汕头达濠人还喜欢在绿豆爽中放入小油条，吃起来，口腔里充盈着葱油与油条复合的香味。

姜薯是潮汕地区特有的一种薯类，刨出薄片，入锅煮至微卷即可食用，口感清甜、滑脆。最出名的是潮阳河溪镇上坑姜薯。在潮汕人的心目中，姜薯汤可不只是一般的甜品，它有着特定的寓意，象征着甜蜜、美满，也象征着吉祥和幸福。过去，久居海外的番客回家省亲，一进门，亲朋好友就会端上一碗早已备好的姜薯甜汤，姜薯里的鸡蛋还有专门染成红色的。因此，番客们一想到故乡，马上就会想起姜薯的味道。

冬瓜与菠萝本是风马牛不相及的两样东西，潮汕人却乱点鸳鸯谱，将它们制成一道甜汤 —— 冬瓜菠萝酩。这道甜汤的做法非常简单，冬瓜切丁焯水，菠萝切丁，先加水和糖，再加冬瓜丁和菠萝丁，最后加粉水，糖的用量，可根据自己的喜好而定，色泽明艳动人，口感简美清爽，既赏心悦目，又沁人心脾，是消暑去火的绝佳良品，喝上一碗，浑身上下便会有说不出的舒泰与放松。

浅绿透明的油橄榄水分足，夏天的时候，可以用来榨橄榄汁，将大个的油橄榄拍碎，一颗颗去核，加入少许冰糖，打成汁，甘甜爽口，风味独特，保留了橄榄最原始的风味，如果冷冻后再喝，更加爽口。不过，橄榄汁用料较多，也比较费时，要卖一百五十块一杯，一般人接受不了。

香港人最流行的饮品是丝袜奶茶。如今，丝袜奶茶已经成为香港文化的一种符号，在香港的茶餐厅随处可见，但最正宗的还是兰芳园，这道中西合璧的美味，就是老板林木河于一九五二年发明的。兰芳园的丝袜奶茶用料讲究，使用高地锡兰红茶叶的粗茶与幼茶冲泡，奶茶则用马来西亚黑白淡奶，香浓幼滑，口感香馥，韵味悠长。起初，林木河拿着长长的棉布茶袋总是冲泡奶茶，久而久之，被染成茶色，很多客人误以为是女士们的丝袜，索性将这种饮品称为丝袜奶茶，这个引人联想的香艳名字，就这样传开了。

在香港，经常听客人说"茶走"，那可不是打包带走的意思，而是不要加入砂糖和淡奶，加入炼奶的意思，香港人认为，砂糖惹痰，不宜多食。除了丝袜奶茶，香港还有一种鸳鸯奶茶，混合了奶茶的香滑以及咖啡的浓郁香味。一位调茶师给我打了一个颇为形象的比喻，他说，一杯鸳鸯奶茶就像一个小家庭，其中的咖啡代表老公，茶代表老婆，而淡奶则代表孩子，只有三者融洽相处，才能调制出最好的口味。

杨枝甘露，是一道经典的消暑甜品，一九八四年，由香港利苑酒家首创，最初的名字叫杧果柚子西米露，据说，当时利苑的总经理翻看书籍时，看到观音菩萨用手里的杨柳宝瓶取东海海水拯救旱区人民普度众生的故事，觉得寓意甚好，灵光一闪，改成了"杨枝甘露"。其做法是将柚子拆成肉，杧果则切粒，拌在西米、椰汁及糖水中，雪冻后食用，利苑酒家对食材十分挑剔，选用菲律宾的吕宋杧，芳香浓郁，西柚和泰国白金柚，酸甜怡人，加入了冰糖和蔗糖两种糖熬制，冰糖增甜，蔗糖提香，红、黄、白三色，明亮而又清新，如夏日清晨带着浅笑的纯真少女，酸甜相间，清新柔美，果香四溢，喝过之后，昏昏欲睡的身体，便会立刻清醒过来，仿佛置身于空翠湿袖的幽谷深林。

每次吃杨枝甘露，我必定会先吃杧果，杧果是极热情的一种水果，切成丁的杧果明黄诱人，汁水丰盈，果浆浓稠柔腻，拥抱着舌尖，散发着热恋时期才有的甜美味道。对于杧果，我一直怀着一种特殊的感情，因为，在我们老家，杧果一直是挺稀罕的东西，偶然得到一个，简直像宝石一样珍贵，我舍不得吃，放在口袋里，时不时取出来闻一闻，那源源不断的浓郁甜香，总会让我产生一种梦幻般的幸福感觉。

到广东生活以后，我惊喜地发现这里居然满街都是杧果树，我们小区里的绿化树，种的也大多是杧果树，初夏，树上挂满了果，像挂满了礼物的圣诞树，还有一种体形更小的鸡蛋杧，密密麻麻地挂在树上，不像是杧果，倒像是一场流星雨了。收获的时节一到，空气里到处弥漫着迷人的馨香，令人万分愉悦。杧果不是等到成熟才摘，本地人告诉我，每天摇一摇树，将那些落下来的青杧果捡回家，和苹果搁在一起，几天之后，便可以食用了。杧果虽好，但很湿热，母亲刚来的时候，整天吃个不停，早上起床，脸肿像土拨鼠一样，从那以后，只要一听到"杧果"两个字就浑身起鸡皮疙瘩。

夏日的傍晚，是两个宝贝女儿最期待的时刻，因为，可以动手制作椰奶冻了，选一只新鲜的椰子，将清澈透明的椰汁倒入煮沸的水牛奶中，待自然冷却到六十度，放入提前浸泡好的吉利丁片，搅拌均匀，奶液完全冷却，移入冰箱冷藏。吃晚饭的时候，两个小姑娘，没有像平常一样"打游击"，而是淑女地乖乖坐在饭桌前，因为，谁要是不乖，就不能吃椰奶冻。

吃完饭，洗完澡，椰奶已经悄无声息地凝固，将新鲜的杧果切成细粒，撒入其中，一家人移师到院子里，一边看星星，一边吃椰奶冻。椰奶冻冰爽、甜蜜、细腻、柔滑，吃第一口时，突如其来的冰爽会让头皮一阵发麻，仔细回味，有牛奶的浓香、椰子的清香还有杧果的甜香，各种美好的味道交织在一起，让人心神荡漾。大家你一勺，我一勺，分而食之，一口口透心凉的清甜，让我们暂时忘却了炎热的烦扰。

暴晒了一天的树木，散发出糯米般的树脂清香，蛐蛐的叫声急促，不知疲倦，牛蛙时不时插上一句，好像很不情不愿似的。它们随心所欲地演奏着大自然的爵士乐，让夜晚变得愈加深邃、空灵……终于起风了，每一阵风吹过，心里便生出一阵惊喜，仿佛开出了一朵莲花。大女儿还在叽叽喳喳说个不停，小女儿早已在妈妈的怀里睡着了，这是夏日里最美好的记忆之一。

她们长大以后，应该会记得这些迷人的夜晚。我始终觉得，幸福是需要种子的。在她们生命之初多营造一点美好，她们将来就会过得更加幸福。

后记

人到中年，才不得不承认，有些毛病真是天生的，改不了，比如"馋"。

小时候，为了杀馋，我绞尽脑汁，干了不少让人啼笑皆非的傻事，有几件至今仍历历在目。

现在想想，那时候真是可怜，没什么吃食，又没零花钱，无奈之下，只能对父亲的菜园打歪主意。父亲的菜园在我家西边，不大，品种倒是挺多，一年四季菜蔬不断，蜜蜂、蝴蝶、蜻蜓常来做客，让菜园里充满着轻松、欢快的旋律。

春分一过，阳光日暖，万物闪闪发亮，带着迷人的浅笑，在温柔的暖风中，第一拨新蚕豆结出来了，翠绿可爱，像裹在襁褓中的婴孩，我们经不住诱惑，常偷来生吃，清香、细嫩、微甜，美其名曰"腌小猪"。等蚕豆老透了，就会有另一种吃法，将它炒熟，上学时偷偷装一把在口袋里，这个时候的蚕豆硬得像石子，上课前，扔一颗进嘴，不敢咬出声，只能用牙齿一点一点轻轻地刮，一堂课下来，还剩大半颗呢。那个时候，最怕老师叫我回答问题，不过，这种担心是多余的，老师一次也没叫过来，在他们眼中，我几乎像空气一样透明。

盛夏时分，酷热难当，平原上闪烁着碎玻璃一般的炫目白光，知了的叫声没完没了，单调、乏味，在村子里回荡，让人昏昏欲睡。菜园在烈日中暴晒，泥土变得酥脆，豆角、黄瓜、茄子、空心菜、黄豆、辣椒，个个萎靡不振，睡意沉沉，唯一例外的是土豆，它似乎一点也不介意烈日的炙烤。土豆还没完全长大，要等入秋以后才能收获，我却等不及了，父亲一出门，我便开始行动，像工兵挖地雷一样，小心翼翼地将土扒开，扯下几个正在午睡的胖乎乎、圆滚滚的可爱小球，怕被父亲发现，又重新盖上土，用脚踩实。土豆洗净，一切对开，大油猛火，炒上半碗，坐在门槛上用手拈着吃，吃得满脸酱汁，活像一条红烧的刺虎鱼。

最奢侈的一次，应该要算偷吃小青菜了，我们老家叫"鸡毛菜"，菜籽刚下了几天，茎还细得很，像小铁丝一般，有的已经吐出来两片小舌头一样的叶子，有的还很羞涩，头上顶着种子壳，嫩的看一眼都能渗出水来。我不知道中了什么邪，心狠手辣，把一垄菜全摘完了，最后只煮了一浅碗，分量虽少，那味道可真是没的说，原本枯淡的嘴里溢满了鲜嫩的清香，让我至今难忘。当然，那天晚上，父亲的脸拉得像钟摆一样长，我毫无意外地享受了家里的最高"待遇"——像沙包一样被父亲吊在树上痛打了一顿，鬼哭狼嚎的凄惨叫声，在黑漆漆的村子里持久回荡。

小时候的时间似乎过得特别慢，一心盼望着快快长大，这样就可以挣很多很多钱，想吃什么就吃什么了。十九岁那年，终于参加了工作，工资虽然只有区区五百块，却感觉自己比明朝首富沈万三还富有，嘚瑟得几乎要飞上天去了，每天呼朋唤友，在小吃店里把酒言欢，乐不可支。后来，到了广东工作，发现身边绝大多数人都是贪吃的"为食猫"，他们对于吃的热情超乎想象，相较而言，我的馋，也就显得不那么出类拔萃了，这真让我窃喜不已。

为什么窃喜呢？因为我们老家的人个个都将勤俭的传统美德发挥到了极致，恨不得从鸡叫一直做到鬼叫，在他们眼中，"好吃"可不是什么优点，相反，经常会和"懒做"联系在一起。

镇上有一个人，是含着金钥匙出生的，祖上留下了几百亩良田，可他不务正业，一天到晚想着吃，每天都有一帮人前呼后拥，陪他一起吃。据我父亲说，他吃东西极为讲究，比如，鳗鱼是一定要用羊油烧，菠菜一定要用鸡油烧。他牙口极好，吃甘蔗就像榨汁一样，从他家到我们镇上有一座小桥，只有炮仗那么短，从上桥到下桥，不过两三分钟，他就能啃完一根长长的甘蔗。因为好吃，家里的田全被他败光了，后来，家徒四壁，连一床被子都没有。寒冬腊月，北风呼啸，滴水成冻，他就睡在大缸里，蜷缩着身子，把稻草当成被子，最后被活活冻死了。

"十个好吃九个惰"，因为这个活生生的反面教材，好吃便成了败家的前兆，是不可救药的。而在我所生活的岭南，情况就大为不同了，在这里，吃不只是为了果腹，而是一种享受，一种美德，借用梁实秋先生的话说——发展成了近乎艺术的趣味。

常言道:"生在苏州，穿在杭州，食在广州，死在柳州。"早在民国时期，粤菜就风行上海，《申报》称"广州人食之研究，是甲于全国者"，一九八五年，日本拍摄的纪录片《中国的食文化》中更是称广州为"全中国最热爱饮食的地方""每人都以美食作为幸福的目标"。

其实，不仅是广州人，岭南人个个都是美食家，只要一遇到美食，他们一个个笑容可掬，好像这个世界上压根就没有忧愁，也没有烦恼。"辛苦揾来自在食"是他们经常挂在嘴边的话，努力工作就是为了享受生活。他们总喜欢把做什么行业，叫"玩"什么行业，并不是不敬业，而是能用一种从容、平和、超脱的心态去工作。

岭南人对美食的爱可谓深入骨髓，不仅爱吃，生活中也常以美食做比喻。比如，把小朋友叫做"虾仔"，把可爱的小朋友叫做"酥虾仔"，用"大头虾"比作很粗心的人，用"水鱼"比作好骗的人，用"食拖鞋饭"来形容靠女人养活的男人，用"箩底橙"表示大龄的剩女，用"油炸蟹"形容横行霸道的人，用"隔夜油炸鬼"形容萎靡不振的人，用"冬瓜豆腐"表示指遭遇不测，称有钱的人为"有米"，把发工资叫"出粮"，"炒鱿鱼"表示解雇，"卖大包"表示"大特价"，"大优惠"。如果一个人上身穿得多，下身穿得少，他们就会说:"上边蒸松糕，下边卖凉粉。"最有意思的是，广东的孩子个个都要和"叉烧"死磕，因为从小到大，阿妈都会说:"生块叉烧好过生你!"

人分南北，菜也分南北，大体而言，南甜、北咸、东辣、西酸。

粤菜主要有广府菜、潮州菜、客家菜三大分支。香港与澳门的粤菜，既传承了传统粤菜的优点，又吸收西餐的做法，擅长利用全世界最好、最新鲜的食材，新品迭出，份料足实，自成一派。除了装修豪华的高档酒楼，香港和澳门街头最多的是茶餐厅，它的前身是冰室，最初，冰室只卖冷饮和小吃，后来慢慢加进了常餐和饭面，再后来，更多西式的点心加入进来，演变成为今天的茶餐厅。去茶餐厅吃饭是市民们最日常的生活，他们像是在自己家里吃饭一样放松。我听说，有的老人家，几十年都在同一间茶餐厅吃饭，看同一种报纸，坐同一个位置。

岭南人爱吃，但并不胡吃海喝，讲究的是"平靓正"，要又好又抵，看一间餐馆是不是"平靓正"，我有一个特别简便的方法，就是看里面的"师奶"多不多，岭南人把中年妇女尊称为"师奶"，她们的生活经验丰富，又擅长精打细算，能令她们满意的餐厅，肯定是上佳之选。

博采杂食一直是粤菜最突出的特色。岭南地区地理位置优越，拥有长长的海岸线，水网密织，日照充足，雨量充沛，林木茂盛，四季常青，物产丰饶，山珍、海味、粮食、蔬菜、水果应有尽有。南越先民们百无禁忌，以杂食为常，南宋周去非《领外代答》中曾这样记载："深广及溪峒人，不问鸟兽蛇虫，无不食之。其间野味，有好有丑。山有鳖名蛰，竹有鼠名鼦。鸽鹌之足，猎而煮之；鲟鱼之唇，活而脔之，谓之鱼魂，此其珍也。至与遇蛇必捕，不问长短，遇鼠必捉，不问大小。蝙蝠之可恶，蛤蚧之可畏，蝗虫之微生，悉取而燎食之；蜂房之毒，麻虫之秽，悉炒而食之；蝗虫之卵，天虾之翼，悉炒而食之。"

除了博采杂食，粤菜的另一个突出特点是兼长，这与对外贸易的历史密不可分。广州被称为千年商都，是海上丝绸之路的重要起点，自唐代开始，广州就有许多从事贸易的阿拉伯商人和波斯商人，光塔寺附近的番坊，设立于唐开元二十年（七三二年），就是他们的聚集区，乾隆二十二年（一七五七年），清政府关闭闽、浙、江三大海关，由粤海关一口对外通商。此令一出，全国进出口货物皆汇集到了广州，一时间商贾云集，货如轮转，广州的"十三行"迅速崛起，成为"金山珠海，天子南库"。正所谓，出处不如聚处，作为食材的集散地，粤菜也近水楼台先得月，率先使用了世界各地的食材，如日本青森的极品鲍鱼、北海道的海参、印尼的燕窝、菲律宾的鱼翅……贸易的繁荣带来了大量的人口流动，人口流动又带来文化交融，粤菜由此进入全盛期，豪奢至极的满汉全席曾在当时的广州盛极一时。彼时的粤菜开始兼京、鲁、苏、川等外省菜以及西菜之所长，合璧中西，海纳南北，百味杂融，不断演绎新的传奇。

粤菜发展的历史，堪称一部"励志片"，从最初让人望而生畏的"蛮食"到风味独具、被奉为美谈的"南烹"，从清代与鲁菜、苏菜、川菜同列四大菜系，再到如今位居中国八大菜系前列，东征上海，南传港澳，风靡海外。

在上海，粤菜至今仍然深受推崇，作家潘向黎在短篇小说《兰亭惠》开头就有这样一段描述："粤菜在上海人心目中一向有地位，其他菜系走马灯似的此起彼落，粤菜始终稳稳地占据人气榜的三甲。广东人到底会吃，而懂经的上海人到底也多。和它并列冠军的是川菜，本邦菜只能是探花。"

在国际上，粤菜也有极高的地位，足以与法国大餐相提并论。米其林粤菜指南中，曾这样高度评价："中华各菜系百花齐放，其中粤菜堪称中国菜系的代表，粤菜餐馆踪迹遍及全球，为老饕趋之若鹜，是感受中华饮食魅力不可不尝的菜系。"到目前为止，中国共有六座城市被联合国教科文组织评为世界美食之都，其中粤菜系就有三座，一个是顺德，一个是澳门特别行政区，还有一个是潮州。顺德是粤菜发源地之一，这里几乎全民皆厨，因此，坊间有"食在广州、厨出凤城"之美誉；澳门是中西美食的融汇之地；潮州是"潮州菜"的发源地，拥有"全球网民推荐的中国美食城市"等城市名片。

粤菜能有这般显赫的国际地位，华侨是功不可没的，伴随着他们离乡的身影，伴随着他们迁徙的脚步，粤菜漂洋过海，在世界各地落地生根，开枝散叶，不仅抚慰着游子们的胃，也征服了世界各地的美食爱好者。

据文献记载，早在一八四九年，旧金山积臣街便有一家广东餐室。一八六三年，美国开始修建中央太平洋铁路，早期到美国修筑铁路的华工，以江门五邑人居多，他们可以忍受高危险、超负荷的工作，却对西餐忍无可忍，常托人到旧金山的唐人埠饭店代办食物。广式腊肠、风干的咸鱼、腐乳……这些普通得不能再普通的家乡风味，对远离故土的他们而言，却是治愈乡愁的良药。开平人谢日佑，正是抓住了这一商机，通过开办饭店和洗衣店，挖到了人生的第一桶金，成了赫赫有名的一方巨富，由他孙子谢维立修筑的"立园"，至今仍屹立在故乡开平的土地上。

作为治愈乡愁的良药，粤菜在美国遍地开花。一八六八年，清朝外交官张德彝来到旧金山，品尝了当地的粤菜，深有感触，在日记中这样写道："食于远芳楼，山珍海味，烹调悉如内地。"在美国红极一时的菜式，叫"炒杂碎"，华工们生活窘迫，厨师便将一些做菜剩下的边角料放在一起炒，故得此名。一八九六年，李鸿章访美后，杂碎馆在美国风靡一时，当地的报纸称"炒杂碎"是中国的国菜，很多美国人居然把吃中餐就叫"吃杂碎"。《纽约邮报》专栏作家皮尔逊写过一件关于"杂碎"的趣事。一九六八年泰国总理他侬访问美国，白宫礼宾事务的官员知道他和随员都喜欢吃中国菜，便派人到华盛顿的皇后酒店，想订五十份"杂碎"。酒店老板很不乐意，一来店里压根儿就没有这道菜，二来这是下等菜，根本上不了宴席，不应该用此菜招待国宾，但美国官员却固执地认为，这是美国人公认的中国名菜，只有上了这道菜才符合外交礼节。经过双方反复协商，最后选了一个折中的办法——二十五客炒牛肉烘猪肉，二十五客做"杂碎"。

早期，美国的粤菜馆，店外都会悬挂黄绸三角旗，其中，最为有名的是杏花楼。一九〇八年，探花楼在伦敦开张，一九一九年，万花楼在巴黎开张，这些奢豪的粤菜餐厅，让欧洲人尝到纯正的粤菜。有意思的是起初"上海楼""南京楼"这些看上去并不像做粤菜的饭店，主打的其实全是粤菜……一个多世纪过去了，粤菜的传奇仍在不断演绎，仍在深情地抚慰着游子们的肺腑。

法国"厨神"阿兰·迪卡斯认为烹调艺术是"一场发现之旅，其中包含了穿越时空的邂逅，对抗遗忘的故事。"味蕾的执着与深情是超乎想象的,世界上的食物虽多不胜数,对游子而言,却只分为两种,一种是故乡的食物,另一种是其他的食物,前者是生命最初的光芒,后者不过是来来往往的过客。

某日夜读,读到了方晓岚、陈纪临夫妇合著的《外婆家的潮州菜》。方晓岚的外婆是潮州城里的大家闺秀,后来去了香港,再没踏上故土。她在书中写道,母亲经常坐很远的车去买正宗的普宁豆干来孝敬外婆,以解她的思乡之苦,外婆总是吃得极慢,极其郑重,吃一口,停一停,好像在回味陈年的往事,怀念某个逝去的故人……

莫道家国远万里,美食深处是故乡。当年华渐老,行动不便,故乡变得遥不可及,记忆也变成了一张张被时光磨损的老唱片,食物便是最后一条回家的路,一条五味杂陈、百感交集的幸福之路。

The Story
of
Cantonese Cuisine